〈片岡義男コレクション1〉

花模様が怖い

—謎と銃弾の短篇—

片岡義男著／池上冬樹編

早川書房

6459

目次

〈片岡義男コレクション1〉

花模様が怖い

―謎と銃弾の短篇―

心をこめてカボチャ畑にすわる

1

荒野をまっすぐに抜けていくハイウエイの遠い行手に、紫色の山なみが地平線いっぱいに立ちふさがっている。スカイラインは険しく鋭角的だ。頂上の雪は、鮮明な陽ざしに白く輝く。そして、すべてのうえにおおいかぶさってくる青空が、情も容赦もない感じで狂暴に力強い。

いくら走ってもなかなか近づいてはこない紫色の山なみにむかって走っていくと、ハイウエイの右側に建物がひとつ、見えてくる。

ハイウエイから荒野のなかにすこしひっこめて建てた、四角い平屋建ての建物だ。太陽がいまのように大きく西にまわった時刻だと、泥煉瓦《どろれんが》造りの正面に斜めに陽が当たり、赤く見える。

さらに近づくと、ハイウエイぞいによくあるガス・ステーションと休憩所と簡易食堂を兼ねたような店だということがわかる。ハイウエイからその建物にむかって斜めに、アスファルト舗装の進入路が分岐している。

店の前で進入路はまっすぐになり、駐車スペースとして幅広くなっている。三台の自動車と一台のモーターホーム、それに一台のオートバイが、いま駐車スペースには、とまっていた。

昔のインディアンたちの交易所を模した造りの建物だった。赤っぽい泥煉瓦と無骨な太い木材を巧みに組み合わせ、ハイウエイぞいの簡易食堂としては、いい感じに仕上がっていた。かなりの年月をこの荒野のなかで太陽と風と雨にさらされてきたあげくの風格も、適当に漂っていた。

駐車スペースのいちばんむこうにとまっているのは、オートバイだった。ハーレーのスポーツスタをチョッパーにし、段差のある二人乗りシートをつけたものだ。サイドスタンドに車重をあずけてかしぎ、西陽に光っていた。

店の正面には、濃い紫色の、ダッジ・ロイアル・モナコの4ドアがとまっていた。後部シートに、男がひとりいた。三十代前半の、二枚目が専門の俳優のような、いい男だ。鼻の下や顎《あご》に不精ヒゲがのびていた。

両手に手錠をかけられ、その手錠はフロアに固定してあるチェーンにつないであった。両ひざに紙の皿を乗せ、コールドビーフのサンドイッチをその男は食べていた。座席に置いた紙の容器からじかにミルクを飲み、左手に持った紙コップから熱いブラック・コーヒーをすすった。

店のこちら側には、まっ白いリンカン・コンチネンタルの4ドア・セダンと、それに連結してあるやはり純白のウィネバゴ・モーターホームが、とまっていた。モーターホーム後部の観音開きのドアが両側へ大きく開いてあった。片方のドアにもたれて黒い髪の十六歳くらいの少年が立ち、モーターホームのなかのベッドに横たわっている金髪の、おなじくらいの年の少女と、話をしていた。

駐車スペースのこちらの端には、フォードのピックアップ・トラックが、とまっていた。青いペイントはいたるところはげ落ち、荷台パネル、ドア、フェンダーなどに、すり傷やへこみがたくさんあった。黒い髪の少年のピックアップだった。

「でも、とっても素敵な名前よ」

と、ベッドの上の少女は言っていた。黒い髪の少年を見上げ、真剣な表情だった。

「そうかな」

「そうよ。野性的で、太陽の香りがして、たくましくって」

「おじいさんが、つけてくれた名前なんだ」

「おじいさんは、なんておっしゃるの？」

「キャプテン・ジョン」

「面白いお名前!」

「店に来るお客に名前をきかれて教えると、十人のうち九人までは、相棒のブッチ・キャシディはどこにいるんだ、刑務所かって言うよ」

少年の名は、サンダンスという。顔や体つきには、アメリカン・インディアンの血が、色濃く出ていた。

ハイウエイのむこうから自動車が一台、走ってくるのが、少年には見えた。小さな光る点だったのがやがてはっきり車だとわかるまでに接近し、いまではオールズモービル・トロナードの2ドアだということまで見てとれた。

スピードを落としたオールズモービルは、ハイウエイを離れ、店のほうに入ってきた。徐行してきて、モーターホームのとなりにとまった。

「お客さんだわ」

「うん。今日は多いなあ」

オールズモービルから、ふたりの中年男が降りた。ひとりは背が高くやせている。もうひとりは、がっしりした小柄な体格で、頭がはげあがりはじめていた。ふたりとも、サンダンスに微笑をむけた。

「ちょっと相手をしてくる」

「ええ、どうぞ」

店にむかって歩いていくふたりの男のあとを、大股《おおまた》にサンダンスが追った。風が吹いた。彼の黒い髪が、風に逆立った。

2

ふたりの中年男は、店のなかを見渡しながら、カウンターのほうへゆっくり歩いていた。せまい店に客が意外に多いのに軽くおどろきつつ、店の雰囲気に溶けこもうと努力しているありさまが、うしろ姿だけからでも読みとれた。

カウンターのなかへ入っていったサンダンスも含めて、店のなかには九人の人間がいた。正面のドアを入ると右側にはカウンターがあってストゥールがならび、すぐ左側には玉突きのテーブルが一台あり、天井から照明がさがっていた。

玉突き台のむこうには、隅《すみ》のジュークボックスから壁にそってボックス席がならび、奥の壁にはピンボールの機械が二台、ならべて置いてあった。

いちばん奥のボックス席には、オートバイで来た男女がいた。ならんですわり、おたがいの肩に腕をまわしあい、ほかの人たちをいっさい無視してじゃれあっていた。長髪、ヒゲ面、破れたブルージーンズに古びたブーツ。外見だけだと荒くれたアウトローのような、典型的なチョッパー乗りだ。

相手の女性は、そんな彼にふさわしかった。けたたましい金髪に、目鼻だちのきつい丸顔。美人だと言えなくもない。太腿《ふともも》や腰が張っていて、特に目立つのはセーターの下の胸の隆起だ。

ひとつおいて左どなりの席には、三人の男女がいた。外のモーターホームにいる少女によれば、赤ら顔の初老の男が運転手で、白いパンタロン・スーツの女性が、看護婦を兼ねたつきそいの女性だ。そして、もうひとりの、電気洗濯機や洗剤のテレビ・コマーシャルに出てくるような三十代初めの女性は、ヒッチハイクで同乗している人だ。

カウンターの奥には、新客のふたりの男のほかに、女性がひとり、浮かぬ顔でいた。手錠をかけられチェーンにつながれた色男がうしろの席にいる、紫色のダッジを運転してきた女性だ。カウボーイ・ブーツにストレートのブルージーンズ。おなじ生地の、短いジャケット。首に赤いバンダナを、彼女は巻いていた。

うんざりして疲れたような表情だが、いまこの店にいる女性のなかでは彼女がもっとも理知的でしかも美人だった。

カウンターに陣取ったふたりの男は、コーヒーにブルーベリー・パイを注文した。

「長い旅ですか?」

と、サンダンスが、ふたりにきいた。ふたりの男が乗ってきたオールズモービル・トロナードは、カリフォルニア州のナンバー・プレートをつけていた。

「長えよ」

と、小柄なほうの男が言った。

「長すぎらあ」

カリフォルニアからここまでなら、たしかに充分すぎるほどに距離はある。

「ひとりっきりで運転してたら、もっと長いですよ」

となりの、やせて背の高い男が言った。こういう平凡なやりとりしかできないところをみると、ふたりとも自動車の旅にかなりくたびれている。

「なにか、めしあがりますか」

と、サンダンスが、きいた。

「ふたりとも、ステーキのすごいやつを、消化中なんだ」

小柄な男が、そう言った。そして、

「消化にあまり時間がかかるもんだから、デザートを追加したわけだ」

と、半分ほど食べたブルーベリー・パイを指さした。

女性の笑い声が聞こえた。奥の席にいるチョッパー・ライダーの連れている女性だ。けらけら笑いながら、彼女は、相手の男のヒゲ面のいたるところに、キッスの雨を降らせていた。

カウンターの奥の、理知的な美人の前まで、サンダンスは歩いた。

「コーヒーのおかわりは？」

「そうね。いただくわ」

いい声だ。明晰《めいせき》な喋《しゃべ》り方に、ハスキーにかすれる声が魅力的な影をそえる。

彼女がなにか語りかけてくれることを期待したサンダンスは、ゆっくりとコーヒーのおかわりを注《つ》いだ。だが、彼女は、

「サンキュー」

と言ったきりだった。

「外にいますから、なにかあったら呼んでください」

カウンターの三人にそう言ったサンダンスは、カウンターを出た。正面のドアへ歩いた。

3

紫色のダッジ・ロイアル・モナコに歩み寄ったサンダンスは、ガラスをあげて閉じたままのドアごしに、後部座席をのぞきこんだ。

「コーヒーのおかわりは？」

と、声をすこし大きくして、サンダンスは言った。

不精ヒゲの二枚目は、サンダンスに顔をむけもせず、頭を左右に振った。

サンダンスは、ウィネバゴのモーターホームまで歩いた。開いてある後部ドアまで来て、

「ほんとに、なにも食べなくてもいいのかい」

と、言った。

あおむけに寝て、彼女は微笑していた。サンダンスを見上げ、頭を右に左に動かした。

「ありがとう。でも、いらないの」

「いまのお客は、ブルーベリー・パイを食べてる」

「いらないわ」

「お腹《なか》は、すいてないんだね」

「病人としての食事にすっかり慣れてしまってるから、ほかのものは食べる気にならないの。それに、食べると、体のなかのバランスがすぐにこわれて、苦しむことになるから」

同情の色をこめた目で、サンダンスは少女を見た。彼の視線にこたえて、少女は、つとめて元気に喋った。

「もう十年になるわ。寝たっきりの生活にも、ほんとに慣れた。でも、いつもおなじ部屋の天井ばかりながめてるのには、飽きてしまった。幸い、発作の間隔が長くなってきてるので、お医者さまの許しを得て、こうして旅行してまわってるの。父が、ついに許してく

れたの」

ウィネバゴのモーターホームは、細部にまでわたってさまざまなカスタマイジングがほどこされた、おカネのかかったものだった。そのモーターホームをひっぱっているリンカン・コンチネンタルの4ドア・セダンにも、おカネには不自由していない様子が感じられた。

「うらやましいわ」

と、少女が言った。

「こんな広々とした素敵なところで毎日がすごせるなんて。風が、素晴らしい」

「退屈になってくるよ」

「退屈だなんて！」

少女は、後部ドアにつけてある船窓のような丸いポートホールを指さした。おなじようなポートホールは、寝台のすぐわきの壁にもあった。走っているとき、寝たままの彼女が外の景色をながめられるようにだ。

「退屈だなんて。この窓から外を見ることこそ、退屈よ」

このモーターホームを動く病室がわりに、少女がドライバーとつきそいの看護婦とともに旅を始めてようやく十か月になるという。

「このお店に住んでるの？」

「泊まりこむこともあるんだ」

「いつもは、ほかにお家《うち》があるのね」

西の方角の、遠い山なみをサンダンスは示した。

「自動車で一時間も走ると、高原があってね。インディアンの保護居留地の東の端なんだ。そこに住んでる」

「おじいさんのキャプテン・ジョンといっしょに？」

「そう。ほかにも家族がいる。ぜんぶで十世帯が、ひとかたまりになって住んでるんだ」

「今日は、おじいさんは、お店にいらっしゃらないの？」

「来てない」

インディアンの少年サンダンスは、話があまり上手とは言えない。インディアンと話をするのは初めてだ、と少女はさっき言っていたが、サンダンスにとっても、自分とおなじ年齢の白人少女と話をするのは、初めてではないが久しぶりだ。

「その高原って、どんなとこなの？」

「岩山があるだけで、ほかになにもないとこだ」

「風が吹くのね」

「嵐のときは、ものすごい」

「雨は？」

「いつもは水のない谷間が、濁流の河になるんだ」

「お父さんやお母さんは？」

「いない」

「あら、ごめんなさい。お亡くなりになったの？」

「さあ。初めからいないんだ」

サンダンスは、西の空を見た。

「今日は夕陽がきれいだ」

「そうね。いつだったか、走りながら夕陽を見たことがあるわ。東にむかって走ってて、うしろのドアの丸窓から、ずっと西を見てたの。太陽が沈んで夜になるまで、見つづけたの」

「高原から落日が見える」

「見たいわ」

「見渡すかぎり、荒野なんだ。岩山がところどころにあって。地平線に太陽が沈んでいく」

「とても見たい」

サンダンスは、店が気になりはじめた。ほんとうになにもいらないのか、と彼は少女にかさねてきいた。少女は微笑した。そして、アイスウォーターのおかわりが欲しい、とこたえた。

4

少女につきそっている看護婦と、彼女たちの車にヒッチハイクで同乗している女性とが、みやげ物のインディアン・クラフトを見ていた。

まっすぐなカウンターのこちら側の突端が内側へむかって四十五度の角度で曲がりこんでいる。古風な金銭登録機と、勘定を払いついでにふと買ったりするガムやキャンディ・バーの簡単なディスプレーがならんでいる。

そのむかい側の壁いっぱいに棚が作ってあり、革細工やトルコ石、銀などの装飾品が魅力的にならべてある。居留地のインディアンたちが手作りしたものだ。

ふたりの女性は、トルコ石の腕輪や指輪を見ていた。低い声でおだやかに品評していた。

彼女たちのうしろをまわって、サンダンスはカウンターのなかに入った。

オートバイの男女は、あいかわらずだった。肉感的な彼女は相手の男を壁に押しつけ、その彼におおいかぶさるようにして両腕で抱きつき、楽しんでいた。しきりに笑うのだが、笑い声はさきほどにくらべると甘く粘っていた。

男の右手が、ブルージーンズにつつまれたはちきれそうな彼女の尻を、撫《な》でていた。

カウンターの奥の理知的な美人は、二台のピンボール・マシーンのあいだにある煙草《たばこ》の自動販売機の前にいた。販売機に入っている煙草の種類を見ながら、片手でブルージーンズの尻をかいた。

少女のモーターホームをひっぱるリンカン・コンチネンタルのドライバーは、脚を組んで新聞を読んでいた。

カウンターにいるふたりの男は、ふたりとも、ブルーベリー・パイを食べおえていた。サンダンスがコーヒーのおかわりをすすめると、背の高いやせたほうが、おかわりをもらうと言った。

小柄ながっしりしたほうは、もはやコーヒーには興味を失っていた。十五個の玉をきれいに三角形にまとめて置いてある玉突きの台と、ふたりの女性がながめているみやげ物の棚を、男は交互に見た。

自動販売機で煙草を買ったブルージーンズの美人は、カウンターに帰ってきた。ストゥールに腰をおろし、煙草のパッケージを破った。煙草は、ポールモールだった。

サンダンスは、ガラスの四角い灰皿を彼女の手もとに置いた。

「ありがとう」

彼女はマッチで煙草に火をつけた。唇をすぼめて煙を吐き出し、舌の先についた煙草の

葉を、指でつまみ灰皿に落とした。そして、

「食べてた？」

と、サンダンスに言った。

「は？」

「外の車にいる男。サンドイッチを食べてた？」

「食べてました」

「くたびれるのよ」

「はあ」

「ひとことも口をきかないんだから。今日でフルに二日目なんだけど、寝言もいわない」

「護送ですか」

「そう」

「なにをやった男ですか」

「まともに裁判して加算したら、刑期は百五十年くらいになるわ」

「そんなふうには見えませんね」

「ひとことも口をきかないのよ。だから、私のほうから喋ってばかり。きいてはいるらしいのね。身の上話を、もうみんな喋ってしまった。喋ることが、なくなったのよ。二日で喋りおえた人生。それが私よ」

煙を深く吸いこんで吐き出し、彼女はガラスの灰皿に煙草をねじりつけるようにして消した。

「なにしてるのかしら」

「なにもしてませんでした。コーヒーのおかわりは、いらないそうです」

「見てこよう」

彼女は、ストゥールを降りた。そして、煙草とマッチを持ち、正面のドアにむかって歩いた。

しなやかで無駄のない体は、適確な身のこなしで動いた。厳しくトレーニングされた肉体だけが持つ適確さだった。

5

大きなグラスに冷蔵庫の四角い氷を三つ入れ、そこへサンダンスは水を注いだ。店を見渡し、誰も自分には用がなさそうだということを確かめてから、彼はグラスを持ち、カウンターの外に出た。

理知的な美人は、ダッジ・ロイアル・モナコの左の後輪を、カウボーイ・ブーツの先で蹴《け》りとばしていた。後部座席には、不精ヒゲの二枚目が、シートに体を深く落としてすわっていた。ドアの窓ガラスがさげてあり、煙草の煙が外へ流れ出てきた。

グラスを持ち、サンダンスは、ウィネバゴ社製のモーターホームまで歩いた。

ベッドにあおむけに横たわって、少女は目を閉じていた。筋肉のすっかり落ちてしまった細い体は薄べったく、ベッドの上には、若い女性の体の盛り上がりといったものが、まったく感じられなかった。

サンダンスは、彼女の顔を見おろしたまま、無言でその場に立ちつくした。

やがて、彼女は、目を開いた。しばらく、無表情のまま、サンダンスの顔を見ていた。

そして、にっこりと笑い、

「日没を見てたの」

と、言った。

「あなたの住んでいる高原から見える、地平線の日没。想像のなかで見てたのよ」

「よかったら、寄り道して、実際に見ていけばいい」

「見たいわ」

「東へむかってると言ってたね」

「ええ」

「だったら、寄り道するといい」

「そうね。ワラスに言ってみる」

ワラスは、彼女たちのドライバーだ。

「新聞を読んでたよ」

「ワラスは新聞を読むのが大好きなの」

と、彼女は笑った。

寝たきりのまま、彼女はグラスから器用に水を飲んだ。

駐車スペースのむこうの端まで歩いた理知的な美人は、腰に両手を当て、遠くを見渡した。店のほうへゆっくり歩いてひきかえし、自分たちの自動車のうしろで立ちどまり、足もとを見た。首にまいた赤いバンダナが、風にはためいた。

顔をあげて空をあおぎ、眉《まゆ》をしかめ、店の階段をあがっていった。

「手錠をかけられて護送されてる人がいるんだ。車のなかのチェーンにつながれて、まるで奴隷だな」

「どの車？」

「紫色のダッジ」

彼女は頭を動かし、側面の壁の丸窓から外を見た。ダッジの前半分だけが、見えた。

「まだ若い女性が、ひとりで護送してるんだ。刑事なのかな、彼女は」

店のドアが開いた。小柄でがっしりした、頭のはげあがったあの男が、ドアから顔を突き出した。誰かをさがすように左右に顔をむけ、なぜだかにこっと笑ってひっこんだ。

「お客がぼくを呼んでるみたいだ」

「どうぞ、いってらっしゃい」

「すぐに帰ってくる」

「いいのよ」

いきかけたサンダンスを、彼女は呼びとめた。

「ワラスに、ここへ来るように言ってもらえないかしら」

「OK」

店へむかって歩いたサンダンスが階段をあがりきったところで、ドアが開いた。がっしりした小柄な男が、外へ出てきた。

「いい風が吹いてやがる」

そう言って、男は、濃紺のスラックスのポケットに両手を突っこんだ。風に目を細め、遠くを見た。ツイードのジャケットの上に出した赤いスポーツ・シャツのえりが、風にあおられた。

「きみは、ここを、ひとりできりまわしてるのかい」

と、男は、サンダンスに言った。

「おじいさんがたまに手伝ってくれますが、たいていはひとりです」

「ふうん」

男は駐車場を見渡した。サンダンスに目をかえした。

正面のドアのわきに、缶入りビールの六本入りカートンが四個、壁に寄せてならべてあった。男は、それを指さした。

「なんでビールがこんなところで陽に当たってるんだ」

「ぼくが射《う》つのです」

「なんだって？」

「射つのです」

サンダンスの言葉の意味を、男は考えた。考えても納得はいかないまま、

「なるほど」

と、言った。そして、奇妙な生き物を見るような目つきで、男は二十四個の缶入りビールを見つめた。

6

オートバイの男女が、席を立っていた。彼女は彼の胴にしっかり片腕をまわし、彼は彼

女の肩を抱き寄せ、ピンボール・マシーンの前に立っていた。マシーンに描いてある絵を、ガラスごしに見ながら、ふたりはなにが面白いのかしきりに笑った。

新聞を読んでいるワラスに、サンダンスは歩み寄った。テーブルのわきに立ちどまり、

「失礼します」

と、言った。

ワラスは、新聞をおろした。サンダンスを見上げ、

「なんだい」

と、こたえた。

「シンディが呼んでます」

「うん、そうか。いま出てみようと思ってたとこだった」

新聞を半分にたたんでテーブルに置いたワラスは、立ち上がった。玉突き台のわきをまわり、正面のドアにむかって歩いた。

看護婦とヒッチハイクの女性は、まだ、みやげ物の棚の前にいた。トルコ石を銀細工にはめこんだブレスレットの品定めに、余念がなかった。

サンダンスといっしょに店へ入ってきた小柄な男は、ふたりの女性が立っている棚の前へ歩いた。そして、彼女たちに気さくに話しかけた。

オートバイの男女が、カウンターまで歩いてきた。

男のほうが、カウンターのなかのサンダンスに声をかけた。

「持っていきたいのだけど、大きなサンドイッチをふたつ、作ってくれないか。勘定はいっしょに払う」

見かけのいかつさにまったく似合わない、おだやかな声だった。右の二の腕に、小さな赤いバラのイレズミが三つ、ならんでいた。バラは、濃く生えている毛の下に半分以上、かくれていた。

「スパムでいいですか」

「いいよ」

「作ります」

サンダンスは、さっそく、サンドイッチ作りにとりかかった。

フランス・パンをナイフで縦にふたつに切り開き、片面にマスタード、もういっぽうにはバターをまんべんなく塗りつけた。

スパムのデヴィルド・ランチョン・ミートの四オンス半の缶詰をあけ、なかの肉にウースター・ソースをふりかけ、ナイフでかきまわした。

ナイフの先にその肉をすくいあげ、バターの上に厚く盛り上げつつ塗りこめた。その上にレタスを敷き、スイス・チーズのスライスをならべ、トマトを輪切りにして乗せ、玉ネギの輪切りを重ねた。最後にピクルスを適当に乗せ、パンを閉じた。

おなじ作業をもう一度くりかえしてサンドイッチをふたつ作り、ビニールの薄いシートでくるみ、紙の箱に入れた。

全員が、みやげ物の棚の前にいた。小柄ながっしりした男が、陽気に冗談を言っては、みんなを笑わせていた。

サンドイッチをおさめた箱をカウンターに置き、サンダンスはいちばん奥のボックス席へいった。五十セントのチップが置いてあった。食器をさげ、テーブルもふいた。

カウンターにひきかえしてくると、オートバイのカップルがサンダンスのところへ歩いてきた。

銀細工にトルコ石をあしらった指輪を、彼女は自分の指にはめ、美しい、素敵だ、と感嘆していた。

「サンドイッチのおまけにもらえるというわけにはいかないだろうなあ」

と、男が言った。

「サンドイッチを指輪のおまけにすることはできますよ」

サンダンスの返事に、彼女は、男に体をすり寄せ、うっとりと顔を見上げた。

「買ってもらえる？」

しなをつくって甘えたその甘えぶりは、あまりに甘すぎた。

「買ってやるよ、ベイビー」

男は、ジーンズの尻ポケットから財布を出し、料金を払った。彼女は、その指輪をみんなに見せびらかした。

男が荷物のなかから出した魔法ビンに、サンダンスは、熱いブラック・コーヒーをいっぱいに満たしてあげた。

やがて、ふたりは、店を出ていった。オートバイのエンジンがかかる音がし、排気音が轟《とどろ》いた。

駐車場を出て東へ走り去るオートバイが、カウンターのうしろの窓から見えた。

7

ワラスが店に入ってきた。

いったん立ちどまり、店内を見渡した。サンダンスがカウンターにいるのを見ると、まっすぐに彼のところへ歩いてきた。

「サンダンス」

と、ワラスが言った。

サンダンスは、顔をあげた。

「なんでしょう」

ワラスは赤ら顔だ。ブルーの目が丸く小さく、鼻の下には目立たないけれどもヒゲをたくわえている。人さし指で、ワラスはそのヒゲを撫でた。

「インディアン・カントリーで夕陽を見たいと、シンディが言うんだ」

「はい」

「ここから遠いのか、インディアン・カントリーは」

「一時間です」

「おまえもそこに住んでるのか」

「そうです」

「宿泊の施設はあるか」

施設と呼んでいいかどうかわからないが、人が泊まることはいつだってできる。

「あります」

「熱いお湯は出るか」

「出ます」

「洗濯した、きれいなシーツはあるか」

「あります」

「よし。今夜は、そこに泊まる」

「どうぞ」

「夕陽はほんとうに美しいのか」

「夕陽を見る人によります」

「ふむ」

ワラスは、腕時計を見た。

「日没は何時だ」

新聞に出ている日没の時間を、サンダンスはワラスに教えた。

「ここから一時間と言ったな」

「そうです」

「まだ時間は充分にある。店は何時までやっているのだ」

「もうじき閉めます」

「連絡しておかなくてもいいのか」

「だいじょうぶです」

「よし」

うなずいて、ワラスは、自分の席へ帰っていった。シートにどっかりすわってから、サンダンスを呼んだ。からのコーヒー・マグを示し、熱いのを注ぐようにと、ジェスチュアで示した。

コーヒーを持ってワラスのテーブルへ歩きながら、サンダンスは、シンディにつきそっている看護婦が外へ出ていくのを見た。

カウンターにもどると、不精ヒゲの二枚目を護送している理知的な美人は、あいかわらず、うんざりしきった表情で、虚空《こくう》をにらんでいた。灰皿に置いた煙草から、煙がひとすじ、まっすぐに立ちのぼっていた。

みやげ物の棚の前で、あの小柄な男が、陽気なお喋りをつづけていた。

自分がヒッチハイクしてきた車の男を、シンディたちのリンカン・コンチネンタルに同乗している女性にひきあわせたらしい。

そして、どう言いくるめたのか、トルコ石の腕輪をひとつ、やせた背の高い男が電気洗濯機のコマーシャルに出てくるような女性にプレゼントすることに、成功したようだ。

三人は、カウンターにもどってきた。

トルコ石の腕輪の代金を、背の高い男が支払った。これだけきれいな細工でこの値段なら、買い得なのだ。

腕輪をはめた女性は、代金を払った男性の肩に両手をかけ、のびあがって頬《ほお》に口づけをした。

席を立ったワラスが、三人のところへ歩いてきた。腕輪を買ってもらってよろこんでいる女性に、ワラスは言った。

「たいへん申し訳ないんですが、私らは西へひきかえして一泊することになったのです。シンディがインディアン・カントリーの夕陽が見たいと言いますので」

「シンディって、どなた？」

「外のモーターホームの寝台に寝ている少女です」

「病気なの？」

「この十年、寝たっきりです」

「まあ、かわいそう」

小柄ながっしりした男が、話に割りこんできた。

「だったら、あなたは」

と、腕輪の女性に、

「彼の車にヒッチハイクしなさい。彼は東へむかってるんだ」

と、腕輪の代金を払った男を示した。そして、さらに言葉をつけ加えた。

「彼は離婚したばかりなんだ。むさくるしい私よりも、お美しいあなたのほうが、同乗者としてはふさわしいだろう」

「私も離婚したばかりなのです」

「ほら、ごらん！　トルコ石の腕輪が、早くも縁をひとつ、とりもった」

そして小柄な男はワラスにむきなおり、

「私は、西だろうがインディアン・カントリーだろうが、どこでもいきます。よろしく」

と、右手をさしのべた。ふたりは、握手をかわした。

8

オールズモービル・トロナードの2ドアは、ヴァニラ・アイスクリームの色だった。ボディのまんなかに、前から後ろまで、細く一本、鮮やかなブルーのストライプが、走っていた。レザー・トップの屋根は、燃えるような赤だった。

今年の新型だ。だが、自動車としては、時代おくれの代物《しろもの》だ。

乗りこんだふたりを、小柄な男が、見送った。駐車場からハイウエイまで、車のわきを歩いてついていき、助手席のガラスをさげて顔を出した彼女の頬に口づけをした。

ハイウエイに出たオールズモービルは、むこうの車線に入った。窓から、彼女が手を振った。

西陽をうしろから浴び、ヴァニラ・アイスクリーム色のオールズモービルは、まっ赤に染まりつつ走り去った。小柄な男は、ゆっくり歩いて、店へひきかえしてきた。ドアの前に立っているサンダンスに笑いかけながら、階段をあがってきた。

「いっちまったよ、東へ。まるで新婚のように」

と、男は両腕を広げた。

サンダンスは、モーターホームを見た。看護婦が、まだシンディと話をしていた。

「ほかになにができるんだ」

と、男が言った。

「は?」

「ほかに、おまえは、なにができるんだ」

「ほかに、というと?」

「この店をきりまわすほかに、さ」

「ビールを射ちます」

「なにを射つって?」

「ビールです」

壁に寄せて置いてある缶ビールのカートンを、サンダンスは示した。

「うん」

と、男は、うなずいた。ビールを射つ、という言葉の意味が、まだ彼にはつかめていない。

「そのほかに」

「カボチャ畑にすわります」

「なんだって？」

自分の理解をこえたことがらに生まれて初めて直面させられた人のように、男は途方にくれた表情を浮かべた。

「おまえ、いま、なんと言った？」

「カボチャ畑にすわります」

「なんだ、それ」

「だから、カボチャの畑に、ぼくがすわるのです」

「なんのために」

「おまじないです」

「おまじない？」

「カボチャがよく実るように」

「おまえがカボチャ畑にすわるのか。カボチャがよく実るように」

「そうです」

「すわるだけか」

「心をこめます」

「なに？」

「心をこめます」

「それがどうした」

「心をこめてカボチャ畑にすわります」

「ふうん」

「おじいさんが教えてくれたのです」

「インディアンのおまじないか」

「そうです」

「どうやって心をこめるんだ」

「畑にすわって、カボチャの気持になりきるのです。大きく実りたい、大きく実りたいと思うと、それが畑のカボチャに伝わって、大きなカボチャができるのです」

「それは素晴らしい」

と、男は、うなずいた。

「なにごとも心をこめることができるようになったら、世界を征服したもおなじだ」

わけのわからない結論をつけ、男は話題を変えた。

「おまえに俺の名前、教えたっけ」

「いいえ」

「俺も、おまえの名前を知らない」

男は、サンダンスに右手をさしのべた。

「ハリー・モスというんだ」

「サンダンスです」

ハリーは、サンダンスの顔をしげしげと見た。そして、一度だけ大きくうなずき、首を振った。

「言わないでおこう。相棒のブッチ・キャシディはどこだなんて、もうさんざん言われてきただろうから、ここでは言わないでおこう」

9

サンダンスは、ゴミかごの整理をした。

新聞が二種類。ニュース週刊誌が二冊。雑誌が三冊。本はペーパーバックが一冊。これはレズビアンを主人公にしたエロ本だった。

カウンターの下の所定の場所に、この新聞や雑誌をつみあげた。おじいさんのキャプテン・ジョンが、こうするようにサンダンスに命じている。

店を閉める準備を、サンダンスは、進めた。

食器や調理器具を洗い、カウンターのなかをかたづけた。店のフロアをモップできれいにし、テーブルの上をふきなおした。いつもは掃除といってもこの程度だが、一週間に一度、もうすこし徹底して掃除し、さらに月に一度、真剣な掃除をおこなう。

お客たちは、全員、勘定を払って店の外に出ていった。だが、自動車が走り出す音は、いっこうに聞こえてこない。外で話をしているのだろう。おそらく、シンディのいるモーターホームで。

客に出す料理の材料としてどんなものがどれだけ残っているか、サンダンスは調べた。ボールポイントでメモにとった。明日、店に出てくるとき、足りないものを仕入れてこなくてはいけない。

閉店の準備を、サンダンスは、完全におえた。もう一度、店のなかを見渡した。やり忘れていることはなにもないのを確認し、カウンターの下から標示板をとりだし、ドアまで歩いた。

ドアのところで店内の照明スイッチをオフにし、外に出た。ドアに鍵《かぎ》をかけ、ドア・ノブに標示板をひもで吊《つ》り下げた。

〈朝の十時に開きます。ハヴ・ア・ナイス・トリップ〉と、黒地にピンクで、標示板には印刷してあった。

壁に寄せて置いてある缶ビールのカートンには、まだ西陽が当たっていた。

しゃがんだサンダンスは、缶に指を触れてみた。缶は、陽に照らされつづけたせいで、あたたかだった。

四つのカートンを両腕にかかえ、サンダンスは立ちあがった。階段を降り、駐車スペースのむこうの端にとめてある青いフォードのピックアップ・トラックにむかって歩いた。

みんなは、やはり、シンディのモーターホームのところにいた。モーターホームの後部ドアは、すでに閉じてあった。リンカン・コンチネンタルのわきに四人が立ち、話をしていた。

ピックアップ・トラックの助手席のドアを開き、缶ビールのカートンを座席の上に置いた。そして、ドアを蹴って閉じた。

モーターホームまでサンダンスが歩いていくと、ワラスとそれにハリー・モスが、リンカン・コンチネンタルに乗りこむところだった。三人は、理知的な美しい女刑事にお別れの挨拶《あいさつ》をしていた。

サンダンスは、モーターホームの後部へ歩いた。側面の丸窓からのぞきこむと、シンディがぱっちりと目を開き、外を見ていた。

シンディは、にっこり笑った。

「後で、高原でまた逢おう」

と、サンダンスは、言った。

シンディも、丸窓のむこうで、なにか言った。だが、声は、聞こえなかった。リンカン・コンチネンタルの運転席へ、サンダンスは、まわった。ドライバーのワラスに、道順を説明した。

西へむかってまっすぐ走っていけば、ハイウエイの右側に標識が立っている。〈インディアン居留地〉と標識には書いてあり、矢印がそえてある。未舗装の泥道が、ハイウエイから分かれている。その泥道をいけば、高原の上のインディアン居留地に出る。標識さえ見のがさなければ、まちがいっこない。

リンカン・コンチネンタルは、モーターホームをひっぱり、走りはじめた。側面のポートホールのなかから手を振っているシンディに、サンダンスは手を振ってかえした。

女刑事も、微笑を浮かべ、手を振った。紫色のダッジのなかにいる不精ヒゲの二枚目は、うつろな目で興味なさそうにモーターホームを追った。

どちらの方向にも自動車などほかに一台も見えないハイウエイに、白いリンカン・コンチネンタルにひっぱられ、おなじく白いモーターホームは、出ていった。

女刑事が、サンダンスに手を振った。みじかく、なにか言った。その声を、風が吹き消した。

「また寄ってください」

と、サンダンスは言った。

微笑をかえし、女刑事は、紫色のダッジの運転席に入った。重い音とともに、ドアは閉じた。

10

車が一台、ハイウエイ右側の路肩に寄ってとまっているのが見えた。

サンダンスは、アクセルから足を浮かせた。

紫色の、あのダッジ・ロイアル・モナコだった。

後部右側のドアが開いていた。不精ヒゲの二枚目が、車のうしろに立ち、バンパーにむかって小用を足していた。手錠をかけられたままだった。手錠には長いチェーンがついていて、チェーンは車のなかにつながっていた。いまのように小用を足すときなどには、このチェーンは長くのばすことが可能なのだ。

ダッジの左側を、サンダンスは、低速で走り抜けた。すれちがうときにちらっと見たら、女刑事は腰を前にずらせて運転席にすわり、正面のガラスごしに、まっすぐ前を見ていた。

サンダンスは、再びアクセルを踏みつけた。エンジン音や車体の風切り音が、運転席に満ちた。

そのまま、三十分ほど走った。

右側の荒野のなかにある、サンダンスだけにしか見えないものが近づいてきて、サンダンスはピックアップ・トラックのスピードを落とした。

ハイウェイの右側に寄っていき、やがてとまった。エンジンを切りながら、天井のミラーを見た。さきほど追い抜いた紫色のダッジは、まだどこにも見えなかった。

缶ビールのカートンを四つかかえ、サンダンスはドアを開け、外に出た。荒野のなかへ、斜めに歩いていった。

角材が一本、地面に垂直に立っているところで、サンダンスは足をとめた。角材の根もとに、彼は缶ビールのカートンをおろした。角材は、サンダンスの身長とほぼおなじ高さだった。

その角材のてっぺんには、長さ三〇センチほどに切ったおなじ角材が、T字型の腕木になるよう、水平に釘《くぎ》で打ちつけてあった。

腕木には、くぼみが三つ、刻んであった。

持っていた三つの缶ビールを、サンダンスは、その腕木の上に乗せた。おたがいのあいだにすこし間隔をとりつつ、三つの缶ビールが腕木の上に平行に横たえられた。くぼみのおかげで、缶は転がったりはしなかった。

路肩にはみださせてとめたピックアップ・トラックへ、サンダンスは歩いた。

運転席のドアを開き、座席の背もたれを前に倒した。背もたれのうしろには、物を入れるためのちょっとしたスペースがあった。

ライフルと弾丸が入っていた。ネイヴィ・アームズによる、ウインチェスターのモデル1866のレプリカだ。口径は・22。

弾丸をこめたサンダンスは、トラックから離れて立ち、支柱の上の缶ビールを狙《ねら》った。三本の缶ビールの尻が、こちらをむいている。距離は三〇メートルほどだ。

速射で三発、サンダンスは射った。三発とも命中した。尻から弾丸をくらった缶ビールは、左から順に、三本ともロケットのように空中を飛んだ。

ライフルを持ったまま、サンダンスは角材まで歩いた。缶ビールをさらに三本、腕木の上に横たえた。

ハイウエイにひきかえす途中、紫色のダッジが走ってくるのが見えた。ダッジはスピードを落とし、ピックアップ・トラックのうしろにとまった。運転席の女刑事に、サンダンスは、手を振った。

車を降りてきた彼女は、サンダンスのライフルと、三〇メートルむこうの腕木に乗っている缶ビールを見た。

「射たせて」

小さな声で、彼女は言った。

デニムのジャケットの下、左のわきの下に、彼女はホルスターを吊っていた。ピストルを、引き抜いた。銃身6インチの、コルト・パイソン・357マグナムだった。両脚を開いて腰を落としぎみに、彼女は右腕をのばした。左腕で右手を支え、狙いをつけた。

発射の轟音《ごうおん》は、サンダンスのライフルの比ではなかった。弾丸の破壊力も、けたちがいだ。まずはじめに、いちばん左の缶ビールが、跡かたなく炸裂した。

つづけて、まんなか、右端と、それぞれ一発で、彼女は命中させた。シリンダーをスイング・アウトさせて三個の空薬莢《からやっきょう》を突き出し、地面に落とした。美しい手際だった。

ジーンとしびれているサンダンスの耳に、

「射たせてくれてどうもありがとう」

という彼女の言葉が、どこか遠くからのように聞こえた。微笑を残し、彼女はダッジの運転席に帰った。ダッジは、走りはじめた。

赤い夕陽にむかって次第に小さくなっていくダッジを見送り、サンダンスは、缶ビールを腕木に乗せるため、また荒野に入っていった。

夜行ならブルースが聴こえる

1

ステージのロック・バンドが、最後の曲の演奏をおえた。サパー・クラブの宵《よい》の口の客にあわせた、踊りやすい曲だった。

壁に寄せたステージとその前のダンス・フロアを照らしていた照明が、ゆっくりと暗くしぼられ、やがて消えた。

と同時に、客席の天井の照明が、明るさを増した。

踊っていた客が、自分たちの席に帰った。

バンドのメンバーたちが、ステージを降りた。ごくまばらな拍手が、薄暗い店の奥のほうのテーブルから、聞こえた。

ユニフォームを着た六人のメンバーは、鉢植《はちう》えの樹のむこうをまわり、クロークの前に出た。六人とも、若い男だった。

六人のうち四人が、店のドアにむかった。

しんがりの男がふと振りかえり、クロークの前に立っているふたりに、麻雀《マージャン》のパイをならべる手つきをしてみせた。

ドアを出て地上への階段をあがっていく四人を見送り、残ったふたりはクロークの奥の更衣室へ歩いた。

「あいつら、麻雀が本職だな」

小柄なほうの男が、そう言った。

「音楽のほうは、いまに失業するだろう。あのくらいの演奏なら、今日び、中学生でもやるからな」

「ちがいない」

背の高いほうの男が、こたえた。彼は、ステージで使っていたフェンダーの電気ギターを持っていた。

細い廊下の突き当たりに、更衣室のドアがあった。ふたりは、中に入った。せまい部屋だ。雑然と荷物が置かれ、プリント合板の壁にならんだハンガーに、男の服がいくつもかかっていた。

小柄な男は、折りたたみの椅子《いす》にすわった。煙草《たばこ》を出し、ライターで火をつけ、天井にむかって煙を吐き出した。

背の高い男は、電気ギターをていねいに壁に立てかけ、ユニフォームを脱ぎはじめた。

しばらくそれをながめてから、小柄な男は、

「おい、竹島《たけしま》。あのこが来てたぞ」

と、言った。

「あのこ？」

竹島が、ききかえした。

「なんつったっけ。美代子《みよこ》？　美也子《みやこ》だったかな」

「美也子」

「色の白い」

「ああ」

「ひとりで来てた。けだるくカンパリをすすってたよ」

スラックスを脱いだ竹島は、ブルージーンズにはきかえた。ステージ用のドレス・ブーツをビニール袋に入れ、テーブルに乗せて開いてあった小型のスーツケースにおさめた。

「欲しけりゃ、いつでも譲ってやる」

「欲しくはねえさ。ひとりで店に来てカンパリすすってる女は、やりたがってる女だ」

「おまえ、かわりにやってくれ」

「俺はいいよ」

「女っ気が切れてたときに、代用品のつもりで乗っかったら、それ以来、つきまといやがる」

「けっこう美人の、いい女じゃねえか」

「話をしていると腹が立ってくるんだ。いちいちもっともなことを言いやがって」

「もっと乗っかってやれよ。ああいうタイプは、根は助平なんだ。乗りこめば、おとなしくなるだろう」

竹島は苦笑した。

「よしてくれよ、チーフ。いったい、なんの話だい」

「なんの話ってこともないけどさ」

チーフは脚を組み、左手で顔を撫《な》でまわした。そして、腕時計を見た。

「十時か。今夜は、店は混みそうだな」

「冬至《とうじ》だっていうのに、ここんとこずっと暖かいもんね」

タートル・ネックのセーターの上に、竹島は革のフライト・ジャケットをはおった。

「乗っかってやれよ、竹島」

「乗っかるより、ぶっ殺したほうが気持いいんじゃないのかなあ、ああいう女は」

「やりたがってる女を見るとさ、ついね、思いをかなえさせてやりたくなって」

「貧乏性なのかな、チーフは」

「それは言えてる」

チーフと呼ばれるこの男は、このサパー・クラブに専属で出演しているバンドの、マネージャー兼リーダーだ。客の乗りにあわせて、ディスコ・ヒットからナツメロ、軍歌まで、なんでも演奏する。

竹島は、着替えをおえた。

「チーフ、ちょっとお茶を飲んでくる」

「またアイス・ココアか。面白え道楽だ。汽車は何時だっけ」

「十一時五十九分」

「またここへもどってくるだろう?」

「うん」

「待ってる」

2

サパー・クラブを出た竹島は、おなじならびの四軒さきにあるコーヒー・ショップに入った。

民芸ふうなつくりのドアを押して入ると、四角な店のスペースがある。明るい店なのだが、奇妙に雑然としている。壁が淡いピンクで、フロアは濃いえんじ色。テーブルは白で、椅子はブルーのビニール張りだ。色のとりあわせが落着かない。道路に面した大きなガラス窓には白いレースのカーテンがかかり、模造の蔦《つた》が内側に這《は》っていた。

ピンク電話が二台ならんでいる台の棚に、スポーツ新聞やマンガ雑誌がかさなっていた。新聞をひとつだけ持ち、肩を壁に寄りかからせることのできる席に、竹島はすわった。ウエートレスが注文をききに来た。新聞を開きながら、アイス・ココアを竹島は注文した。アイス・ココアは、すぐに出来てきた。樽《たる》のようなかたちをした大きなグラスに、たっぷり入っていた。

さっそく、竹島は、ひと口、飲んだ。彼の好物だ。

まもなく、美也子が店に入って来た。

ドアのところに立って店内を見渡し、竹島を見つけ、席へ歩いた。

竹島のむかいに黙ってすわり、バッグを壁ぎわに置いた。バーバリーの、小型の旅行かばんだった。

腰を浮かせて、美也子はコートを脱いだ。黒いスエードのハーフ・コートだ。バッグの上に、コートを重ねて置いた。

うなじから肩にかかっているカールした髪を両手ではねあげ、店を見渡し、新聞を読んでいる竹島の顔に視線をもどした。

新聞から顔をあげ、竹島はちらと美也子を見た。

「ここにいるって、チーフが教えてくれたの」

竹島は無言で新聞に目をかえした。大きな手でアイス・ココアのグラスをつかみ、飲んだ。

ウエートレスがふたりの席へ来た。水の入ったグラスをひとつ、テーブルに置いた。

「ワイン・ゼリー」

注文を告げた美也子を、ウエートレスは興味なさそうに見かえした。

「ちょっとやってないんですけど」

「あら、なくなっちゃったの？」

竹島に美也子はきいた。竹島は無言だった。この店で飲めるコーヒーの種類を書いた板が、壁にかかっていた。それを見て、美也子は、カプチーノを選んだ。

「この店、経営者が変わったのかしら、なんだか器も安っぽくなったと思わない？」

アイス・ココアのグラスをひき寄せ、爪を赤く塗った指さきで美也子はグラスをまわして見た。

たたんだ新聞を、竹島は、となりの席に置いた。

フライト・ジャケットのポケットから、煙草を出した。一本抜いて唇にくわえ、マッチで火をつけた。普通のマッチをあたりまえにこすって火をつけただけなのだが、なにかこつがあるのだろう、パチーンと大きな音がした。

「なに、それ。記念煙草なの？」

手をのばす美也子に、竹島は黄色いパッケージの煙草をほうった。

「どこの煙草なの？」

「中国」

「へえ、はじめて見た。かわってる。買ったの？」

「人がくれた」

「この漢字、なんて書いてあるのかしら」

「長寿、だろう」

「あ、そうか」

セブンスターを出して美也子も火をつけた。

「ねえ、あたし、スラックスを買ったの。ワン・サイズ小さいのにすればよかったかな。ほら」

美也子は、中腰に立ちあがってみせた。コーデュロイのブッシュ・パンツだった。張りのある腰と、すんなりした太腿《ふともも》の線が、うかがえた。濃いベージュが、紫色のセーターに平凡に調和していた。

「すこし、ゆるいのよ、ね。このあたり、しわになるし」

「コーデュロイは、はいてるとのびてくる」

「やだあ、ほんと？」

喫《す》い終った煙草につづいて、もう一本、竹島は火をつけた。

壁に左の肩をもたせかけ、脚をけだるく組み、美也子を見た。

平凡な顔立ちだが、美人だと言えた。色が白く、肌のきめがこまかい。だから、そのぶんだけ得をしている。ほんのわずかなアイ・シャドーや口紅が、美也子の顔をひきたてる。

百六十四センチくらいの身長だろうか。着やせして見えるが、裸になるとぼってりした重みがある。全身の肌が白いので、よけいにそれを感じる。

セーターの下の、胸の丸いふくらみを、竹島は見た。

ウエートレスが、カプチーノを持ってきた。

3

カプチーノについてきた小さな棒状のニッキの先端を、美也子は爪でこまかく割った。

小さなかけらをゆっくり口に入れ、舌の先にのせ、前歯で嚙《か》みながら、

「今日は、お店、とても混みそうだって、チーフが言ってた」

「ふん」

「ボーナスの影響かしら」

「このところ、入りはいいよ」

「結構ね」

カプチーノの小さなカップを、受け皿の上で美也子はまわした。

「お店の客の入りがいいと、専属バンドの演奏にも熱が入るわけ？」

自分の顔をまっすぐに見てよこす美也子の目を、竹島は、かわした。

「どうかなあ」

「どうかなあ、ですって。そんな言いかたをするのを聞くと、他人事《ひとごと》ながら、心配になってくるのよ」

「なにが心配なんだ」

「だって、自分の仕事に、自信が持ててないわけでしょう。どうかなあなんて、まったくしらけた言いかただわ」

「しらけてるわけでもないんだ」

「演奏といったって、サパー・クラブに集まってくる自称プレーボーイやプレーガールの、お酒のおつまみですもんね」

美也子は、竹島を批判したり責めたりしているわけではない。悪気はまったくなく、むしろ相手に対する親切心から言っているのだ。

しかし、その言いかたが、いちいち竹島の神経にさわる。喋《しゃべ》りかたは甘ったるいお嬢さんふうで、顔を見れば色白の美人だから、なぜだかよけいにしゃくにさわる。

美也子とつきあえば、たいていの男が腹を立てるのではないかと、竹島は思う。冷たくしてとりあわずにいても、つきまとってくる。ふりはらいたいとは思うのだが、店に来てくれれば客だから、そうひどいこともできない。それに、まだ三度だけだが、いっしょに寝てしまっている。

「いまのような音楽のお仕事をしてて、自分で自分のことをもったいないと思わない？」

「思わないわけでもない」

「中途はんぱにやさしいのがいけないのよ。自分で自分のことをもったいないと思いながら、演奏する音楽っていうと、やっぱりディスコ・ヒットでしょう」

「音楽は好きなんだ」

「大学を出た年に、公務員になればよかったのよ」

「なぜ」

「むいてないもん、いまのようなお仕事」

「けっこう、楽しいんだ」

「人にはいろんな生きかたがあるし、能力だっていろいろだけど、このままでいいとは、自分でも思ってないでしょ」

やはり美人は得だと、竹島は思った。ブスから面とむかってこんなことを言われたら、グラスの水を顔にぶちかけてしまうだろう。

とおりかかったウエートレスを、竹島は呼びとめた。自分のグラスに、冷たい水を注《つ》ぎ足してもらった。

その水を、竹島は、飲んだ。

「専属バンドといったって、音楽の世界ぜんたいから見たら、三流バンドでしょう」

「お客を乗せるのが目的だから」

「乗せるのだったら、フィリピンのバンドのほうが、うまいわ。あなたのいるバンドは、お客が乗ってるときでも、つまらなそうに演奏してる」

美也子の指摘は正しい。いま竹島が加わっているようなバンドで、いくらリード・ギターを弾いてみても、このさきどうなるものでもない。そのことは、竹島がいちばんよく承知している。

竹島は、腕時計を見た。

「さて」

と、煙草をポケットにしまった。

「今日は、店はこれでおしまいだ」

コートを手にかけて、美也子は彼を見た。

「なぜ？　どこへいくの？」

こたえずに、竹島は立ちあがった。

4

店の更衣室には、誰もいなかった。

竹島は、ひとりで電気ギターを黒いハード・ケースにおさめた。ステージ用の衣裳《いしょう》や、これからの旅に必要なものを、スーツケースにつめなおした。

更衣室のドアが開いた。チーフが、ひとりで入ってきた。

「おう」

と言ってドアをしめ、

「美也子が、いっただろう」

「来た。すっかりお説教されちまった。馬鹿ばかしい」

「説教されてるうちがいいんだ」

「それもお説教かい」

こたえずに、チーフは、着ていた上衣のポケットから、ウイスキーのポケット瓶をひっぱり出した。

「これ」

と言い、竹島にさし出した。

「おまえが乗る夜行では、終点まで車内販売はしてないから。食堂車は営業休止中だ」

ポケット瓶を、竹島は受けとった。

「どうも」

「スーツケースに入れとけ。重宝《ちょうほう》する。それから、夜中に腹がへるから、上野《うえの》駅で弁当を買うんだ」

「この時間に、売ってるかな」

上野発の最後の下りが出る時間まで弁当を売っている店を、チーフは竹島に教えた。チーフは、いまのバンドを組む以前は、売れない歌謡曲歌手のマネージャーをながくやっていた。旅のしかたについては、詳しい。

「それから、もうひとつ。むこうに着いたら渡してもらいたいものというやつ。これなんだ」

のびあがったチーフは、棚のいちばん上から、小さな段ボール箱を取った。文学全集はどの大きさで、なにも書かれていず、幅の広いゴム・バンドが十文字にかけてあった。

「おまえを訪ねてくる男がいるから、そいつに渡してくれ。渡すだけでいい。奥田《おくだ》という男だそうだ」

チーフは、ゴム・バンドをとった。箱をあけた。白いポリウレタンのシートに包まれたものが、箱におさまっていた。

「ピストルなんだ。実弾の箱もいっしょだ。弾が三発、ばらで余計に入ってるんだけど、これはおまけにくれてやる。持ってても、暴発しそうでおっかなくて」

白い包みのわきから、チーフは三発の弾丸をつまみ出した。彼の掌の上で、弾丸はきらきらと光っていた。

「九ミリのパラベラム。ピストルは、東南アジアでつくってるコピーだ。安いけど頑丈《がんじょう》で、九ミリ弾ならなんでも射てる」

三発の弾丸を箱にかえしたチーフは、ふたをし、ゴム・バンドをかけた。

「頼んだよ」

箱を、竹島は、受けとった。

「相手の男は、こわいんだ。へまをやると、あとあとまで、やばいよ」

「運ぶだけでも、やばいんじゃないかなあ」

「それは、だいじょうぶだ」

竹島は、箱をスーツケースに入れた。

チーフは、椅子に腰をおろした。

「上野発の夜行かあ。しばらく乗ってねえな」

椅子の上で腰を前にずらして両脚を投げ出し、チーフは両手をスラックスのポケットに入れた。

竹島を見上げてにやっと笑い、

「でも、夜行って、好きだよ。走ってるあいだずっと、ブルースが聴こえてるみたいで」

ジャケットの胸ポケットから、竹島はサングラスを出した。アメリカの警官が使っているのとおなじものだ。サングラスを、竹島は、かけた。そして、言った。

「聴こえるだけかよ」

「おまえ、サングラスをかけると、いい男だな」

スーツケースを、竹島はギター・ケースのそばに置いた。

「青森は雪だ。歌のとおりだな。青森に着くのが、明日のお昼。函館《はこだて》までのフェリーが、四時間ちょっと。札幌《さっぽろ》に着くと夜だ」

「連絡するよ」

と、竹島が言った。

「そうしてくれ」

両手に、竹島は、スーツケースとギター・ケースをさげた。チーフが、ドアをあけてさきに更衣室を出た。

「それじゃあ、まあ、そういうことで」

クロークのわきまで、チーフは竹島を送った。

サパー・クラブを出て、竹島は、おもて通りにまわった。タクシーを呼びとめた。竹島が乗りこもうとしていると、美也子が、かけ寄ってきた。

「どこへいくの？　私もいくわ」

竹島につづいて、美也子はタクシーに乗った。

5

上野発の夜行列車は、定時に出発した。

チーフに教えられた店で竹島が弁当を買っているあいだに、美也子は、窓口で切符を手に入れた。とりあえず、青森まで買った。寝台車を彼女はいやがり、グリーン車の席にした。

自由席の普通車、グリーン車、食堂車、A寝台、B寝台など、ごちゃまぜの編成の列車だった。

列車は、すいていた。青森まで半日がかりで走るあいだに、こまめにいろんな駅にとまる。客をひろい集め、次第に混むのではないかと、竹島は思った。

竹島の席は、せまい通路の両側に寝台が三段ある車輛《しゃりょう》の、最下段の寝台だった。ブーツを脱ぎ、上体をかがめてベッドにあがった。シーツや浴衣《ゆかた》、枕《まくら》など、清潔だった。スーツケースを足もとに置き、ギターのケースは壁ぎわに横たえた。

カーテンを引き、明かりをつけてみた。自分だけの小さな空間が、竹島をつつんだ。

寝台車では煙草を喫《す》わないでくれ、と車内放送で車掌が何度もくりかえした。チーフが言っていたとおり、車内販売はない。食堂車は営業休止中ということだった。駅弁の買える途中駅を、車掌がていねいに告げた。

ベッドに体を横たえ、竹島はなにもせずにじっとしていた。走りだしてしばらくしてから、車内検札の車掌がまわってきた。

寝台車のせまい通路を、乗客たちが、いったりきたりした。ベッドにいる竹島から、カーテンのすきまを通して、彼らの下半身が見えた。男ばかりだった。

彼らの話し声が、竹島にも聞こえた。食堂車はいつ開くのかとか、車内販売でビールや酒は売ってないのかとか、そんな話だった。列車内ではなにも買えないのだと知って、車掌にからみはじめる男もいた。車掌が、ていねいに相手になっていた。

夜中の一時をすぎると、静かになった。

上野を出て一時間以上、ベッドにおなじ姿勢で横たわっていた竹島は、手洗いにいくためにはじめて自分のベッドを出た。

通路を歩いて車輛のむこうの端《はし》までいき、ドアを開いた。連絡通路をこえたむこうの車輛のドアも、同時に開いた。女性がひとり、連絡通路に出てきた。美也子だった。

「あら。さがしてたのに」

「俺は寝台車だから」

「寝てたの？」

「なんとなく」

「グリーン車は、がらがらよ。来て。さびしいわ。こわいぐらい」

「トイレはどこだ」

「あっち」

と、美也子は、自分が来たほうの車輛を示した。

「いま、とおってきたところにあった」

「ここで待ってろ」

「なぜ？」

「寝台へいこう。俺の」

「せまいでしょ」

「いいこと、してやるよ」

「馬鹿」

美也子は、竹島の腕を叩《たた》いた。

用を足して、竹島は、連絡通路に帰ってきた。乗務員控室の壁にもたれ、美也子は待っていた。

「いこう」

「いやよ」

「いいこと、したくないのか」

「馬鹿。聞こえるわよ」

「声をたてなきゃいい」

「駄目《だめ》よ」

「せまいけど、やれるよ」

美也子の腕を、竹島は握った。髪にかくされた美也子の耳に口を寄せ、

「スラックスとパンツをおろして、俺にまたがればいいんだ」

竹島のブーツのつまさきを、美也子は蹴《け》った。

「なにを言うの。いやらしい」

「こいよ」

「寝てる人のじゃまだわ」

「まわりに人はいなかった」

「グリーン車へ来て」

「よし。グリーン車で、おおっぴらにやろう」

「馬鹿ねえ。ひとりで寝台車にいて、なにを考えてたの？」

6

美也子の席のあるグリーン車には、はなればなれに男のひとり客がふたりいるだけだった。

ならんで席につき、美也子は竹島に体を寄せて肩をあずけ、手を握った。

「北へむかう冬の夜行列車。陳腐《ちんぷ》だけど、でもなんとなく素敵」

「俺は仕事で北へいくんだ」

「北の、どこまで？」

「札幌」

「演奏の仕事？」

竹島は、うなずいた。

チーフが関係している芸能事務所は、いくつものバンドを地方のナイトクラブに斡旋《あっせん》している。そのなかのひとつ、札幌で新装開店したばかりのクラブに出していたディスコ・バンドのリード・ギターが、盲腸炎で入院した。その男の代役として、とりあえず一週間、竹島がさしむけられている。

「いつまでいるの？」

「すぐ帰る」

「いっしょにいていい？」

「好きにするさ」

美也子は、腰をよじった。甘えたような鼻にかかった声で、

「そんな言いかたって、ないわ」

「だからさあ、寝台車に誘ったじゃないか。青森に着くのが、昼だってよ。寝台車へいけば、それまでずっと、俺にまたがっていられるのに」

「夜行列車って、もっとロマンチックなのよ」

やがて、美也子は、竹島の手相を見はじめた。竹島の手を右手に握り、左手の小指のさきで彼の掌のしわをたどりながら、感情線がどうの性格がこうのと、際限なく喋った。

途中で、竹島は席を立った。

「チーフがウイスキーをくれたんだ、持ってくる。すこし飲もう」

自分の寝台に帰り、竹島はスーツケースを開いた。ポケット瓶のとなりに、ピストルの入った箱があった。

ゴム・バンドをはずして箱をあけ、白いウレタンに包まれたピストルを出した。ばらで転がっていた三発の弾丸と共に、フライト・ジャケットの大きなポケットに入れた。箱の中には、弾丸の小箱が残った。

竹島は、トイレに入った。ドアをロックし、ポケットからピストルを出した。ウレタンの包みを開くと、鈍く白く光った無骨《ぶこつ》なオートマティック・ピストルが出てきた。銃口には消音器がつけてあった。

アルミ合金なのだろう。大きいが軽い。竹島の手に、ぴたりとおさまった。

握りの中に弾倉が入っている。弾倉をはずすラッチは銃床にあった。竹島の掌に滑り出た弾倉は、空《から》だった。遊底を引いてみた。薬室の中にも、弾丸はなかった。撃鉄《げきてつ》をおろしたピストルを、竹島はポケットにかえした。

三発の弾丸を、弾倉に装塡《そうてん》した。ピストルをポケットから再び出し、弾倉を握りの中へ押しこんだ。

遊底を引き、弾倉の中の初弾を薬室に送りこんだ。どこを見ても、安全装置がなかった。

撃鉄を途中までおろすラッチがあるだけだ。

竹島は、トイレの小窓を開いた。列車の走行音と冷たい風が、渦を巻いて吹きこんだ。両足を踏んばり、左手を壁につき、小窓の外の暗闇を、竹島はピストルで狙《ねら》った。引金にかけた人さし指に、力をこめた。さらに力をこめ、ひと息にしぼった。

湿った破裂音のような音と共に、竹島の手に発射の衝撃が来た。遊底がうしろへいっぱいに叩きもどされ、空の薬莢《やっきょう》が蹴り出された。竹島の顔をかすめた薬莢は、小さな金属音をたててトイレの壁に当たり、竹島の足もとに落ちた。焼けた火薬のにおいを、風が彼の顔に吹きつけた。

竹島は、小窓をしめた。右手のピストルを、あらためてこまかくながめた。メーカーの刻印はどこにもなく、細部の仕上げの荒っぽさは、竹島にも指摘できた。

二発目を射つためにすでに起きている撃鉄を、竹島は、ゆっくり降ろした。

左手に持ちかえ、また右手に持ち、さらにしばらくながめた。銃口につぎ足された、長い円筒型の消音器が、充分に不気味だった。

ピストルをポケットに入れ、竹島はトイレを出た。

美也子の待つグリーン車とは反対のほうへむかった。トイレから通路のドアを開き、連結部の幌《ほろ》を抜け、通路のドアをふたつ越すと、食堂車だった。

明かりはついていたが、誰もいなかった。テーブルのあいだを歩き、調理室と窓にはさまれたせまい通路を、車輛の端へ歩いた。

ならんでいる窓の終りに、ドアがひとつあった。手で開閉するドアだった。金属製のかんぬきが降りていた。それをはずし、取手を左にねじって竹島はドアを引いてみた。ドアは、開いた。風が、舞いこんだ。

7

美也子の席に帰ると、手相見のつづきだった。

しばらく勝手に喋らせてから、かわって竹島が美也子の手相を見た。

「ようするに、曲がり角だ」

「二十四になったんですものねえ」

「それもあるけどさ。これまでずっと、だいたいにおいて男運がよくなかった」

「そうかしら」

「男運を、いいほうに変えれば、曲がり角も無事に曲がれる」

「うわあ、困った。札幌で、運が変わるかしら」

「俺なんかとくっついてたら駄目だよ」

「やっぱり女って損なのよ。男の影響のなかで生きるわけだから」

ころあいを見て、竹島は席から腰をうかせた。

「もうそろそろ、はじまってるかな」

「なにが？」

「寝台車へ来いよ。いいもの、聞かせてやる」

「なになの？」

「となりの寝台で男と女がさあ、やってんだよ」

「じゃましたらいけないわ。それに、あなた、ウイスキーは？」

「やってるのに気をとられて、持ってくるの忘れた。来いよ。寝台で飲みながら、となりの音を聞こう」

美也子の腕を、竹島は、ひっぱった。

「よしなさいよ、そんなこと」

言いながらも、美也子は竹島についてきた。

すくない客の誰もがすでに眠っているのだろう。寝台車のなかは静かだった。

「ここが俺の寝台。バッグをここに置いとけ」

美也子のバッグを、カーテンのむこうに竹島は、ほうりこんだ。

「こっちだよ」

美也子の肩を抱き、となりの車輛にむかった。

連結部のデッキで美也子を抱き、唇をかさねた。美也子は、応じた。両腕をしっかりと竹島の体にまわして抱きしめ、胸と腰を押しつけ、舌をさしこんできた。

ひとしきり口づけをつづけ、

「こっち」

と竹島は言い、となりの車輛に美也子の手を引いて入った。その車輛も、寝台車だった。まっすぐに抜け、食堂車のドアを開いた。

さきほどと同じく、食堂車に人はいなかった。

「こっちだ」

「どこなのよ」

「もうすぐ」

調理室と窓のある壁のあいだの、せまい通路に入った。手で開くドアの前まで来て、竹島は足をとめた。

ドアを背にして立たせた美也子を、竹島は抱いた。

「ここなら人が来ない。ここでやろう」

「いやよ」

美也子の声は、粘っていた。

ふたりの口のなかで、おたがいの舌がからみ合った。竹島の手が、美也子の尻を撫でた。いっそう強く、美也子は腰を彼に押しつけた。

右手を静かにはなした竹島は、フライト・ジャケットのポケットから、ピストルを出した。消音器の先端を、口づけに夢中な美也子のみぞおちに軽く押し当て、親指で静かに撃鉄を起こした。

美也子の口から、竹島は舌を抜いた。ふうっ、と息をもらした美也子は腰をあらためて彼に押しつけ、なにか囁こうとした。その瞬間、竹島は、引金をしぼった。

発射音と手ごたえは、さっきとおなじだった。はじき出された空の薬莢がフロアに飛んだ。

美也子の体の内部で、奇妙な音がした。洗濯機の中で水が渦を巻いているような音だった。腹から胸へあがってきたその音は、開いたままの美也子の口から、ぐへっ！　と吐き出された。

美也子の体を自分の体で支えつつ、竹島は左手をのばしてかんぬきをはずし、取手を握ってドアを開いた。

吹きこむ風にさからいながら、美也子の体を、開いたドアにむかって力まかせに押した。ドアの外の、暗い空間へすわりこむように、美也子は、体をふたつに折りつつ、尻から倒れていった。髪が、風にあおられた。

ドアの外へ落ちつつもなおデッキの空間に浮いているように感じられる美也子の胸に、残りの一発を、竹島は射ちこんだ。弾丸が彼女にめりこんだ瞬間、美也子は、風にさらわれるように横ざまに飛び、見えなくなった。列車は長い鉄橋の上を走っていることに、竹島はそのとき気づいた。

ドアをしめ、ピストルをポケットに入れた。ふたつの薬莢をひろいながら、唇に残っていた美也子の口紅の香りを、ぺっ！　とフロアに吐きとばした。

白い町

1

シャワーの熱い湯が噴出していた。彼の頭や顔、肩、そして胸に当たってはじけた湯は、飛沫《ひまつ》になって常に彼の顔のあたりに爽快《そうかい》に飛びつづけた。

薄目をあけると、熱い湯の飛沫は、黄金色だった。窓からさしこんでくる強い夕陽をうけとめ、小さな無数の湯滴は、そのひとつひとつが、黄金色にきらめくのだ。

シャワー・ルームは天井から彼の胸の高さまで、西側が窓だった。窓は、いま、大きく開け放たれていた。夕陽とともに、風がほんのすこし、シャワー・ルームに吹きこんでいた。

頭から湯を浴びながら、彼は窓の外を見た。空と水平線と海、そして、小さいけれども深くえぐれた三日月のかたちをした湾に沿っている町が、窓から見おろせた。

西の海に、太陽が重く大きく、傾いていた。彼がいるシャワー・ルームの窓から真正面だ。

海は、大きい。三日月のかたちをした湾と、その湾に沿った町の、オモチャのような小ささに比べると、海は異様に大きい。いつ見ても、海と町の対比は、奇妙だった。町が小さいから海が大きく見えすぎるのか、海が大きすぎて町がオモチャのように見えてしまうのか。

湾のかたちそのものと、その湾を見おろしているいまの彼の位置も、海が異様に大きく見えることに関係しているようだった。湾の内側はやさしくおだやかに三日月のかたちにえぐれ、その湾に沿って、遠い白日夢《はくじつむ》のような町がある。

この湾を見つけてそこに小さな町をつくった人たちの営為と、湾の外にいきなり広がっている海の、ただひたすら海でありつづける営為の大きさが、いつ見ても奇妙なものに感じられる対比をつくりだす。シャワー・ルームの窓から、湾の外の海の巨大さと、湾のなかにある町の小ささを、彼はいま同時に見ている。

黄金色の飛沫が目のまえに飛びかい、彼の顔の表面に沿って、湯が流れた。口のなかに入りこむ湯を吹きとばし、目を細めて彼は眼下の町を見た。

町も、夕陽のなかに赤っぽい黄金色だ。ほとんどが二階建ての、四角い建物ばかりだ。大小さまざまな四角の立方体が、複雑に重なりあっている。いまのように夕陽の時間には、重なりあう四角い建物は赤や黄金色だったり、ほどよく黒いシルエットであったりするのだが、陽が頭上に高いあいだはずっと、町ぜんたいがまっ白なのだ。

青い空に青い海。そして、きらめく鋭い陽光のなかの、まっ白い町。その白さは、目を射てまぶしい。三日月のかたちをした青い湾の縁に律義に沿いつつ、太陽を照りかえす白くて四角い建物は、びっしりと重なり、町を埋めている。建物の屋根も壁も、そして道路も、白い。これ以上の純白はありえないような白さに、強い透明な陽が当たる。

強烈なまぶしさがつづく長い昼間、そのまぶしさにくらべて、町は意外に静かだ。白い道路に、人はほとんど見かけない。陽影になっている道路は、廃墟のようだ。

建物の厚い壁には、深く埋めこんだ小さな窓がある。風にゆれるカーテンが見える。陽影になった道路から人がふっと出て来る。白い服を着たその人は、陽ざしのなかを斜めに横切り、むこう側の陽影に消えていく。

陽が高いあいだ、この町のあまりの白さに、ふと、不安を覚える。青い海は紺碧《こんぺき》の海でありすぎ、底なしの悪意に満ちた造りものか、あるいは、悪い夢のなかの幻《まぼろし》に思えてくる。

町の白さは、海の青すぎるほどの青さに、充分に対抗しえている。あまりにも白い。湾沿いの三日月の町を埋めている建物は、すべておなじ石で造られた、純白の立方体だ。建物の角は不思議な丸みを帯び、窓は深く、一軒の家でもさまざまな大きさの立方体が重なりあい、つけあわされていて、白い四角な立方体の不気味な増殖の過程のように見える。

いまのように夕陽の時間になると、ほっとする。熱いシャワーを頭から全身に浴びつつ、彼は町をながめつづけた。

建物は白さを失い、海からはあの気ちがいじみた青さが、抜けていた。あたたかい赤味を帯びた黄金色の町には、不明確なシルエットの部分が多くなっていた。青い海と白い町の、昼間のあいだつづく鮮烈すぎる対比は、いまはどこにも見当たらない。だから、安らぎのようなものを覚え、ほっとする。

シャワーの湯の音のむこうに、電話のベルが聞こえた。

栓《せん》をひねって湯を止めた彼は、濡《ぬ》れたタイルのうえをシャワー・ルームのドアまで歩いた。タオルかけの大きなタオルをとって体をあらましぬぐった彼は、そのタオルを腰にまきつけた。そして、シャワー・ルームを出た。

厚い絨毯《じゅうたん》を敷いたせまい廊下を歩き、居間へいった。壁に寄せた小さなテーブルのうえの、まっ赤な電話に、彼は手をのばした。受話器をとりあげ、耳に当てた。

「トニー」

と、受話器の奥で、ベリンダの声が言っていた。

「なんだ」

「私」

「うん」

「シャワーを浴びてたでしょう」

「うん」

「こないだは、たいへんだったわね」

と、ベリンダが言った。ごめんなさい、とは決して言わないのが、この女の特徴だ。

「そうだな」

「べつに、私、そんなに気にしてはいないわ」

「うん」

「ね」

「俺だって。よくあることさ」

「そうね」

「たいしたことじゃないんだ」

「もう、いつものトニーなの？」

「まあな」

「うれしい」

たしかに、たいしたことではなかった。ほんのちょっとしたいさかいと、言い争いだった。よくあることだ。トニーがベリンダといっしょに寝るようになって、すでに四年だ。四年もたてば、ちょっとした言い争いなど、何度かあって当然だろう。

「シャワーは、まだ途中だったの？」

「もう出るとこだった」

「そう」

ベリンダは、みじかくそう言って言葉を切った。いま彼女が自分にどんな言葉を要求しているのか、トニーにはよくわかっている。わかっているままを、トニーは声に出して言ってみた。

「週末には、会おうか」

「ええ」

「会える？」

「いいわ。会いたい」

甘くそう言う彼女の言葉のむこうに、彼はベリンダの体を思い出す。抱けば、素晴らしい体だ。それにベリンダは美人だし、言い争いはすでに何日かまえのことだ、忘れてしまえる。

「よし。それでは、週末」

「ええ。楽しみだわ」

「場所は、どこにしよう」

「私がそっちへいくわ」

「よし」

「新しいドレスを買うの。それを着ていきたい」

「美しいだろうな」

「素敵なドレスよ」

「楽しみだ」

「偶然に見つけたの」

「素敵なものは、たいてい、偶然に見つかるんだ」

「そうなの？」

「そうさ。そんな意味の古い格言がなかったかな」

「ありそうね」

「きっとあるはずだ」

「とてもシンプルなカットなの」

「うん」

「だから、ラインやシルエットが、きれいなのよ。よけいなものがなくて。すっきりとしていて」

「きみの体のせいだ。きみの体が美しいから、ドレスもひきたつ」

「うれしいわ、トニー。いつものトニーなのね、やっぱり」

とりとめのないやりとりがつづいていく。居間の小さな窓から、夕陽の赤い黄金色の光が、射《さ》しこんでくる。居心地よくほの暗い居間に、窓とおなじ大きさの四角い光線の柱となって、夕陽は射しこんでくる。

立っているトニーのすぐむこうの壁に、その光は当たっている。さらにしばらくトニーとベリンダが長話をつづければ、黄金色の夕陽は、熱いシャワーを浴びたばかりのトニーの上半身にまともに当たるはずだ。

「週末には、そのドレスを着ていくわ」

「期待してる」

「トニー」

ベリンダの声が、甘く粘った。

「なんだい」

「愛してる」

「昔からそうさ。俺だって、ベリンダという女を愛している」

受話器の奥に聞こえる彼女の声を相手に、らちもない会話をつづけているあいだに、つい調子が出てしまった。

「トニー。トニー」

「きみは最高だ、ベリンダ」

「週末には、あなたの腕のなかよ」

「新しいドレスで」

「そうなの。まっ白な、素晴らしいドレス」

トニーは、窓から射しこんでいる夕陽を見た。赤味をおびた黄金色の光線を見つめたまま、彼は黙った。

「トニー」

ベリンダの呼びかけに、彼は返事をしなかった。

「トニー」

「うん」

「トニー。どうしたの？」

「ドレスは何色だって？」

「まっ白。ものすごく素敵なのよ」

2

週末までには四日あった。そして、その四日間、毎日、トニーとベリンダは、電話で長話をした。最初の日は、夕方、白い町が黄金色に染まるころ、ベリンダからトニーのところへかけてよこした。この時間、トニーは、もっとも機嫌《きげん》がいい。ふたりは、他愛《たあい》のない話をかわした。

二日目には、トニーからベリンダに電話をした。仕事の昼休みを利用し、仕事場の近くの公衆電話からベリンダの働いているところへ電話をかけた。

「ベリンダ」

「あら、トニー」

「いま、電話で話ができるかい」

「いいわよ。お昼の休みで、雑誌を見てたの」

「新調したドレスのことだけど」

「ええ」

「週末に着てくるやつ」

「もう、私のところにあるわ。まだ一度も着てないの。まず最初にトニーに見てもらおうと思って」

「ほかの色にしろ」

「なんですって?」

「ほかの色にしろ」

「なぜ？」

「なぜでも」

「素敵な白なのよ。輝くように白くて」

「白は駄目だ」

「なぜ？」

「白すぎる」

ベリンダは、みじかく笑った。

「なにを言ってるの、トニー」

「白すぎる」

「見てからにして」

「とりかえることはできないのか」

「だって」

と、ベリンダは言った。

「袖《そで》を私の寸法に直してもらったの。私の左腕は右腕よりも二センチも長いのよ」

「知ってる」

「直してもらったの。だから、いまさら――」

「白は好かない」

「いったい、どうしたの、トニー。いきなり電話してきて」

「電話というものは、いきなりかかってくるものなんだ」

「私、白って、好きなの」

「よせ」

「シルエットが素晴らしいんだもの。いやだわ、とりかえるなんて」

「とりかえなくてもいいから、ほかの服を着てこい」

「新しい服を着ていきたいの。楽しみにしてるって言ってくれたじゃないの」

「取り消しだ」

「トニー」

「白は、やめてくれ」

「白だから、買ったのよ」

「とにかく、好きじゃないんだ」

「私によく似合うの。あなたの町にも、似合うと思うわ。白くて」

トニーは、しばらく黙った。

「トニー」

「なんだ」

「そんな言いかたは、ないわ。あなたからかけてきた電話なのに。今日は、ご機嫌ななめなの？」

「まっすぐだ」

「え？」

「まっすぐ」

ベリンダは、みじかく笑った。

「ご機嫌まっすぐ？」

「そうだ」

「車の調子はどうなの？」

ベリンダは、話題をかえた。

「調子はいい」

「ドライブしたいわ。私の白い服がひきたつと思うの」

「白は、よせ」

「ねえ、トニー」

「うん」

「夕方、私のほうから、かけなおすわ」

「よし」

「なぜ、白のドレスではいけないの？」

「白すぎる」

「どういう意味？」

「あとにしよう。夕方、また話をしよう」

「私からお部屋に電話するわ」

受話器を置いたトニーは、カップの底に残った冷えたコーヒーを飲みほした。コーヒーとパイの代金をカウンターに置いてストゥールを降り、足早に店を出た。

強い陽ざしのなかに、道路が白く輝いていた。人の姿は、見えなかった。静かななかに、透明な強い陽ざしだけが、くっきりと明るすぎるほどに明るかった。

道路を斜めにへだてたむかい側は、陽影になっていた。その陽影のなかに、トニーの自動車がとまっていた。トニーは、自分の車へ歩いた。彼の真紅《しんく》の半袖シャツに、鮮烈な陽が当たった。

運転席に体をすべりこませ、ドアを閉じた。陽影のせいで、車のなかはひんやりと涼しく、気持よかった。エンジンをかけたトニーは、建物の陽影から陽ざしのなかへ斜めに自動車を発進させた。

赤いマスタングのエンジン・フードに陽が当たり、照りかえしがトニーの目を射た。だが、トニーは快適だった。この車に乗っているときには、目のまえにいつも赤いエンジン・フードが広がっている。自分をがんじがらめに取り囲み、無言のうちにかたときも休まずに攻め立ててくるこのまっ白い町に対して、自分のほうからもすこしは攻撃をしかえすことができているような気持になれるからだ。

この自動車は、若いトニーにとって、二台目だ。最初の車は、ベリンダの好みと意見をとりいれ、車種やボディ・カラーは彼女の言うとおりにした。もっと図体の大きい、白に近い淡いクリーム色の車だった。

三か月足らずでその車を売り払い、二台目のこれにとりかえた。調子のよくなかったエンジンは、自分で部品を手に入れては、たんねんに直していった。いまでは、完璧だ。せまい道路が複雑に入り組んでいるこの町では、このくらいの大きさのほうが、操りやすい。それに、陽ざしをうけると燃え立つように輝く真紅のボディ・カラーが、トニーはなによりも気に入っている。

夕方、約束どおり、ベリンダから電話がかかってきた。日課になっているシャワーをすませたトニーは、赤いランニング・ショーツ一枚で、居間の籐椅子《とういす》で新聞を読んでいた。

「トニー」

電話をよこすと、ベリンダは、いつもきまって、まず最初に彼の名を呼ぶ。

「やあ」

「すこしは直ったの？」

「なにが？」

「ご機嫌」

「べつに、最初から機嫌は悪くない」

「今日のお昼は、おかしかったわ」

「いつもの俺だ」

「ドレスに難くせつけたりして。こないだの言い争いがよくなかったのかな、とも思ったの。悲しかった」

「あれは、過ぎ去ったことだ」

「そうね」

「だけど、白は、よせ」

「悲しませないで」

「だったら、口紅をつけろ。赤い口紅」

「いやだわ。口紅って、不自然なのよ。あれをつけると、仮面をかむってるみたいで。風や陽ざしが、じかに唇に触れないから」

「口紅をつければ、白いドレスでもいい」

「いやなのよ。リップ・グロスだけでも、塗るのはいやなの」

「そうか」

「トニーも言ってたじゃないの。口紅の香りは、重っ苦しく甘いから、嫌いだって」

「問題は香りではない」

「なになの？」

「色だ」

「白？」

「白すぎる」

「なにが？」

「なにもかも。いやだ」

「白がいちばん好きなのよ。白いドレスだと、体がほっそり感じられて、しかも軽くなったように思うの。町や陽ざしにもよく似合うし、白だと落着いていられる。それに、私の髪って、ほかの色が似合わないの。それは、トニーもよく知ってるはずよ」

ベリンダの髪は、プラチナ・ブロンドに近い、ごく淡い金髪だ。くすんだところのない、美しい金髪で、手入れもいいせいか、いつも艶《つや》を放っている。昼間の鮮明な陽ざしをうけるときらきらと光り、金属的な感じすらある。

「新しい白いドレスを、さっきも着てみたの。ほんとに私らしくって、素晴らしいのよ。ぜひ見てほしい」

黙っているトニーに、ベリンダは、甘く囁《ささや》くように、つけ加えた。

「ドレスにあわせて、ショーツも買ったの。すごくセクシーなのよ」

「もちろん、白だわ」

「なに色だ」

3

明くる日、つまり週末まであと二日という日の午後、トニーは再び自分のほうからベリンダに電話をかけた。

週末に会うのを、できることなら来週にのばさないか、と遠まわしにトニーはもちかけた。のばさなければならない理由を、トニーは、自動車のせいにした。

エンジンの調子が思わしくない、とトニーはベリンダに言った。ほんとうは、絶好調のエンジンだ。自分の言葉に我ながら真実味が欠けていると感じたトニーは、デファレンシャル・ギアから異音が発生しはじめた、とつけ加えた。

「早いとこ手を打っておきたいんだ。ドライブの途中に故障などしたら、いやだから」

「いいのよ、ドライブはしなくても。トニーに会えればいいの」

「直しておきたい」

「せっかくの週末なのに」

「のばそうか」

「いやだわ。とっても残念」

「時間がとりにくいんだよ、今度の週末をはずすと」

「だったら、今週、会っておきましょうよ」

「でも」

「なんだか、変よ」

「なにも変ではない」

「気になるから」

「なにが？」

「週末に会いましょうという、ただそれだけのことなのに、こんどはなぜこんなに嚙《か》みあわないのかしら」

「しかし」

「私と車と、どっちがいいの、トニー」

「そんな比較は無理だ。気になることを、さきにかたづけてしまいたいだけだ」

「週末といっても、金曜日の夕方から夜にかけてだけなのよ。土曜と日曜は、車のために使える」

「故障するといやだから」

「ドライブはしなくていいのよ。新しいドレスを着た私を見てもらって。あとは、トニーのお部屋で。ね」

週末のたびにいっしょに寝るのが習慣みたいになって、すでに四年たつ。いまではベリンダはすっかりトニーの体になじんでしまい、あからさまに催促はしないまでも、いまのように、

「ね」

というひと言に、四年にわたる性的な関係の蓄積のすべてをこめることができるようになっている。

トニーは、黙っていた。

「トニー」

「よし」

「ね」

「いまなら部品があると言うんだけど」

「自動車の部品なの？」

「そう」

「予約しておけばいいんだわ」

「金曜の夜中には、きみを車で送っていくから」

「泊まるわ。土曜日、バスで帰る」

「あのバスは嫌《きら》いだ」

「なぜ？」

「白いから」

「町によく似合ってるわ」

「土曜日は、部品のディーラーは、休みだ」

「予約しておいて、来週いけばいいのよ」

「来週の前半、仕事で車を使わなくてはいけない」

「トニー。あなたは、仕事のしすぎなのよ。それで神経がいらだってるのだわ、きっと」

「とにかく――」

「いいのよ。ドレスを見て。金曜の午後、二時半にはバスで広場につくわ。むかえに来て」

「よし」

「もうこれで決定よ」

「口紅をつけてこい」

「トニー」

「口紅」

「いやだわ」

「なぜ？」

「昨日、説明したはずよ。せっかく新しい白いドレスで体が軽く感じられるのに、口紅で唇を塗りつぶしてしまうなんて。唇が死んでしまって、体まで重くなってくるの」

トニーは、黙った。一瞬、目がくらんだ。金曜日の午後の広場が、目に見えた。そのとたん、くらっときた。

金曜日の午後、二時半。太陽はまだ存分に高い。いつもとなんら変わることのない強烈な陽ざしが、あの広場に降り注《そそ》いでいることだろう。円型の広場だ。まっ白な石で敷きつめてあり、中央に噴水が立っている。空中に噴《ふ》きあげられた水は、陽ざしに鋭くきらめいているはずだ。空中の水は、白い石のうえに影を落とす。その影は、広場の白さを強調する。

広場のまわりの建物は、すべて白い。この町に、白以外の建物があっただろうか。

そして、あの広場に、白いバスが走ってくる。バス・ストップの白い建物のまえにとまり、みがきあげたプラチナ色と呼んでさしつかえない金髪を陽に輝かせ、白いドレスのベリンダがバスを降りてくる。白いドレスに陽が当たる。その白さが、トニーを射しつらぬく。

そんな情景を想像したら、その瞬間、目がくらんだ。金曜日の午後の現実がこの想像どおりになることは絶対まちがいない。そのことがトニーに襲いかかり、彼に目まいを覚えさせた。

「トニー」

「なんだ」

「そんなにこわい声を出すものではないわ」

「普通の声だ」

「そうかしら」

すこし間を置き、ベリンダは、しめくくった。

「では、トニー、明日。午後の二時半に、広場でね」

「よし」

と、トニーは言わざるを得なかった。

一日おいて、金曜日。午後二時半。トニーは真紅のマスタングで、広場へいった。

想像していたとおり、というよりも、想像するまでもなく、広場は、狂気のように純白だった。青い空に陽がまだ高く、透明な空気のなかに陽光は硬く鋭く、充満していた。マスタングの、赤いエンジン・フードの広がりのむこうに、トニーは、白い広場のまぶしさを見た。

バス・ストップの建物は、広場の東にあった。マスタングを北にまわしたトニーは、車をとめてエンジンを切り、運転席のドアを開き、バスが来るのを待った。広場の反対側から見ると、圧倒的なほどの輝く白さのなかに、トニーのマスタングはぽつんとひとつだけ頼りなく赤かったはずだ。

両足を白い石のうえに降ろし、開いたドアに右腕をかけ、トニーは待った。はきこんで色あせたブルージーンズや、アメリカ製の頑丈《がんじょう》なカウボーイ・ブーツに、強い陽が当たった。

五分ほどおくれて、バスは来た。西の道路から、広場に入ってきた。タイア以外、どこもかしこもまっ白な、古風なボンネット・バスだった。陽のなかを白くきらめきつつ、ゆっくり走って広場を斜めに横切り、バス・ストップのまえにとまった。

バスの昇降ドアは反対側だ。赤いマスタングのトニーには、見えなかった。だが、すぐに、バスのまえをまわってくるひとりの女性の姿が、彼の目に入った。

ベリンダだった。白い建物をバックに、おなじくまっ白なバスが、白い広場にとまっている。そのバスのまえをまわり、白いドレスのベリンダが、トニーのほうに歩いてくる。

彼女は、片手をあげ、振ってみせた。歩いてくる彼女のうしろで、白いバスが発車し、ゆっくり広場をまわり、南に走り去った。白さのなかへ吸いこまれるようにして、バスは見えなくなった。

ベリンダのドレスが、白く輝いていた。たしかに、彼女によく似合っていた。

マスタングのダッシュボードに横たえておいたウインチェスターM73のサドル・カービンを右手につかみ、トニーは車の外に立った。

歩いてくるベリンダにむかって一歩踏みだすと、両脚を開いて立ち、腰だめのままサドル・カービンを発射した。きらめく陽光の青い空と白い町に、銃声は次々に吸いこまれていった。

銃弾はベリンダの胸や腹をとらえた。体にあけられたいくつもの穴から、鮮血が吹き出し、白いドレスを内側から赤く濡らした。

命中した部分とはかなりかけ離れたところに、赤い血が、さっと帯状に走る。まっ白いドレスは、三発も弾丸をくらうと、赤で色どられた不思議な模様になった。

三発、四発、五発と銃弾をうけとめながら、よろめいてベリンダは歩いた。凍《い》てついた笑顔は、恐怖へと陽のなかで溶解した。

広場の白い石に血がしたたり、陽に光った。六発目で大きくぐらついたベリンダは、七発目の弾丸で足をすくわれたようにひっくりかえった。

うつむいてゆっくり歩みよったトニーは、ベリンダを見おろして立った。あおむけに絶命している彼女の唇に、口紅の色はなかった。

夕陽に赤い帆《ほ》

1

カーペットの敷きつめてある長い廊下を、彼は歩いてきた。廊下の両側に部屋のドアが規則的にならび、天井からBGMがかすかに聞えていた。ホテルの廊下を歩いていて聞えてくるBGMは、どこでもみなおなじだ。

必要にして充分な背丈が、彼にはあった。頑丈《がんじょう》なハーネス・ブーツに濃紺のコーデュロイ・ジーンズをはき、おなじ生地でつくった丈のみじかいウエスタン・ジャケットを、彼は着ていた。ジャケットの裏ぜんたいに人工ウールの白いボアがついていて、その白いボアはえりのおもてにも広がっていた。

ごく普通の造りの体だが、肩幅の広さはすこし目立った。腰のすわりと回転のよさが、ただまっすぐ歩いているいまでも、はっきりわかった。肩幅の広さとあいまって、がっしりとしたしかも精悍《せいかん》な印象が、彼のぜんたいに漂っていた。

どちらかといえば童顔だから、そのぶん若く見えた。三〇歳をこえてはいない、と見る人もきっと多いだろう。

右手に、彼は、花束を持っていた。冬のいま、町の花屋で手に入る花を、色どりよく適当にたばねたものだ。花束ぜんたいに、透明なセロハンのカバーがかけてあった。

部屋の番号を見ながら歩いてきて、五四八号室のまえで、彼は立ちどまった。廊下のまんなかに立ってドアをながめ、花束を左手に持ちかえた。セロハンのカバーが、かさかさと小さく音を立てた。

ドアに歩みよった彼は、チャイムの押しボタンを、右手の親指で押した。

部屋のなかで人がドアに歩みよってくる気配があった。

「はい」

と、女性の声が、ドアのむこうから、こもって聞えた。

「はい」

と、女性の声は、くりかえした。

「倉田です」

彼が、名乗った。

ドア・チェーンをはずす音がし、ドアが内側に開いた。

ドア・ノブに右手をかけて立っている女性を、倉田は見た。四年ぶりに逢うかつての恋人、吉野美雪だ。

　自分の顔にもどってきた倉田の視線をうけとめ、美雪は微笑を深めた。複雑な陰影をたたえた微笑だった。

「美雪」

　と、倉田が言った。

「お久しぶり」

　低くおさえた声で、美雪がこたえた。ドア・ノブから手を離し、一歩うしろにさがった。

「お入りになって」

　倉田は部屋に入った。ドアをうしろ手に閉じ、

「美雪」

　と、もう一度、言った。

「来てくれたのね」

「来た。このとおりだ」

「お元気そう」

　倉田は、両腕を広げた。

「きみは？」

「元気よ」

「変わってないな。昔のままだ」

「あなたも。昔よりたくましくなったみたい」

「昔、と言えるほど昔でもないぜ」

「四年ぶり」

「わずか四年だ」

「やっぱり、長いわよ」

ふたつならんでいるベッドの足もとのほうへ、美雪は歩いた、倉田もバス・ルームとクロゼットのまえをぬけ、彼女に歩みよった。

「花を持ってきた」

と彼は言い、セロハンのカバーをとった。長い指が、器用に動いた。はずしたセロハンを大きな片手で丸め、化粧テーブルの下の丸いごみ箱にすてた。

「ほら」

彼女の顔のまえに、花束をさしだした。

「きれい。ありがとう」

美雪が言った。

倉田は、大股《おおまた》に一歩、まえに出た。花が、ふたりの体のあいだにはさまれた。右腕を、美雪の肩にまわした。静かに力をこめ、ひきよせた。ふたりの胸から顎《あご》にかけて、花が埋めた。

目を閉じた美雪に、倉田はその花ごしに頬《ほお》をよせた。唇をかさね、静かに押しつけた。かすかに、美雪の唇が、倉田にこたえた。

美雪は、大きく目を開いた。倉田の目をのぞきこみ、

「花がつぶれる。かわいそう」

と、小さな声で言った。

「テーブルに花瓶《かびん》があるわ。生けておきたい」

美雪の肩にまわしていた右腕を、倉田はおろした。花束を彼女に渡し、一歩だけ離れた。

花束を持ち、彼女は化粧テーブルへ歩いた。すでにささやかに花の生けてある花瓶に、花束のまず半分を差しこんだ。そして、ゆとりをつくってから、残りの花を花瓶のなかに入れた。花のむきをととのえなおす美雪の手を、倉田は見守った。美雪の手は、かすかにふるえていた。

化粧テーブルに片手を置き、美雪は倉田をふりかえった。ふたりの目が合った。美雪は、微笑した。

倉田は、美雪の全身を見た。四年まえに別れたときと、ほとんど変わっていない。ほっそりした体つきは、そのままだ。

ヒールの高いブーツに、ストレート・レッグの黒いコーデュロイ・ジーンズが、脚と尻

をつつんでいる。趣味のいいコーヒー・ブラウンの、あまり実用的とは言えない薄い生地のシャツに、ブルゾンをはおっていた。ブルゾンのくすんだオリーヴ色が、肌の白い彼女の、シャープではっきりした目鼻立ちに、よく似合った。すこしだけグース・ダウンが入っているのだろう、ぜんたいにゆとりを持ってふっくらした印象のブルゾンには、ヨーロッパの雰囲気があった。小さなカールをたくさんつくり、どことなく寝乱れたようにつくった髪が、顔立ちの美しさのおかげで洒落《しゃれ》て見えた。

ふたりは、おたがいに歩みよった。相手の体に両腕をまわし、抱きあった。

「わ、懐かしい」

と、美雪が言った。なかば泣きべそをかいたような顔を、倉田の肩に押しつけた。抱きあい、おたがいの背や肩を掌で撫《な》でまわす無言の時間のあと、ふたりは口づけをかわした。

ながい口づけのなかに、四年ぶりという時間のへだたりは、たやすく溶解した。

美雪を抱きすくめたまま、倉田は彼女の髪のなかに言った。

「美雪」

彼女は、倉田の胴にまわしている両腕に、力をこめた。

「美雪」

「はい」

「久しぶりだ」

「名前を呼ばれると、いろんなことを思い出すの」

「別れたときは、せつなかった」

「私だって、そうよ」

「また逢えるとは、思わなかった」

「来てくれたのね」

「なぜ来たか、わかるか」

倉田の問いに、美雪はこたえなかった。彼の肩に額を押しつけたままでいた。

「なぜ来たか、その理由は、ふたつある」

「ええ」

と、小さな声で、美雪は言った。

「ひとつは、もういちど美雪に逢うのも悪くないと思ったからだ」

「ええ」

「もうひとつは、美雪に頼まれた仕事を引受けるためだ」

倉田の広い背中を撫でていた彼女の右手の動きが、とまった。

「やっていただけるの？」

「ひとまず詳しく話を聞いてからにしようかとも思ったんだ。しかし、引受けてしまおう。

引受けると約束してから、話を聞かせてもらおう」

「危い仕事なのよ」

「やばい話だということは、最初からわかってる」

「とっても危いの」

「いいさ。どんな仕事なのか、聞かせてくれ」

倉田に抱かれたまま、美雪はうなずいた。

「聞いたあとで、断ってくれてもいいわ」

「断らない」

「そう？」

「一度は惚《ほ》れた女の頼みだ。いまだって、惚れている。俺でよかったら、好きなように使ってくれ」

両手を倉田の肩に置き、美雪は彼の目を見た。そして、

「見せるものがあるの」

と、言った。

倉田は、彼女の体にまわしていた両腕を、ほどいた。

「見せてくれ」

ふたつのベッドのあいだを、ナイト・テーブルまで美雪は歩いた。ナイト・テーブルの

うえに置いてあった自分のショルダー・バッグのなかから、オートマティック・ピストルを一挺《ちょう》、とり出した。

倉田のそばまでもどってきて、グリップを彼にむけ、そのピストルを差しだした。

「あげるわ」

倉田は、うけとった。微笑をうかべ、

「こんなオモチャで、なにをするんだ」

と、言った。

「オモチャでは、ないわ」

美雪の言うとおりだ。倉田自身、よく知っている。彼の手のなかにいまあるのは、コルト社製のターゲット用のオートマティック・ピストルである、・22口径のウッズマンだった。4½インチの銃身がつき、弾丸を発射したときに生じるガス圧をそのまま排莢《はいきよう》と次弾の装塡《そうてん》に利用するストレートなブローバックだ。ハンマーは内蔵されていて、外からは見えない。

マガジン・キャッチを後方に押し、倉田は弾倉を引き抜いた。細い弾倉のなかには、・22口径ロング・ライフルの可愛《かわい》らしい弾丸が一〇発、つまっていた。

遊底の安全装置をはずし、うしろへ引いていっぱいに後退させ、遊底を開いた。薬室に弾丸が入っていないのを確認し、遊底を閉じた。フロアに銃口をむけ、引金を引いてハンマーを落とした。弾倉を、倉田はグリップの内部に押しこんだ。

倉田は美雪を見た。

「俺に頼みたい仕事に、こんなものが必要なんだな」

「そうなの」

「わかった」

と、倉田は言った。

「頼みごとは、引受けよう」

2

はじめに、葉書が届いた。

冷たい雨の降りしきる深夜、ひとり暮らしの3DKがあるマンションに倉田が仕事から帰ってきたとき、その葉書は、一階正面玄関の壁面にずらりとならんでいる郵便受けのなかに、夕刊といっしょにおさまっていた。

夕刊だけ出して郵便受けのドアを閉じようとした倉田の視線が、郵便受けの底に貼《は》りついたように薄く横たわっている白っぽいものを、ちらととらえた。と言うよりも、郵便受けの前を離れようとする倉田の視線を、それがひきもどした。

それは、一枚の葉書だった。

玄関ホールの奥にあるエレベーターにむかって歩きながら、その葉書が自分あてであることを確認して、倉田は不思議な気持になった。自分のところに葉書や手紙がくることなど、めったにないからだ。

エレベーターは、ホールに降りてきていた。ドアが開いたままになっていた。壁面にくりつけた四角い穴のようなたたずまいのエレベーターのなかに入り、差出人の名を見た。見なれない所番地のつぎに、吉野美雪という名前を見て、倉田は、すくなからぬ衝撃をうけた。

吉野美雪は、倉田のかつての恋人だった。仕事の場所で知り合い、恋仲になった女性だ。四年まえに、別れた。それ以来、会うことはもちろん、電話で話をすることすら一度もなかった。

そこへ、突然、一枚の葉書だ。なにごとかが確実にここにある、と思いながら、倉田は自分の手のなかの葉書を裏にかえしつつ、エレベーターの階数ボタンを押した。

ドアが閉じ、エレベーターは上昇をはじめた。倉田は、葉書を読んだ。

〈倉田哲昭様〉

と、美雪は、書いていた。

〈美雪です。お久しぶりですね。お元気でしょうか。いま私は、ドキドキしながら、これを書いています。四年もたってから、突然こんな葉書をさしあげる失礼を、どうかお許しください〉

最初の第一節は、以上のようだった。

一字一句どれもみな、倉田の視覚に焼きついた。第一節を二度くりかえして読んだ。エレベーターが五階に着き、とまってドアが開いても、倉田はエレベーターのなかに立ちつくして美雪からの葉書を見ていた。

あの女はこんな字を書くのか、と倉田は思った。恋人どうしだった頃には、美雪の字をしみじみと見ることなど、なかった。上手とは言えないが、妙にくずしたりせずに、きちんと書いた字だった。

エレベーターを出た倉田は、通路を歩いた。足音が響かない床材を使った通路の両側に、部屋のドアがならんでいた。

自分の部屋の前まで、来た。キーを出してドアを開き、なかに入った。

明かりをつけっぱなしにしておいたキチンの椅子《いす》にすわり、倉田は葉書のつづきを読んだ。

二度くりかえして、彼は読んだ。

内容は、簡単なものだった。いったん別れた人に対してこのようなことを頼むのは筋ちがいだということはよく承知しているのだが、ぜひともお願いしたいことがある。そのことについて電話で話をしたいので、一方的な指定で申し訳ないが、左記の日時に、どうか部屋で待機していてもらえないか。以上のような内容だ。美雪が電話をかけてよこすという日と時間とが、見まちがえないようにはっきりと書いてあった。

キチンのテーブルに、倉田は、その葉書を置いた。椅子をうしろに引いて両脚をテーブルにあげ、煙草《たばこ》を一本、時間をかけて喫《す》った。

喫いおえて、ガラスの灰皿に煙草をていねいに消した。立ちあがり、葉書を手にとり、テーブルの中央に置きなおした。

そして、

「やばいな」

と、胸のなかで、ひとりごとを言った。

四年まえに別れた女性から突然に葉書が届くということを、倉田は、これではじめて体験する。文面を読んでいるだけでさまざまに感慨があり、気持は多少ともゆれ動かないでもない。

このことだけを、倉田なりに自分ひとりだけのために、したがっていささかぞんざいに表現すれば、〈やばいな〉となる。しかし、それ以上に気持を動かされるなにかが、その葉書にはあった。

それがなにであるのか、自分でもはっきりさせることができないまま、その葉書をキチンのテーブルのまんなかに倉田は置いた。そして、この葉書にはとりあわずにおこう、と思った。電話をするから部屋にいてくれという美雪の申し出を無視しよう、と倉田は決めた。

葉書をこうしてテーブルのうえに置いたままにしておけば、美雪の申し出にとりあわずにおこうという決意は、葉書が目に触れるたびに強くなるのではないか。倉田は、そんなふうに考えた。

だが、その考えは、いささか甘かった。

日に三度は葉書を手にとり、そのたびにつくづく読んだ。美雪が電話をかけてくる日までに、葉書が届いてから五日あった。その五日間に何度、葉書を読んだだろう。

電話がかかってくる当日、日曜日になって、倉田は、もういちど決意をしなおした。美雪の申し出は無視しよう、そして電話をかけてよこす時間には部屋にいないことにしよう、と倉田は、決意した。

電話が美雪からかかってくる時間は、夜の八時だった。夕方になって、倉田は、車で出かけた。

そして、マンションの地下駐車場を出て一時間もたたないうちに、もどって来た。電話のことが気になりすぎて、自分でもおかしいほどだった。そのおかしさに対して、倉田は、すこしだけのつもりで妥協した。電話にはやはり出よう。美雪の声を四年ぶりに聞いてみよう。どんなことを依頼されるのか見当もつかないが、その依頼はことわればいい。四年まえの、美雪と別れた頃だったなら、葉書だろうが電話だろうがいっさい無視したにちがいないが、いまの自分はすでに三二歳となり、すこしは人間が丸くなったのだ。倉田は、そんな理屈をでっちあげ、自分を納得させた。

マンションにひきかえし、いそいそと部屋に入り、八時までぼんやりとテレビを観《み》て時間をやりすごした。普段はまったくといっていいほどに観ることのないテレビなのだが。

倉田の腕時計で八時三分に、電話が鳴った。飛びあがるようにしてひとりがけのソファを立ち、電話のあるところへ歩いた。歩きながら、倉田は、美雪からの電話をなぜ受ける気になったか、はっきりわかった。自分はまだ充分に美雪に惚れているから、そしてその美雪が自分にいったいなにを依頼してくるのか、知りたいから、だ。

なんのことはない、はじめから美雪の電話を楽しみに待てばそれでよかったのだと、胸のなかで苦笑しつつ、倉田は受話器をとった。

「はい、倉田です」

と、彼は言い、電話の相手は、

「もしもし」

と、言っていた。

吉野美雪だった。

「美雪です」

「よお」

「お久しぶり」

「うん」

「お元気？」

「まあ、なんとか」

こたえながら、倉田は、美雪の喋《しゃべ》る言葉の順番が葉書の書きだしとおなじだなと、どこか遠いところにもうひとりいる自分が思うように、思った。

3

「美雪。きみは昔とすこしも変わってない」

「昔？」

「四年まえ」

「四年もたってるなんて感じが、ぜんぜんしないのよ」

「ここへ来るまでは、四年って長いなあと思ってたけど、あなたのノックの音が聞えて、ドアを開けて姿を見たら、四年なんてどこかに飛んでしまって、つい昨日みたい」

「昨日か」

「ええ」

「四年まえも昨日も、たいしてちがいはないのだろう」

「きっと、そう」

「いい女は、みんなそうだ」

「あなたの、そういう言い方が、とっても懐かしい。それに、裸でこうしてるときの、あなたの肩の筋肉の感じとか」

「つい昨日か」

「そうよ。四年まえに、おたがいにさようならと言ったときには、それまでおつきあいしてた二年間が、ものすごく昔に思えたの」

「俺も、そうだった」

「でしょう」

「うん」

「でも、いまは、完全に、逆なの」

「おたがいに、さようならと言ったっけ」

「そのはずよ」

「俺は、かなり一方的に、ふられたはずだ」

「そうかしら」

「そうだ」

「そんなふうにあなたが思ったり言ったりしてくれることで、私の気持や負担を、あなたは軽くしてくれたのよ」

「あの頃の俺に、そんな器用なことができたかな」

「器用ではなくて」

「なんだい」

「やさしいの」

「初耳だ」

「ほら。そういう言い方。あなたらしくて、大好き」

「なんだっていいさ」

「そうかしら」

「四年もまえのことだ」

「ええ」

「あれ以来、どうしてたんだ」
「元気よ」
「元気に、なにをしてたんだ」
「三〇歳にむかって、ひとりでとぼとぼ、歩いてたわ」
「三〇になったのか」
「もうじき」
「俺は、三二だ」
「素敵な年齢だわ」
「どこへむかって歩くにせよ、美雪のようないい女をひとりで歩かせるなんて、世の中の男たちがほっとかないだろう」
「そうでもないのよ」
「いまも独身なのか」
「籍は入ってるの」
「なるほど」
「でも、独身みたいなものよ」
「どうして」
「亭主は、いつも北海道だから」

「仕事か」

「仕事のせいで」

「美雪もいけばいいじゃないか」

「亭主は、壁のむこうなの」

「それは知らなかった。もう長いのか」

「刑は、七年ですって」

「半分くらいで出てこれるだろう」

「もう、丸三年よ」

「へえ」

「あなたと別れなくてはいけなくなったのも、この人とのことが、部分的にはからんでいたからなの」

「そうか」

「組の、ずっと上のほうの、幹部なの」

「だろうな。美雪が籍を入れるくらいなら」

「いまの私は、組の丸がかえみたいになってるのよ」

「いい身分じゃないか」

「毎月、きちんと銀行に振込みがあって」

「ふうん」

「あなたは、どうしてたの」

「相かわらず」

「四年もすれば、いろんな女を泣かせたでしょう」

「そっちのほうは、あんまり趣味ではないから」

「なにが趣味なの？」

「美雪も知ってるやつだ」

「ピストル？」

「そう」

「アメリカには、いってるの？」

「何度も、いった。ナイトクラブでピアノを弾いて、カネの工面がつくとアメリカへいって、ピストルから機関銃まで、射ちまくってる」

「面白い趣味ね」

「腕もすこしは自慢できるくらい、あがってきた」

「そうでしょうね」

ホテルの部屋は、ほどよく暖房がきいていた。部屋のむこうの隅《すみ》にあるフロア・スタンドだけを残し、ほかの明かりは消してある。どことといって取柄も個性もないホテルの小部屋だが、いまの倉田と美雪にとっては、ふたりだけの居心地のよい空間だった。ナイト・テーブルのフロント・パネルに埋めこまれている丸いディジタル時計によると、夜の一〇時をまわったところだ。

ふたつならんでいるベッドの片方に、倉田と美雪はいた。ふたりとも、裸だ。いっしょにこのベッドに入って、すでに一時間以上になる。

夕方、この部屋で四年ぶりに再会し、それからいままで、ふたりは部屋のなかでずっといっしょだ。夕食の時間が来て、ふたりはルーム・サービスで夕食をとった。運びこまれて来たテーブルでさしむかいとなり、ドライ・シェリーで乾杯した。

夕食をとりながら、倉田は、美雪が自分に依頼したいと思っている仕事の内容を、かなり詳しく聞いた。食事のあいだずっと、美雪がくれるという・22口径のウッズマン・マッチターゲットを、倉田は水の入ったグラスのかたわらに置いていた。

仕事の内容は、単純なものだった。北海道の刑務所に入っているという美雪の夫が属し、したがって美雪も属しているアンダー・ワールド（地下組織）から、現金を強奪してくる、という仕事だ。

その現金は、アンダー・ワールドが全国にこまかく販売網を持っている覚醒剤《かくせいざい》の、売上げ金の一部だ、と美雪は言った。文字どおり網の目のような販路の、最末端からあがってくる売上げ金の、ごく一部なのだという。

この現金を、倉田がひとりで強奪する。買い取りのマンションのようになっている保養地の別荘にアンダー・ワールドは部屋を持っていて、その部屋で現金の受け渡しがおこなわれる。倉田がその部屋に乗りこみ、現金を奪ってくる。部屋にいるはずの、何人かのアンダー・ワールドの男たちは、必要とあれば殺してしまえばいい、と美雪は言った。皆殺しにしておいたほうが安全だろうな、と言う倉田に、美雪はうなずいていた。受け渡しされる現金の総額は、八〇〇〇万円前後だと、美雪は言った。

ナイトクラブのピアノ弾きという職を持っている倉田は、直接にはアンダー・ワールドとはつながっていない。だが、アンダー・ワールドがどんなふうに活動しているかは、都会の夜の歓楽を中心に、いろいろと見聞している。覚醒剤の売上げである現金を強奪することにも、アンダー・ワールドの男たち何人かを射殺することにも、したがって倉田はなんの抵抗もなかった。

美雪から頼まれたこの犯罪映画のなかの出来事のような仕事をいかに進めていくか、そのためのこまかい準備や手順はこれから慎重に検討しなくてはいけないことだが、倉田はこの仕事を引受けた。

ブランケットを自分と美雪の肩にかけなおし、裸の美雪を倉田はあらためて抱きしめた。しなやかになじんでくる美雪の体のいろんなところに、忘れていた懐かしさがたくさんあった。

右手で彼女の腰を抱き、左手を倉田は枕の下にすべりこませた。ウッズマン・マッチターゲットを握ってひっぱり出し、銃身の側面を彼女の頬に押し当てた。

「これは、ご亭主のか」

「そう」

「へたに使うと、たちまち足がつくんじゃないのか」

「だいじょうぶ」

「たしかだな」

「とっても気に入ってて、これは絶対に使わないんだといつも言ってたし、私があずかって銀行の貸し金庫に入れておいたから。使ってたのは、東南アジア製のですって」

「こんなものでも、うまく使えば、人はあっけなく死ぬからなあ」

「危い仕事を頼んでしまったわねえ」

「へたをすれば、自分も死ぬだろう」

「いやになったら、いつでも断ってくれていいのよ」

「断らない」

「なぜ？」

「射撃練習場以外のところで、人を相手に実弾で渡り合ってみたいから。生き残るのが自分になるか相手になるかという、そういうゲームをやってみたいから」

「あなたらしい」

「それに」

「ええ」

「くどいようだが、惚れた女の頼みだ」

「でも、仕事が終ったら、またお別れなのよ」

「いいさ」

ウッズマン・マッチターゲットを枕の下にかえし、倉田は美雪を抱きなおした。

「八〇〇〇万からの現金をかっぱらって、なにに使うつもりだ」

と、倉田は、きいた。

「それは、きかないで」

美雪が、こたえた。

「野暮なことに使うのよ」

「どんなふうに野暮なのか聞かせといてもらったら、やばくなって逃げたくなっても、もうひとふんばり勇敢になれるかもしれない」

「やばくなったら逃げてくれていいの」

「逃げると思うか」

「思わない」

「とことんやるよ」

「うれしい」

倉田の喉《のど》もとに唇を押しつけ、美雪が囁《ささや》いた。

4

そのリゾート・マンションの名は、レイク・ヴューといった。高原のスロープのなかほどに位置し、テラスに立つと全戸から湖が一望できるからだろう。

湖畔にならんでいる観光ホテルや娯楽施設をあとにして高原をさらにのぼってくると、別荘地が広がっている。その別荘地のいちばん奥に、リゾート・マンションは建っていた。

緑濃く樹の茂ったスロープのなかに、そのスロープにあわせてなかば横たわっているような印象のある建物だった。建物の前面が普通のマンションのように垂直に切りたってはいず、ワン・フロアごとにその下の階よりもうしろにずらせた造りになっているからだ。

四階建て、全二〇戸ていどの、周囲の自然のなかにうまくとけこんだ建物がいくつか、スロープにならんでいた。そのぜんたいが、レイク・ヴューという名のリゾート・マンションなのだ。

アンダー・ワールドが持っている部屋が四階にある棟の西どなりは、何面もつづいている広いテニス・コートだった。そのテニス・コートの西端にクラブ・ハウスがあり、クラブ・ハウスの前は駐車場だ。駐車場の端からおもての道路にむけて、きれいにととのえた芝生のスロープが、つづいていた。

駐車場の端にとめた自分の車のなかに、倉田はひとりでいた。クラブ・ハウスそしてテニス・コートのぜんたいを、ゆっくり見渡した。

二月の終りにちかい、快晴の日だ。もう完全に春だ、と言いきれるようになるまでにはまだすこし時間が必要だが、今日だけは完全に春のお天気だ。空はきれいに青く抜けていて、陽ざしが強く明かるい。そして、風がまったくない。気持が軽く浮き立って広がるような爽快《そうかい》さが、あらゆるところに満ちていた。

テニス・コートでは、ふた組の人たちが、テニスをやっていた。ひと組は、遠目にも趣味のよさがはっきりとわかるテニス・ウエアをきちんと着こんだ、初老の夫妻だった。彼らが使っているコートからすこし離れたコートでは、若い女性がふたり、華やいだ笑い声をあげつつ、かなり達者なアメリカン・スタイルのテニスに熱中していた。

倉田は、視線を自分の腕時計にもどした。アンダー・ワールドの男たち三人が乗った国産のセダンが、彼らの部屋のある建物にむけておもての道路を走っていって、いまでちょうど五分だ。駐車場の端のここから、倉田は、車の正面ガラスごしに、走っていく彼らのセダンを一〇倍の小型双眼鏡で、観察した。セダンに乗っていた三人の男たちの服や顔つきを、倉田は覚えこんだ。

助手席に置いたショルダー・バッグを左手に持ち、倉田は運転席のドアを開いた。外に出てドアを閉じ、ロックした。

ショルダー・バッグを右肩にかけ、駐車場の出入口にむかって歩いた。今日も、倉田は、ダークブルーのコーデュロイ・ジーンズに、おそろいのウエスタン・ジャケットだ。ジャケットの裏ぜんたいに貼りつけてある人工ウールのボアが、こんな陽ざしの日には、すこしあたたかすぎる。

ショルダー・バッグは、コーデュラ・ナイロン製の、簡素なものだった。色はジャケットとよく似たダークブルーで、まったく目立たない。新聞紙を何枚か丸めてつめこみ、適当にふくらませてある。

いま倉田がやっているように右肩にかけると、スナップひとつだけで閉じるしかけの、大きなアウトサイド・ポケットが、体に対して内側にくる。そのアウトサイド・ポケットに、倉田は、軽く右手を入れていた。そしてその右手の指さきは、ベレッタM１９３４のオートマティック・ピストルに、触れていた。ベレッタの銃口には、ジョイントを介してサイレンサーがとりつけてある。ぜんたいの大きさは、アウトサイド・ポケットにちょうどしっくりとおさまる。

リゾート・マンションの建物まで歩いた倉田は、建物の側壁にそって造ってある煉瓦《れんが》敷きの階段をあがった。そして、非常口から建物のなかに入った。ここから入ると、管理人のいるオフィスのまえをとおらなくてもすむ。

エレベーターで、倉田は四階へあがった。美雪に教えてもらった番号の部屋まで歩き、ドアのまえに立った。

ショルダー・バッグを右肩に安定させ、アウトサイド・ポケットのなかでベレッタを握りなおした。チャイムのボタンを、左手で押した。

部屋のなかで鳴っているチャイムの音が、かすかに聞えた。すぐにドアの内側に人の気配があり、

「どなた？」

と、男の声が言った。

「管理事務所のものです」

倉田が、こたえた。

ドアのロックが解放され、ドアは内側に開いた。全身の体重をかけ、力まかせに倉田はそのドアに体当たりを食わせた。

ドアは、内側にはね飛ぶように開いた。

「あっ！」

と声をあげて男がよろけた。

す早くなかに入った倉田は、左手でドアを閉じながら、ベレッタを握った右手をショルダー・バッグのアウトサイド・ポケットから出した。

よろけたあと、バランスをたてなおそうとする男の左胸に、至近距離から一発、倉田は射ちこんだ。

サイレンサーのおかげで、発射音は低くおさえられていた。奇妙に不吉な、重みのある鈍い音だった。

銃弾を左胸にくらった男は、両腕を広げ、背中からうしろの壁に叩《たた》きつけられた。ほんの一瞬、壁に張りつけになったように立ち、頭ががっくり重く前へ倒れると同時に、両ひざと腰が同時に崩れた。命のほぼ抜け去ったかたまりとなって、男は壁ぎわに横ざまに倒れた。

倉田は、みじかい廊下を左へ飛んだ。この部屋の間取りは、美雪からしっかり聞き出してある。玄関から廊下に入って左へいくとキチンだ。

ベレッタを構えて、倉田はキチンに飛びこんだ。キチンには誰もいなかった。右側の壁によせた冷蔵庫のわきに、トイレそしてその奥の浴室につうじるドアがあった。

そのドアに倉田がむかおうとしたとき、ドアは内側から外へ開いた。男がひとり出てきた。

倉田を見て妙に真面目《まじめ》くさった顔になり、なにか言おうとした。そして、倉田が右手に握っているベレッタを見た。

この男も、左胸を、倉田は射った。いま自分が出てきたばかりのドアに叩きかえされた男は、ドアに支えられたかたちでフロアに滑り落ち、両ひざを胸にひきあげ、体を丸くした。体の内部からしぼり出すような、太くてきたないうめき声をあげた。このまま命はあと一分ともたないだろう。

廊下のなかばまで、倉田はひきかえした。壁ぎわには、さきほど絶命した男が、倒れたままだった。廊下をまっすぐ奥へいくと、広い居間だ。居間に入る手前、廊下のむこうの端の左側に、和室への入口がある。和室の奥は、居間とならんでいる縦長の洋間だ。

「おい。どうした」

と、居間のほうから男の声がした。倉田がいま立っている位置から、居間のほぼぜんたい、そしてその外のテラスが見渡せた。居間に、人はいなかった。

居間とそのとなりの洋間とは、壁で仕切られている。壁の中央に、ドアがあった。そのドアが外へ開き、男がひとり、居間へ出てきた。廊下に顔をむけ、倉田を見た。

「あっ!」

と、男はみじかく叫んだ。

倉田は脚を開きぎみに立って両ひざを軽く曲げ、右腕のわきの下をぴたりと閉じていた。

あっ、と叫んで驚いたままなにもできずにいるその男へ、倉田は、正確に二発、射ちこんだ。

居間の中央にあるガラス・トップのテーブルまで、男は突き飛ばされたようによろめいていった。テーブルに足をとられ、そのうえへ盛大にひっくりかえった。重い灰皿がはね飛び、カーペットの敷いてあるフロアに落ちた。

歩みよった倉田は、テーブルのうえでもがいている男のこめかみに、一発、とどめをさした。銃弾をくらった頭がガラスに叩きつけられ、湿った音とともに重くはねかえった。男は、それっきり動かなくなった。

国産のセダンに乗ってここに到着した三人の男たちを、倉田は、三人とも射殺した。倉田が部屋に入ってきてから三分も経過していなかった。

いまこの部屋に、この三人以外に人はいないはずだ。美雪がそう言っていた。

慎重に、倉田は、居間から洋間に入った。誰もいないのを確認し、和室との間仕切りとなっている引き戸まで歩いた。引き戸のとなりに造りつけてある小さなクロゼットのまえに体を寄せ、脚をのばして蹴《け》り飛ばすように、引き戸を開いた。

いちだん高くなった造りの四畳半の和室には、なにもなかった。

居間とおなじように、洋間にも応接セットがあった。テーブルのうえにアタッシェ・ケースが開いて置いてあり、一万円札の束がつまっていた。

呼吸をととのえながら、倉田は、静かに一万円札の束を見おろした。このくらいの量なら、美雪が言っていたとおり八〇〇〇万円はあるのだろうなと、意識の片隅で彼は思った。

5

リゾート・マンションから普通に車を走らせて三〇分、倉田は宿泊さきのホテルに帰りついた。二日まえから彼はここに滞在している。美雪が偽名でとってくれているツインの部屋だ。湖のある高原の保養地の、入口ちかくにある。普通のビジネス・ホテルをいますこし都会ふうにしてあるという以外、これといって特徴のないホテルだ。

地下の駐車場に車をとめ、エレベーターで七階へあがった。新聞紙のかわりにいまは一万円札の束がつまっているショルダー・バッグを右肩にかけ、右手はそのバッグのアウトサイド・ポケットに入れていた。

部屋にむかって廊下を歩きながら、倉田はコーデュロイ・ジーンズの尻ポケットから部屋のキーをひっぱり出した。フロントにあずけることをせず、持ち歩いていたキーだ。

歩きながら、彼は、腕時計を見た。あと五分で、午前一一時だ。

部屋のまえまで来て、倉田はキーをロックにさしこんだ。ロックを解放し、取手をまわしてドアを内側へ開いてから、キーを抜いた。部屋のなかに入った。

ドアを、閉じた。閉じると自動的にロックされる。

片方にクロゼット、もういっぽうに浴室のあるふたつの壁にはさまれたせまい通路を抜けると、ツインにしてはずいぶん小ぶりな、そして落着かない部屋だった。

フロアが濃いブルーで、ベッド・カバーが黄色、そしてふたつあるひとりがけのソファが、安っぽいオレンジ色だ。この配色だけでも、部屋は充分に落着きを放棄している。ベッドは、ふたつとも、きれいにカバーがかけてあった。

手前のベッドにキーをほうり投げ、奥のテレビの前まで歩き、倉田は立ちどまった。ふりむいてなにげなく部屋ぜんたいを見渡したとき、浴室のドアが勢いよく開き、若い男がひとり、飛び出してきた。

「動くな、動くなっ！」

と、その男は、鋭く命令した。

淡いグレーの、三つぞろいのスーツを着こんだ、まだ若い男だった。両脚を開き、腰を落としぎみにして立ち、右手に握ったオートマティック・ピストルの銃口を倉田にむけていた。

「動くな」

男が、かさねて言った。

倉田は、男が握っているピストルを見た。ブローニング・ハイパワーのミリタリー・モデルだということは、すぐにわかった。複列式の分厚い弾倉のおさまったグリップに、男の大きな手がしっかりとまわっていた。

「現金は？」

と、男が、きいた。

倉田は、左手でショルダー・バッグを指した。

「このなかだ」

「こっちに投げてよこせ。へたな真似《まね》は、よせよ」

倉田はポーカー・フェイスのままだった。思案している様子をよそおい、黙って立ったままでいた。

「早くしろっ！」

倉田は、男を見た。むこう側のベッドの足もとへ視線を泳がせ、そのあと、男の足もとのすこし手前を見てから、男の顔に視線をもどした。そして、男の左肩ごしに彼の背後に視線の焦点を合わせ、かすかにうなずいた。男のうしろにひそかに立っている誰かにむけて合図を送ったように見せかけるという演技は、完璧《かんぺき》に成功した。

「あっ！」

と狼狽《ろうばい》の叫びをあげた男は、不覚にもうしろを振りむいた。

倉田は右肩をゆすった。ショルダー・バッグが肩から滑り落ち、アウトサイド・ポケットに入れていた右手があらわになった。サイレンサーをとりつけたベレッタM１９３４を、彼の右手は握っていた。

だまされたと知ってあわてて倉田にむきなおった胸に、男は、ベレッタの九ミリ弾をくらった。踏みとどまろうとするのだが、男は抗しきれず、よたよたとうしろにさがった。苦痛にゆがむ顔を、倉田にむけた。三流映画の凡庸な演技のように、ブローニングが男の手からフロアに落ちた。

男の右腹に、よく狙《ねら》ってもう一発、倉田は射ちこんだ。男は尻もちをつき、両足を高くあげてあおむけにひっくりかえった。

慎重に、倉田は歩み寄った。

ブローニングをひろいあげてベッドに置き、ベレッタを構えて浴室のなかを見た。せまい浴室のなかには、誰もいなかった。

うめきながらもがいている男のかたわらにひざをつき、男をあおむけにした。胸ぐらをつかんでゆすり、

「女は、どこだ！」

と、倉田は言った。

「女は、どこで待ってるんだ」

必死にすがるような目で、男は倉田を見た。なにか言いたそうにしているが、銃弾を二発くらったショックで口がきけない。

男の顔を、倉田は、平手で力まかせに叩いた。

「女はどこだ！」

倉田の言葉に、男は、口をぱくぱくさせた。声は出てこない。

「いますぐに救急車がくる。救急車がくれば、おまえは助かる。安心しろ。女は、どこなんだ」

「ホテル」

と、うわずった声で、男は言った。

「ホテル」

おかしな抑揚でもういちど言い、男は気絶した。

男が着ている上衣のポケットを、倉田はさぐった。左のポケットに、キーがあった。ひっぱりだしてみると、このホテルのキーだった。

立ちあがってそのキーを尻ポケットに入れ、ショルダー・バッグを落としたところまでひきかえした。ひろいあげ、ベッドのうえのブローニングをバッグのメイン・コンパートメントにおさめ、ショルダー・ストラップを肩にかけた。ベレッタを握った右手は、アウトサイド・ポケットに入れた。

空薬莢をひろいあげてジャケットの胸ポケットに落とし、倉田は部屋を出た。

エレベーターで五階へ降りた。男から奪ってきたキーは、五階の部屋のものだった。

その部屋のまえまで来て、倉田はキーをロックにさしこみ、ドアをなかへ開いた。キーを抜いてなかに入り、ひとりでに閉じていくドアを背後に感じつつ、立ちつくした。

浴室のドアが、半開きだった。なかで、ハイヒールの足音がした。

「竜介？」

と、女の声が言った。美雪だった。

「竜介なの？」

と言いながら、美雪が浴室を出てきた。

突っ立っている倉田を見て、美雪は、はっ！　と息をのんだ。

「今日はいろんな奴がドアをあけて出てきやがる」

笑いながら、倉田が言った。

「最後は、美雪、おまえか」

両手をこぶしにして口に当て、肩をふるわせながら、美雪はうしろへさがった。

「現金は、かっぱらってきた。計画どおり、皆殺しにした。ついでに、部屋で待ってたスリーピースの若いのも、やってきた。いまごろは七階で死んでるだろう。竜介というのか、あいつは」

「竜介!」

「奴が死んで、そんなにつらいか」

「弟!」

と、美雪は、叫んだ。

倉田は、首を左右に振った。

「美雪。おまえは、いい女だよ。妙なとこで魔がさしたようにせこくて、そこも可愛くて惚れてたんだけど、ついに命取りになろうとはな」

「竜介!」

美雪が叫んだ、倉田を見ている彼女の目が、狂ったように吊《つ》りあがった。

「早くいって、介抱してやれ」

ドアにむけて走り出そうとした美雪は、たてつづけに三発、ベレッタの銃弾をくらった。最後の一発が顔面の中央を射ち抜いた。突きとばされたようにフロアに崩れつつ、美雪は絶命した。

〈起こさないでください〉と印刷してあるカードを取手からはずして部屋の外に出た倉田は、そのカードを外の取手にかけなおしてドアを閉じ、歩み去った。

午後の時間がゆっくり経過し、夕方がきて夜になっても、美雪が倒れている部屋は、そのままだった。
夕方、陽が沈む頃には、窓から夕陽が部屋いっぱいに射しこんだ。
壁にかけてあるヨットの絵にも夕陽は当たり、ヨットの白い帆は赤く染まった。

約束

正午をすこしすぎたいま、太陽は一日のうちでもっとも高い位置にあった。

頭上の中心であるその太陽から、見渡しうるあらゆる方向にむかって、晴天が広がっていた。

完璧《かんぺき》さにおいてこれ以上にはなりえないような、硬さを存分にたたえた青い空が、太陽の光りを地上にむけて鋭く反射させつづけた。

底なしの、途方もなく広い青空から降り注ぐ陽ざしを、荒野とそのなかにまっすぐにきざみつけられた一本のハイウェイとが、うけとめた。

不規則な、ほんのすこしだけの起伏を持った淡い褐色の荒野は、見渡せるかぎり荒野のまま自らを横たえ、はるか遠い空と地平線で接していた。地平線は、太陽の熱で白くかすんで見えた。

青い大空と荒野とにはさまれた巨大な空間に、透明な強い陽ざしが、充満していた。正午をすぎるとその充満も限度に達したように感じるが、風が安全弁になっていた。風が吹くたびに、最後にはすべてのものをさしつらぬき、粉々に砕いてしまうような陽ざしの鋭さが、緩和された。風によって陽ざしがどこかへ吹きはらわれた。空と荒野とのあいだの空間に陽ざしが充満しすぎるのを、風が微妙に調整しているように思えた。

その風には、明らかに、香りがあった。小ぶりに砕いた岩を好きなだけぶちまけたような荒野が、朝から太陽に焼かれつづけてきた香りに、黄色く枯れながら生えてくる雑草の香りが、かさなっていた。風は、なんの遠慮もなしに、分厚く吹いた。

荒野のなかをまっすぐにのびていく二車線のハイウェイは、さほど遠くないところで深いかげろうにのみこまれ、ゆらめきつつ溶解していた。半回転して反対の方向に目をむけると、巨大な鏡にうつしたようにまったくおなじ風景が、その方向にもあった。

ハイウェイに、自動車の影は、なかった。空と荒野にはさまれた空間のなかで、風だけが動いていた。空の青すぎるような青さや鋭く熱い陽ざしに叩《たた》きのめされて、時間はハイウェイに平たくはりついて尺取り虫のようにすこしずつ進んだ。

真昼のハイウェイを溶解させているかげろうのゆらめきのなかから、一台の自動車が抜け出てくるまでに、ずいぶん時間がかかった。かげろうのむこうでゆれている、ぼんやりとした輪郭の赤い色だったその自動車は、かげろうをようやく後方に置き去りにすると、いま荒野のなかを走る唯一の赤い自動車となった。

普通の乗用車ではないことが、やがてわかった。乗用車よりも車高があり、四角ばって大きい。

赤く塗装されたボディの鮮明なきらめきがはっきり見える距離にまで近づくと、この種類の自動車に詳しい人なら、双眼鏡を使わなくとも、走ってくるその自動車がフォード・ブロンコだということくらい、すぐにわかっただろう。オフ・ロード用をも兼ねている四輪駆動のその自動車は、車体のあらゆる部分が、まっ赤だった。

荒野のなかの直線のハイウェイを走るそのフォード・ブロンコは、まっ赤に輝く四角なかたまりとして、空間に充満している陽ざしを相手に、たたかっていた。きらめきながら走りつづけるかぎり、陽ざしを相手のたたかいに健闘ぶりを発揮することができそうだった。

太陽は真上にあるから、荒れたアスファルトの路面に、車体の大きさだけの影が、車体の真下にできていた。疾走するフォード・ブロンコと共に、その影も、路面のうえを滑りつづけた。

ほぼ垂直に立っている正面のウインド・シールドのなかに、ふたつの顔が見えた。運転席には男の顔、そしてそのとなりの助手席には、女の顔があった。

男は、ウインド・シールドごしに正面の遠くにむけていた視線を、外のミラーに移動させた。運転席の外に、支柱に支えられて突き出ている、たてに長い四角い大きなミラーだ。ミラーのなかでは、二車線のハイウェイを中心にした風景が、後退をつづけていた。ドアのガラスは、いっぱいに降ろしてあった。ミラーの風切り音と吹きこむ風とが、男の顔のすぐわきでからみあいつつ舞った。

ステアリング・ハンドルから離した左手を、男はドアの窓から外に出した。風をうけた自分の手が軽くうしろになびいていくのが、心地よかった。

風のなかで、彼は、左手を屋根にのばした。指さきを、かすかに屋根に触れさせた。屋根は、火にかざしつづけたフライパンのように、熱かった。

外のミラーに目をむけたまま、彼は、左手をひっこめ、ステアリング・ハンドルにもどした。

助手席の女性も、ミラーを見ていた。彼女が見ているのは、運転席の天井にある、横長のミラーだった。シートをリクライニングに倒している彼女から、後部ドアのガラスごしに後方の風景が見えるよう、ミラーの角度は調節してあった。

ふたりがそれぞれ鏡を介して見ている風景は、角度がすこしちがうだけであとは完璧におなじものだった。

彼女は、まだ充分に若いと言えた。身長のあるすんなりとした体に、きれいな造作の小さな顔がよく調和していた。もっともきちんと整えたときですらほどよく寝乱れて見えるようにつくった黒い髪は、外から吹きこむ風に乱れ、退屈に愁いがうっすらとかさなった頬《ほお》を、撫《な》でつづけた。

淡いピンクの、オックスフォード地のシャツ・ドレスを着ていた。ダーク・グリーンのまんなかにくすんだオレンジ色のストライプの入った、コットン・ウエッビングのベルトをしていた。

運転席の男性は、彼女よりいくつか年上だ。正確にいくつ年上であるのかは、彼の表情に残っている青年の面影によって、見当がつけにくい。

白いTシャツにブルージーンズ、そしてはき古しの頑丈なカウボーイ・ブーツ、といういでたちだった。ブルージーンズは、この何日か、はきとおしたままだ。今夜あたり、モーテルの洗濯機にほうりこまれ、熱湯で洗われる運命にある。

運転席のミラーを介して彼女が見ている後方の風景は、フォード・ブロンコとおなじスピードで、うしろへ吸いこまれるように次々に遠のいていく。

その、遠のくスピードが、すこしおそくなった。運転席の彼は、減速をはじめたのだ。ミラーのなかで風景の遠のいていく速度が、さらに落ちた。

姿勢も表情も、そしてミラーにむけた視線も変化させないまま、助手席の彼女は、

「踏切り？」

と、彼にきいた。

もちろん、彼女なりの軽いジョークだ。

今日は朝早くからこのフォード・ブロンコで荒野のなかのハイウェイを走りつづけてきた。いくら走っても、目に映じる風景に変化はおきてこない。昨日も、今日とまったくおなじようだった。

「そう。踏切りだ」

彼が、ジョークをかえした。

「赤信号が点滅して、警報機が鳴っている。聞えないか」

フォード・ブロンコのスピードは、徐行にまで落ちた。そして、完全に停止した。運転席の彼は、ドアの窓から外を見た。

となりのシートで、彼女が上体を起こした。窓の外を見た。広くとってある路肩の端に、標識がひとつ、立っていた。

横長の長方形の鉄板が、太い鉄管にボルトでとめてあった。鉄板はぜんたいがくすんだグリーンに塗ってあり、そのうえに白い文字で次のように書いてあった。

プレインズヴィルに、ようこそ。人口　３５９０

全米でもっとも平凡で見映えのしない町

ステアリング・ハンドルに両手を置き、彼は笑った。「平凡で見映えのしない」という部分は、町の名であるプレインズヴィルのプレインにひっかけた冗談半分の洒落であることを、彼は彼女に説明した。そして、ブロンコを発進させた。

しばらく走ると、ドライブイン劇場が、ハイウェイの左手に見えた。放棄されてからかなりの年月をへていることは、支柱に支えられて立っている長方形の大きなスクリーンを見ただけでも、すぐにわかった。

自然のスロープを利用したパーキング・エリアには、色とりどりの自動車が、何台もとまっていた。すててある自動車だ。どの自動車も、車首をスクリーンのほうにむけていた。すて去られたドライブイン劇場と、おなじくうちすてられた何台もの自動車とが、荒野の一角に強烈な陽ざしを浴びつつ、軽いジョークとしてさまになっていた。

さらに町へ近づくと、飛行場があった。自家用小型機のための飛行場だ。格納庫がいくつかならび、X字型に交差している滑走路の端に、吹き流しがひとつ、立っていた。純白とスカイ・ブルーに塗り分けた六人乗りの双発ビーチクラフトが、滑走路のまんなかでゆっくりと方向を変えつつあった。

さきほどの標識によって予告されていたとおり、町のたたずまいは、ほんとうに平凡なものだった。ふたりがサンフランシスコを発《た》って南西部のこのあたりまでハイウェイを走ってくるあいだに通過した、いくつもの小さな町の、いずれにもよく似ていた。

町のなかをメイン・ストリートがまっすぐに抜け、その両側に無愛想な四角い建物がならんでいた。どの建物も、強い陽ざしによって地面に押えつけられ、身動きできなくされているように思えた。陽がいちばん強くなる時間であるいま、メイン・ストリートに人の姿はなかった。

看板に〈金物・銃砲〉とだけ大きく書きつけた、倉庫のような感じの店を、彼は見つけた。

「ちょっと、寄っていこう」

「ええ」

コンクリート敷きの広い駐車場に入り、店の入口のいちばん近いところにフォード・ブロンコをとめた。エンジンを切った。熱い風が、運転席を吹き抜けた。

ふたりは車を降り、店のなかに入った。

空調の心地よくきいた店内はだだっ広く、およそ金物と呼びうるありとあらゆるものが、棚や台に整然と区分けしてならべてあった。見るともなく見ながら、ふたりは店の奥にむかって歩いていった。

店のいちばん奥に、ほかの部分からはなかば独立したように、ライフルやハンド・ガンの一角があった。いくつものガラス・ケースや棚に、さまざまな小火器が陳列してあった。

「すごいのね」

と、彼女が言った。

「みんな、本物？」

「本物だ」

ならんでいるガラス・ケースのいちばん端に大きなカウンターがあり、その端に金銭登録機が乗っていた。金銭登録機のむこうに、初老の白人男性がひとり、立っていた。細いピンクのストライプの入ったオックスフォードのシャツに、ブルーのタイをしめていた。

その白人男性と彼の視線が、合った。微笑してよこす初老の店員に、彼は、

「弾丸の小箱をひとつ、欲しいのです」

と、言った。

「・44のマグナム弾で、リヴォルヴァーに使います」

店員は、うなずいた。

「セミ・ジャケットがいいかな」

「ええ。ホロー・ポイントで」

何種類もの弾丸の小箱がきれいにならんでいる棚へ歩いていった初老の店員は、錆色《さび》の小箱をひとつ手にとり、もどってきた。カウンターに歩みよった彼がその小箱をうけとり、なかをあらためた。

「ほかになにか」

「これだけでいいです」

金額を彼に言って店員は金銭登録機のキーを打った。金額ちょうどを支払った彼に小さなレシートを手渡し、

「そんなクレイジーな弾丸を、なにに使うんだい」

と、店員はきいた。

「フォード・ブロンコでハイウェイを走りながら、彼女をうしろにすわらせ、空にむけて射たせるのですよ。反動ですこしは推力がつくのではないかと思って」

つまらない冗談だと思いながら、彼はそうこたえた。店員は、声には出さず表情だけで、大きく笑った。そして、

「まるでロケットみたいにな」

と、言った。

「彼女の手が発射のときの反動に耐えられるならね」

「そのとおりだ。彼女は日本語を喋《しゃべ》ってただろう。日本からかい」

「東京からです」

「あんたも東京からかい」

「ええ」

「きれいな英語を喋るね。驚いたもんだ。昔、オキナワのアメリカ軍基地にいたことがあ

るんで、日本語はすこしならわかるんだ」

さらにほんのすこしだけ、つけ足しのような世間話を店員と交わし、彼はカウンターを離れた。彼女が商品を見ている棚まで歩いていき、

「いこうか」

と、言った。

「もう、いいの？」

「いい。用事は、すんだ」

広い店のなかを正面の出入口までひきかえし、乾ききった熱い外に出た。

「コーヒーが飲みたい」

と、彼女が言った。

「店をさがそう」

フォード・ブロンコまで歩きながら、彼がこたえた。

メイン・ストリートをしばらくいくと、おなじく左側に、簡易食堂があった。透明の大きなガラスのはまったドアや窓ごしに、ステインレスのカウンターが見えた。

店の前にブロンコをアングル・パーキングさせ、ふたりは車を降り、その店に入った。

カウンターの席についたふたりを、中年のウエイトレスがむかえた。くすんだ金髪をきわめて人工的なたくさんのカールにこしらえ、眉《まゆ》をくっきりと描き、真っ赤な口紅を塗っ

ていた。

彼はコーヒーとアップル・パイを注文し、彼女はコーヒーだけでいいと言った。

「アップル・パイはひとつだけでいいのね」

カウンターごしにお客にむけるための微笑を顔いっぱいにうかべ、ウエイトレスは彼にきいた。彼は、うなずいた。

コーヒーとアップル・パイは、すぐにきた。分厚い受け皿に大きなマグが乗っていて、コーヒーがいっぱいに注《つ》いであった。三角に切ったアップル・パイも、大きかった。

「これだけでよかったかしら」

ウエイトレスが、きいた。今度も、彼は、うなずいた。

コーヒーは、おいしかった。となりのストゥールの彼女も、そう言っていた。だが、アップル・パイは、甘すぎた。

「すこし食べてみないか。参考までに」

彼がすすめると、彼女はアップル・パイを見た。すこし考えてから淡く微笑し、首を振った。

コーヒーを飲みほすと、すぐにウエイトレスがきて、おかわりを注いでくれた。アップル・パイはおかわりしなくてもいいのか、とウエイトレスはきいた。もう充分だ、と彼はこたえた。

ブルージーンズの尻ポケットに入れておいた弾丸の小箱から一発だけ抜き出し、彼はそれを彼女に見せた。

「なあに」

「ピストルの弾」

「これが？」

「さっき、金物屋で買った」

弾丸を、彼女は、指さきにうけとった。

「こんなに小さなものなの？」

「大きいほうだ」

11ミリ径に40ミリの長さのマグナム弾を、彼女は指さきで撫でた。薬莢《やっきょう》は黄金色に光ってきれいだった。

「可愛い。とてもきれい。先はとがってるのかと思ったのだけど、平たいのね」

「うん」

「これがぜんぶ、飛ぶの？」

彼女の質問に、彼は、弾丸の構造や発射されるしかけを、大ざっぱに説明した。

「こんなもので死ねるの？」

「一発で充分だ」

「ちゃんと殺してね」

「わかってる」

「ここが私の体のなかに飛びこんでくるのね」

弾丸の平たくなっている先端の部分を、彼女は指さした。

「ほんとに一発で足りるの？」

「着弾のショックだけでも、充分に死ねるだろう」

「私のどこを射ってくれるの？」

「心臓」

「きれいに仕とめてね」

「背中から突き抜けて大穴があき、心臓もなにもみんな飛び出してしまうだろう」

心からうれしく思っているような表情が、彼女の顔いっぱいに広がった。

「素敵」

と囁《ささや》き、目を閉じた。

目を開いて彼を見、

「私をほんとうに射ってくれるのね」

と、言った。

「約束だからな」

「うれしい」

彼女は、彼の手をとった。その掌《てのひら》のなかに、弾丸をかえした。

ウエイトレスがふたりの前にきた。コーヒーをもっと飲むか、と彼女はきいた。いまはもう充分だと彼はこたえ、ふたりはストゥールを降りた。そして店の外に出た。

全米でもっとも平凡で見映えのしない町、を後方に遠く置き去りにしてから、真っ赤なフォード・ブロンコは、ハイウェイを離れた。荒野のなかの、どことも知れぬ方向へ、一時間、走った。

スロープ自体はなだらかだが、ぜんたいを見渡してみると殺風景このうえない丘に四方から囲まれているくぼ地に、彼は、フォード・ブロンコをとめた。

「ここ？」

彼がエンジンを停止させたあとの静けさのなかに、小さな声で、彼女が言った。

彼女に顔をむけ、彼は微笑した。そして、うなずいた。

「ここだ」

「静かなのね」

彼女も、微笑した。

彼は、窓の外の荒野を見た。

「ガラガラ蛇もサソリも、いないだろう。さきにぼくが、車のまわりをひとまわりしてみる」

ドアを開いた彼は、地面に降りた。地面のあちこちに注意深い視線をむけながら、フォード・ブロンコのまわりを一周した。もう一度、車のうしろをまわり、助手席のドアを外から開いた。

彼女も、地面に降りた。

車のうしろへ歩いた彼は、ドアを開いた。フロアに置いてあるダッフル・バッグを引きよせ、ジッパーを開いた。着替えの底から、リヴォルヴァーを一挺《いっちょう》、そして、ヘッドホーンのように見えるイアー・プロテクターを、ひっぱり出した。

ルーガー社製のスーパー・ブラックホークだ。クローム・モリブデンの銃身やフレーム、それに溝のないシリンダーが、陽ざしをうけて重く精悍《せいかん》に光った。グリップは黒いゴム製のものにとりかえてあり、トリガー・ガードの後部いっぱいにまわりこんでいた。発射時の反動で、グリップを握っている指にトリガー・ガードが食いこむように叩きつけられてくるのをふせぐためだ。

ブルージーンズの尻ポケットから弾丸の小箱を出し、ブロンコのフロアのうえで開いた。スーパー・ブラックホークのローディング・ゲートを開き、時計まわりに回転するシリンダーに一発ずつ、装弾していった。六発の弾丸をチェンバーにおさめおえ、彼はローディング・ゲートを閉じた。

右手にスーパー・ブラックホークとイアー・プロテクターを持ち、左手でフロアの隅にあった陸軍払い下げのブランケットを、彼は持った。彼女が立っているところまで、歩いていった。

左手に持ったブランケットを、彼は彼女にさし出した。

「広げて肩にはおり、体に巻きつけ、しっかり持っててくれ」

ブランケットをうけとった彼女は、彼の言うとおりにした。彼は、イアー・プロテクターを、かけた。

「ピストルは、これを使う」

右手に握っているスーパー・ブラックホークを、彼女に見せた。

「美しい」

と、彼女は言った。7½インチの銃身に、彼女は右手の人さし指の先端を軽く触れさせた。

「ものすごい力があるピストルみたい」

「そのとおりなんだ」

「美しくて素敵。うれしいわ」

「ほんとうにうれしいか」

「ほんとよ」

左手で、彼は彼女の右の頬に触れた。熱い陽ざしをまともにうけているのに、彼女の頬は奇妙に冷たかった。

彼は、左手を降ろした。

「では、約束を守る」

と、彼は言った。

「うれしいわ。最高」

一歩だけ、彼はうしろにさがった。そして、彼女の名を呼んだ。

かすかに首を片方にかしげて微笑し、

「なあに?」

と、彼女は言った。

そのみじかい言葉のうしろに、銃声がかさなった。轟音《ごうおん》とともに彼の右手にすさまじい反動がきた。軽くグリップしていたため、銃身は四十五度ちかくはねあがった。

発射された弾丸は、至近距離から彼女の心臓をぶち抜いた。

着弾の瞬間、彼女が体に巻きつけていたブランケットは、突然に風をはらんだかのように、大きくふくらんだ。彼女の体をつらぬいた弾丸は、背中から噴き出した血しぶきを空中に置き去りにし、荒野の彼方へ飛んでいった。彼女の背中には大穴があいたにちがいない。弾丸によってずたずたにされ、ひきずり出された彼女の心臓や肺、それに胸骨の破片などは、ブランケットにとめられ、荒野の岩のうえに飛び散るのは、まぬがれた。弾丸を体にくらった瞬間、彼女の両足は地面から浮いた。体を深く「く」の字に折りつつ横ざまに空中を飛び、絶命して地面に叩きつけられ、転がった。

ブロンコの後部へ歩いてスーパー・ブラックホークとイアー・プロテクターをフロアに置いた彼は、シートの下からシャベルをひっぱり出し、穴を掘る作業にとりかかった。二時間ちかくかけて、自分の肩をこえる深さの穴を掘ることができた。

穴から出て彼女を抱きあげ、再び穴のなかに降りた、彼女の両脚を軽く折ると、穴の底に彼女を横たえることができた。彼女の顔をブランケットでおおい、しゃがんだまま彼は上を見た。

はるか頭上に空が青く輝いていた。

土をかけて埋葬をおえた彼は、Tシャツを着替え、ブロンコに乗ってハイウェイにむけてひきかえした。

四時間以上まえに離れたときとまったくおなじたたずまいで、ハイウェイがまっすぐにあった。

ほかの自動車のいないそのハイウェイを、真っ赤なフォード・ブロンコは午後のかげろうにむかって走っていき、やがてそのなかにのみこまれて溶解し、見えなくなった。

彼女のリアリズムが輝く

1

大学を卒業した次の年、二十二歳のとき、彼女は中村麻美子《なかむらまみこ》という本名で、小説を一冊出版した。ミステリー小説の懸賞に応募し、それが受賞作となり、出版されたのだ。同時受賞者はなく、佳作の人もいなかった。その年は彼女だけが受賞した。

五人いた審査員たち全員が、彼女を強く推薦した。彼女の受賞は審査員たち全員一致の決定によるものだった。そのときすでに、その懸賞は十年の歴史を持っていた。全員一致でひとりだけ受賞が決定したのは、中村麻美子が最初だった。それから十年が経過しているが、審査員たちの意見が全員一致して受賞作がきまるということは、それ以来まだ一度もないままだ。

二十二歳から二十七歳までの五年間に、彼女は七冊の小説を書いた。厳密にはどれもみなミステリーではないかもしれないが、ミステリー作家としてデビューした彼女のその後の作品は、どれもミステリーとして刊行された。だから彼女はミステリー作家となった。

彼女が書く小説には、人気があった。小説を書くことは好きなのだが、雑誌に登場したりTVに出演したりすることには、まったく興味がなかった。美人ミステリー作家とか美貌《びぼう》の女流などと言われたり書かれたりした。彼女は小説のなかに現実を生かすのが巧みだった。いかにもいま実際にあったような出来事やストーリー、そしてディテールを、無駄のない的確で骨太な文章で彼女は書いた。そしてなにを描いても、常にどことなく品があった。無理にそうしているのではなく、書きたいように書くと、結果としてそうなるのだ。受賞作も含めて、五年間に八冊の小説を書いた彼女は、自分は知らないことは書けない人なのだという事実を確認した。自分がひとりで作った話、あるいは自分の気持ちや考えかただけがそのままストーリーになっているような書きかたは、自分には出来ないのだと、彼女は再確認した。

自分が現実に体験したことを、出来るだけそのまま使いながらストーリーを作っていくという作法を、彼女は自分の小説の基本として見つけた。ストーリーや登場人物の都合に合わせて、現実を写しているようでいてじつはすこしも写していないもっともらしさを、頭のなかだけで作っていくのとは反対の側に自分はいるのだと、彼女は八冊まで書いて覚悟をきめた。

2

　二十七歳から三十歳までの三年間を、彼女はヨーロッパで過ごした。外国に住む、という体験をしてみたくなったからだ。いずれは小説に役立てるため、という思いもなくはなかったが、自分の国以外のところに住んだことがない自分に、外国での生活の体験をつけ加えたくなった。実際に体験してみるほかなく、したがって彼女はそうした。

　ロンドン、パリ、そしてアムステルダムに、それぞれ一年ずつ彼女はひとりで暮らした。その三年間、彼女は小説を書かなかった。ヨーロッパを舞台にぜひ、という依頼はいくつも届いたが、彼女は断った。そのかわりに、日々体験する現実を、こと細かにすべてノートブックに記録していくことを、彼女は続けた。写真もたくさん撮影した。現実というものに対する自分のありかたや態度、そしてその現実をどう扱い、それに対してどのように対応していくのか、自分らしさの原点のようなものを、彼女はその三年間で自分の内部から発掘した。結果として、自分に関して彼女は自信を深めた。

　その三年間のあとに、中村麻美子は結婚した。ヨーロッパを仕事場にして活躍していた、江崎大輔《えざきだいすけ》という日本男性と知り合った彼女は、交際を続けた。ひと言で言うと商社マンである彼は、麻美子が知らない世界の人だった。会社の仕事、つまり外国をマーケットにしていかに市場を広げ利潤を上げていくかという、現実的と言えばこれ以上に現実的な世界はないと言ってもいいような世界に、江崎大輔は生きていた。彼にとってはもはやただの日常でしかないそのような世界を、自分も知ってみたいと彼女は思った。彼が持っている、自分にとっては未知の現実を、自分のものとして体験してみたい、と麻美子は思った。彼との交際は深まった。

そして江崎は日本へ帰ることになった。帰国の命令が来たけれど、僕といっしょに日本へ帰ってくれないか、という言いかたで江崎は中村麻美子に結婚を申しこんだ。麻美子はそれを受けた。きまったなら早いほうがいいという彼の意見に同意して、彼女はヨーロッパで簡素な結婚式をあげ、彼とともに日本へ帰った。そして婚姻届を提出し、部屋をみつけ、そこで彼との結婚生活を営むことになった。

3

それから二年が経過し、いまの麻美子は三十二歳だ。今年じゅうに三十三歳になる。江崎との結婚生活は続いていた。子供は作っていなかった。彼女は仕事を持たず、ただの妻あるいは主婦として、毎日を過ごしていた。

編集者たちや出版社とのつながりを、彼女は保っていた。たまに書く簡単な手紙、そして思いつくままに用もなくかける電話だけのつながりだが、落ち着いたらぜひ小説を、と真剣に言ってくれる編集者は何人もいた。そろそろ書こうかな、と麻美子は密《ひそ》かに考えていた。

夫が知っている商社マンとしての別世界は、麻美子には手に入らなかった。彼の仕事の周辺の、ほんのちょっとした知識すら手に入らないままに、会社の人間としての夫は、結婚生活二年にして早くも、彼女にとってはブラック・ボックスと化した。

なるほど、これが現実なのかと、麻美子は思った。予期していなかった現実が手に入ったから、夫が知っている世界を知り得ないままであることに対しては、彼女はさほど不満を覚えなかった。

4

中村麻美子が日本に戻って来てから、森本卓也《もりもとたくや》が何度も電話をかけて来ていた。

「会おうよ」

とか、

「会いたい」

あるいは、

「会ってくれよ」

と、森本は電話でしきりに言っていた。

電話で森本と親しく話はするし、自分のほうから彼のオフィスに電話をかけることもあったが、麻美子は彼に会わずにいた。森本とは大学で同級だった。大学生だった頃はいい友だちであり、卒業してからもそれは変わることなく続いた。そして麻美子がヨーロッパへいく前の一年間、つまり彼女が二十六歳から二十七歳にかけてのほぼ一年間、彼女と森本は男と女の仲として過ごした。

当時の彼女は独身であり、彼もいまとおなじく独身だった。だが自分たちは恋人同士ではない、と麻美子は思っていた。自分たちを恋人同士として定義するには、自分たちふたりの仲にはなにかが欠けている、と彼女は感じていた。欠けているか、あるいはその逆に、なにかが大きく比重を占めすぎていた。それがなになのか、麻美子にはまだよくわかっていなかった。ただし、森本卓也が自分にとって、どんなことでも話すことの出来るきわめて親しい親友であり、森本にとっては自分がそうなのだと、麻美子は確信に近いものを持っていた。

日本に戻ってから始めた結婚生活が二年を経過して、麻美子は森本に会うことにした。

会いたい、と彼が言うのは、もう一度男と女の関係に戻りたい、という意味だと麻美子は正しく理解していた。戻ってもいい、と麻美子は思っていた。だが、それには時期ないしはタイミングというものがある、と彼女は感じた。そしてそのタイミングは、森本からの電話できめるのではなく、自分できめることなのだと、彼女は自分で自分に約束していた。

「やっと会えた」

と森本は言った。

「すこしも変わっていない。と言うよりも、だんぜん良くなっている。さすがだ。以前も良かったけれど、いまがいちばんいい。会いたかった。久しぶりだ。おたがい東京にいながらいつまでも会えないのは、相当につらかった」

午後の都心のコーヒー・ショップで、森本は麻美子にそう言った。

「専業主婦だそうだけど、どうなんだい、毎日の生活は」

森本がきいた。

「暇です」

「僕との時間を作ってくれ」

「作りましょうか」

「本当かい」

「私がこうして自分から出て来たのよ。本当かいもなにもないものだわ」

自分としてはすこしだけ変な台詞《せりふ》だと思いながら、麻美子はそう答えた。

「ご主人は商社の人だっけ」

「まさにそうです。会社の人」

「子供は?」

「作らないわ」

「どうして?」

「いまの日本の、しかも東京のこんな状況のなかで、子供を育てるのは無理よ。生まれて来る子供のほうこそ、いい迷惑だわ」

「それは正解だね」

「それに、夫は仕事ばかりしているし」

「商社は忙しいだろう」

「週のうち半分は会社に泊まることもあるわ。会社か、あるいは、すぐ近くにいくつもある、ビジネス・ホテルね」

「妻としての実感は生まれたかい」

「なんとなく希薄だわ」

「どうして」

「夫は仕事ばかりだし、ろくに話もしないし。家庭を守ると言っても、守るほどのものはなにもないのよ。会社から部屋に帰ると、うちのかみさんという人がいる、ということだけね」

「それはちょっとひどいじゃないか」

「こういうのも、いまの夫婦のひとつのかたちなのかなと、私は思ってるの。そういう意味での発見はいつもあるから、面白くないわけではないのよ」

「どんな男なんだ」

「仕事男ね。外でいっしょに夕食を食べることにして、待ち合わせをしていても、そこに電話がかかって来て、今日は駄目だと言って取り消しになることだって、よくあるし」

「きみはないがしろにされているのじゃないかな」

「こんなものでしょう。こんなもの、としか言いようのない現実をひとつ、いまの私は知りつつあるのよ」

「そんなもの、下らないよ」

「体験してみないと、わからないことだわ」

「昔から麻美子は体験主義だからな」

「会社の人としては明らかにやり手で、優秀で、主流のなかのひとりなのね。ひとりの人としては、明快で白と黒がはっきりしていて、その意味では男らしいとも言えるわ。手間のかからない人ね。そして、せっかちだわ。日本人的にせっかちね。あれでよくヨーロッパで四年もやれたなあと、不思議に思うわ。でも、妙なユーモアがあって、私はいつも笑ってるわ」

「僕とよりを戻そう」

「戻しましょう」

「小説は、どうしたんだ。書店で本を見かけないよ」

「書いてないですもの」

「書けよ」

「読んでくれる?」

「読むよ。麻美子の書くミステリーは、面白い」

「不倫の小説を書こうかしら」

「僕との体験をもとに」

「そうね」

「一石二鳥だ」

「もとになる自分自身の体験がないと、私はなにも書けないのよ」

「人は殺すなよ」

笑いながら森本が言った。

「なぜ私が人を殺すの?」

「殺人の小説を書くために」

「また小説を書こう、と思いはじめてるの」

「ぜひ書け」

「材料をください」

「僕を材料にすればいい」

「材料になるかしら」

5

そしてストーリーの発端は、思いがけないところから手に入った。夫が持っている四つの鍵《かぎ》だ。麻美子の夫、江崎大輔がキー・リングにつけていつも持ち歩いている、四つの鍵だ。それがストーリーの発端になった。

ある日、ふたりいっしょに外出先から部屋へ帰ったとき、部屋のドアを江崎が開けた。ドアのロックを解放して彼がキーを引き抜いたとき、ふとなにげなく、麻美子はきいた。

「ほかのキーは、なにのキーなの」

「会社のロッカー」

そう言って江崎は掌《てのひら》にキーを載せて麻美子に見せた。キー・リングに四つのキーがついていた。どれもみな平凡そうに見えるキーだった。そしておなじキー・リングに、長さ五センチ、直径は一センチあるかないかの小さな懐中電灯と、銀色のホイッスルがつけてあった。小学校の先生が体育の時間に生徒たちにむけて吹くような、あるいは、交通整理の警官が交差点のまんなかで車の列にむけて吹くような、クラシックなかたちをしたホイッスルだ。

「なぜこんなものを持っているの？」

「明かりは必要だよ。なにかと便利だ」

「そして笛は？」

「吹くと鋭い音がする」

「いつ吹くの？」

「さあ。持っていたいから、なんとなく持っている。外で偶然にきみを見かけたら、吹いてやるよ」

四つのキーのうち、ひとつはこの部屋のキーだ。いまドアを開けるのに彼はそれを使った。そして、ほかの三つよりもすこし小ぶりなキーは、会社のロッカーの鍵だと江崎は言った。

「あとのふたつは、実家の鍵。玄関のドアと、勝手口のドア」

江崎の実家は都内にあった。会社から部屋までの、ちょうど中間にあり、会社で遅くなってから帰宅するとき、江崎はふと気がむくと実家に泊まってもいた。

それから何日かあと、麻美子は夫が持ち歩いているキーのことを、なんの脈絡もなく、突然に思い出した。そのとき江崎は風呂《ふろ》に入っていた。江崎の実家の鍵はほかにもうひと組、キチンの流し台のいちばん端に細かくいくつも並んでいる引き出しのなかに入っていた。それを取り出して寝室へ持っていった麻美子は、ドレッサーの上の大きなガラスの灰皿のなかから、夫のキー・リングを手に取った。キー・リングや小銭、ハンカチ、ボールペン、手帳などが、その灰皿のなかに入っていた。

キチンの引き出しのなかにあった実家のキーは、輪にしてつないだボール・チェインでひとつにまとめてあった。ひとつひとつに小さなシールが貼《は》ってあり、玄関、勝手口、物置と、夫ではない人の字で記入してあった。

ボール・チェインについていた実家の玄関のキーと、夫が持ち歩いているキー・リングにつけてある実家の玄関のキーは、重ね合わせてみると完全に一致した。

実家の勝手口のキーだ、と夫が言ったキーを、勝手口、と書いてあるキーと重ねてみた。似てはいるけれど、符合はしないキーだった。どう重ねても、ふたつは一致しなかった。おなじロックを解放することの可能な鍵ではなかった。

ふたとおりのキーをそれぞれもとの場所に戻して、麻美子は自分の部屋でライティング

・デスクにむかい、考えごとをした。実家の勝手口のキーだ、と夫が説明したキーは、いつもキチンの引き出しのなかにあるもうひと組の実家の鍵のうち、勝手口、とシールに書いてあるキーとは、一致しなかった。夫は私に小さな嘘《うそ》をついた、と麻美子は結論した。いつも持ち歩いているキー・リングのなかのキーを、なにのキーだかとりちがえるだろうか。それはまずあり得ない、と麻美子は思った。勝手口、と書いてあるほうのキーが、たとえば記入のまちがいだろうか。それはあり得ない。と言うよりも、その可能性はなくはないけれど、あったとしても極端に低い、と麻美子は考えた。極端に低いからひとまず無視するとして、結論はひとつしかなかった。やはり夫は嘘をついた。

なぜ？　と麻美子は思った。実家の勝手口のキーではないものを、なぜ実家の勝手口のキーだと言わなければならないのか。考えていくと、これも結論は明白だった。それはどこかちがう場所にあるドアのキーであり、その場所がどこであるか妻である自分に知られると都合が悪いから、したがって、もっとも無難に実家のキーとして、ごまかしたのだ。

なぜ？　ともうひとつ、なぜが続いた。妻に知られるとなぜ都合が悪いのか。そしてそのキーは、どこにあるどのようなドアを開けるためのものなのか。

6

実家の勝手口のドアを開けるキーだ、と夫が言ったキーを、その機会があるたびに、麻美子は手に取って観察した。ポケットに入れて持ち歩くものいっさいを、夫は寝室のドレッサーの上にある大きなガラスの灰皿のなかに入れていた。主として彼が風呂に入っているとき、灰皿のなかからキー・リングを取り出しては、そのキーを麻美子は観察した。

四つのキーのうち、いまふたりが住んでいる部屋の鍵が、もっとも新しい感触をしていた。そして、これは実家の勝手口のキーだと彼が言ったキーは、四つのうちでもっとも長く時間が経過したもののように、麻美子には思えた。

ポケットにキー・リングを入れているとき、ほかのキーや金属製の小さな懐中電灯、ホイッスル、そして、キー・リングなどと、四つのキーは触れ合う。長い時間をかけて何度もくりかえしてほかの金属と触れ合った結果として、実家の勝手口のドア・キーだと夫が言ったキーは、あらゆる角が丸く落ち、表面は新品とは反対の、使いこまれた感触をたたえていた。小さな傷が無数にあり、金属の表面の色が落ち、その下の色が出ている部分もあった。ずっと以前から彼が持ち歩き続けたキーであることにまちがいはない、と麻美子は結論した。

そしてそのキーは、ある日、まったくの新品に変わっていた。どう見ても新品であり、鍵穴《かぎあな》に差し込む部分の凹凸部は、機械で削り出したばかりの、くっきりと角ばった鋭さをそのぜんたいに持っていた。彼の実家の勝手口のドアは、ごく最近、新しくなったのだろうか、と麻美子は思った。あるいは、鍵だけを新しいものに交換したのだろうか。何日もかけてすこしずつ考え、理論的に追いつめて麻美子が得たとりあえずの結論は、次のようだった。

夫がキー・リングにつけて長いあいだ持ち歩いたキーは、彼の実家の勝手口のドアのものではない。どこか別の場所にあるドアの鍵だ。どこのドアだろうか。推論の道すじとして、どこのドアでもない、という第一の可能性について彼女は考えた。たとえば彼がまだ独身の頃、ひとり暮らしをしていた部屋のキーを、センチメンタルな理由のためだけでいまも持っている、というような。しかし、江崎大輔は、ヨーロッパは別として、ひとり暮らしを体験していなかった。大学生の頃も、そして就職してからも、実家に両親とともに住み、そこからかよっていた。彼の母親が、いつだったかそんな話をしていた。

そしてそのキーは、ヨーロッパのものではなかった。日本のメーカーの名が浮き彫りになっていた。かつて親しくつき合っていた女性の部屋の鍵だろうか、という第二の可能性について彼女は考えた。かつて、というひと言を、いまも、というひと言に取り替えて、それを麻美子は結論にした。

いまも彼が親しくつき合っている女性が住んでいる部屋の鍵。そしてそれが突然、新品に変わったのはなぜか。彼女は引っ越しをしたのだ。住所と電話番号が変更になったにちがいない、と麻美子は思った。夫の住所録を彼女は当たってみた。三田村千景《みたむらちかげ》という名の女性の住所と電話番号が、かなり以前に記入された雰囲気で書きこんであり、それが横に引いた一本の線で消してあった。そしてもっとも新しい記入欄に、おなじ三田村千景の名と住所そして電話番号が、夫の字で書きこんであった。住所と電話番号は変更になっていた。

三田村千景、という女性。そしてその女性が住んでいる部屋の鍵。自分のここまでの推理は、九十パーセント以上正しいはずだと、麻美子は思った。

そのキーの合鍵《あいかぎ》を、彼女は作ることが出来た。土曜日に近くまで夫といっしょに買い物に出たとき、夫はさらに買い物をし、彼女だけ夕食のしたくのため先に帰ることになった。とっさに思いついた麻美子は、

「鍵を忘れたのよ。貸して」

と彼に言った。

彼はポケットからキー・リングを取り出した。部屋のキーだけをはずそうとする彼に、

「笛もいっしょに貸して」

と、麻美子は無邪気な笑顔を作って言った。彼はキー・リングごとすべてを、麻美子に手渡した。

午後六時四十分だった。百貨店は七時まで営業していた。そしてその百貨店の六階ある

いは七階の、エスカレーターのまえに、靴直しと合鍵作りのカウンターがあったはずだと、彼女は思った。その百貨店に入り、エスカレーターで上へ上がっていった。七階にあった。新品に変わったばかりのキーをリングからはずし、それの合鍵を麻美子は作ってもらった。ベンチにすわって待っていると、五分とかからずに合鍵は出来た。

7

麻美子は専用のスケジュール帳を買った。夫の行動パターンを綿密に記録していくためのものだ。それから六か月にわたって、麻美子は記録をつけた。ひとつのはっきりしたパターンが浮かびあがった。夫が自宅に帰らない日は、木曜日に集中していた。

夫婦のあいだの、なにげない日常の会話の一端として、

「いつもどこで泊まってるの?」

と麻美子は彼にきいてみた。

「会社の仮眠室」

と彼は答えた。

「誰がどこからどう見ても、企業の建物にしか見えない建物の奥深くに、国民宿舎の部屋

のような、畳敷きの部屋がいくつかあるんだよ。押し入れには布団や枕、毛布があって、掘りごたつが作ってあり、TVも冷蔵庫も、風呂もある。専任の管理人夫婦が住みこんで
るよ」

「いつもそこなの？」

「あるいはビジネス・ホテル。会社の近くにいくつもあって、朝は会社まで歩いて五分だったりするから、いい気分だ」

「電話番号を教えておいて」

「電話のところにある電話ノートに、みんな書いてあるよ」

「仮眠室も？」

「うん。仮眠室、と書いてある」

「なにか連絡を取らなくてはいけないときに、困るから」

「外国で人質問題が起きたときは、泊まりこむ人が多くて、重なり合って雑魚寝《ざこね》だった」

そしてある初夏の木曜日の朝、朝食の席で、

「今日は帰りは何時頃かしら。夕食を予定していいの？」

と、麻美子はいつものように彼にきいた。毎朝、彼女はおなじような質問をしてきた。ぜんたいを習慣にしてしまい、たとえば木曜日の質問を目立たなくさせるためだ。

「おっと、今日は泊まりだ」

と彼は答えた。

「そうなの」

「うん」

「金曜日は？」

「八時には帰る」

「今日は、私は泳ぎにいこうかしら」

「うん」

「あるいは、明日」

「きみの水着姿というものを、僕はまだ一度しか見ていない」

「もっと見てください」

「こんど泳ぎにいこう」

「水着を買おうかしら。そして、その水着で泳ぎます」

「うん」

「金曜日は水着で待ってます」

「では僕は、水中眼鏡《めがね》をかけて駅から平泳ぎで帰ってくる」

8

作ったばかりのその合鍵は、見るからにむきだしだった。キー・リングもチェインもついていない、キーひとつだけの状態は、裸でありすぎた。だから麻美子は、そのキーにリングないしはチェインをつけることにした。笛をつけよう、と彼女は思いついた。夫がキー・リングにつけているような、銀色のホイッスルとともに、このキーをリングないしはチェインにつけるのだ。

百貨店のアウト・ドア用品の売り場で、麻美子はホイッスルをみつけた。イギリス製の、端正にまとまった形をした、銀色の美しいクラシックなホイッスルだ。夫がキー・リングにつけているのと、ひょっとしたらおなじものではないだろうか、と麻美子は思った。おなじ売り場で、彼女はキー・リングも買った。ふたつに分離することの出来る本体の両側に、金属製のリングがひとつずつ、ついていた。一方にはキーを、そして他端にはホイッスルを、麻美子は取り付けた。

百貨店のなかのコーヒー・ショップでひとりコーヒーを飲みながら、麻美子は完成したキー・リングを掌に載せて観察した。新品の合鍵の、むきだしで裸な様子は、すっかりなくなっていた。キー・リングおよび相棒のホイッスルを得て、キーは鍵らしくさまになって見えた。そしてそのことを、麻美子はうれしく思った。

これとおなじキーで、夫はどこにあるどのようなドアを開けているのだろうかと、麻美子は考え続けた。ひょっとして女性はどこにも存在せず、夫は自分ひとりだけの秘密の部屋を持っているのだろうか、と麻美子は想像してみた。夫はそのようなことをする性質の男性ではない、と麻美子は思った。彼ひとりだけの秘密の部屋、という想像を彼女は頭のなかから消した。

キーは象徴なのかもしれない、と麻美子は考えた。きわめて親しい、夫婦同然の、そして妻である自分よりもずっと以前から続いて来た仲の、あるひとりの女性との関係のなかにあるすべてのシンボルとして、彼がその女性からもらったひとつのキー。あなたが先にお部屋で待ってて、というようなときには役に立つけれど、いつ来てくれてもいい、というもっと大きな意味をこめた、彼らふたりの関係の象徴だ。

落ち着いて考えを進めていくと、そのたびに、論理的にもっとも筋道のとおった結論を、麻美子は手に入れることが出来た。しかし、それらはすべて、想像上の産物だった。実際のところどうなのかは、謎《なぞ》を解き明かすためのアクションを起こさないことにはなにひとつ明確にならないことを、麻美子ははっきりと知っていた。

9

だから中村麻美子は、ある日ふと、なにげなく、アクションを起こした。今日は会社に泊まりだ、と夫が言った木曜日の午後、彼女は外出した。いくつかの用事を済ませながら夕方までの時間をやり過ごし、午後六時五十分に、夫が勤める商事会社の本社がある巨大な建物の、正面玄関から道路をへだてたむかい側の歩道に、麻美子は立った。そしてその建物の正面入口に視線を定めた。

今夜の夫は女性の部屋へ泊まるのだと仮定して、彼が部屋に到着するのは八時だろう。そのためには、七時には彼は会社を出るのではないか。七時ですでに定時の退社時刻より一時間三十分遅かった。

だが彼は、自分で言っていたとおり、会社に泊まるのかもしれない。近くのビジネス・ホテルに部屋が取ってあるのかもしれない。女性なんて存在しないのかもしれない。女性の部屋なんてないのかもしれない。これまでの自分の推理は、まったくの見当ちがいなのかもしれない。夫はいま仕事でどこかへ外出しているのかもしれない。そしてそのまま、女性の部屋へむかうかもしれない。あるいは、午後早くに会社を出て、どこかでその女性と落ち合い、いま頃はすでにふたりで部屋へ帰っているのかもしれない。かもしれない、がいくつも連続するのを、麻美子は頭のなかで冷静に観察した。そしてひとつの結論を得た。

ここでこうして夫を待ち伏せし、尾行し、女性と落ち合う現場を目撃しようとするような試みは、現実には無理がありすぎて成功しないし、そのようなことを試みるのはまったく無駄であり、無駄であるよりも先に愚かしいことなのだ、という結論だ。

これがTVの推理ドラマなら、待ち伏せしているとやがて夫は会社の建物から出て来て、いそいそと待ち合わせの場所へと急ぐ。そして女性と落ち合う。見るからに男と女の関係のふたりとして、腕など組みながら、彼らは夕方の街を歩く。そしてそのふたりを尾行していく自分としては、はじめて見るその女性の顔や姿に嫉妬《しっと》の炎を燃え立たせ、その炎の照りかえしに顔をひきつらせつつ、なおも尾行を続けるのだろう。

そのような展開はすべて嘘なのだ、と麻美子は歩道の並木の下に立って思った。そのような展開は、頭のなかだけで考えたストーリー、つまりご都合でしかないのだ。なにがどうまちがっても、自分は絶対にそのようなストーリーは書かないし、現実にもそのような展開の主役にはならないのだと、麻美子は自分で自分に確約した。

10

三田村千景の住む部屋のある建物まで、麻美子はいってみた。今日は泊まりだ、と夫が言った木曜日の午後、六時に、彼女は私鉄を降りて駅の南口へ出た。はじめて来る場所だった。

南口にタクシー乗り場があり、そのむこうを二車線の道路が東西にのびていた。本格的な夏がはじまるまえ、まだ梅雨《つゆ》が終わっていない季節のスーツを着た麻美子は、小さなショルダー・バッグを肩にかけていた。そのバッグのなかには、ホイッスルとともにキー・リングにつけたキーと、三田村千景の住所を書いたカードが入っていた。

すぐ近くに交番があった。三田村千景が住んでいる集合住宅の名を警官に告げて、それがどこにあるのか麻美子はきいてみた。

「この道をむこうへ渡って――」

と警官は道路のむこうを指さした。

「――右へまっすぐに歩いて、T字交差を左へ。まっすぐに道があるからそれをそのまま左側を歩いていくと、浅い角度で斜めに左へ分かれていく登り坂の道がある。その坂道の途中に、A、Bと、二棟に分かれてこの建物がある。お尋ねになったのはBだから、坂道の下から見て道の右側」

歩いて三分とかからない場所に、警官が説明したとおり、その建物があった。坂道を横切った麻美子は、Bの建物の敷地に入った。四階建ての、管理のゆき届いた印象のある、静かな建物だった。造りは複雑で、二階から上の階にある部屋には、部屋ごとに階段があるように見えた。そしてその階段はどれもみなどこかでつながっていたから、どの階段から上がっても、四階までいけるようになっていた。

郵便受けは正面のドアを入ったロビーのようなスペースの壁にあった。管理人室、と書いたドアがあった。宅配便の荷物を入れるロッカーも見えた。郵便受けは建物の部屋の配列とおなじだった。四階に相当する位置に、三田村、という名札を麻美子は見た。

建物の外に出た麻美子は、階段を上がっていった。複雑に折れ曲がる途中に踊り場が広くとってあり、三階にはパティオのようなスペースがあった。四階にもおなじようなスペースがあり、どの部屋のドアも屋根のないそのスペースに面していた。

三田村、という表札の出ているドアのまえを、麻美子はゆっくりと歩いた。多少の不安感と同時に、身をもって冒険に乗り出したときの胸のときめきを、彼女は覚えた。自分らしいアクションへの第一歩を確実に踏み出した実感を、彼女は快感の一種として受けとめた。この興奮感こそ、自分がこれから小説を書いていくにあたっての、もっとも大切な核になるのだと、彼女は自分に言い聞かせた。

三田村、と表札の出ているドアのまえを、麻美子は二度、往復した。鍵の部分を見た。あのキーをこの鍵穴に差し込むと、根元まで入るのだろうか、と彼女は思った。根元までなんの抵抗もなく入ったなら、右あるいは左にまわすと、ロックは解放されるのだろうか。ドアを開けば、そこに三田村千景という女性の生活の場が、確実にあるはずだ。その生活の場のなかに、江崎大輔はどのように影を落としているのか。自分の夫を、夫としてではなく、江崎大輔としてとらえている自分を、麻美子は正解として評価した。

11

二度めにその建物のすぐ近くまでいってみたとき、麻美子はコーヒー・ショップを発見した。集合住宅のある坂道へと、道路が斜めに分かれていく部分の左側に、道からかなり引っこんで、植えこみのむこうに隠れるようにして、コーヒー・ショップがあった。そこで麻美子はコーヒーを飲んだ。

そして三度め、江崎が会社に泊まることになっていた木曜日の夕方、麻美子はそのおなじコーヒー・ショップでコーヒーを飲んだ。あの建物の四階まで上がっていき、三田村、と表札の出ているドアの鍵穴にキーを差し込んでみたい、という衝動を二杯のコーヒーで麻美子は抑えた。

七時すこしまえに、麻美子はコーヒー・ショップを出た。植えこみのむこうからおもての歩道にむけて歩いていった麻美子は、その歩道を江崎大輔が歩いていくのを横から見た。まちがいなく彼だった。純度の高い驚きが、頭のてっぺんから閃光《せんこう》のように入って背中を走り、両脚へと抜け落ちていくのを感じながら、麻美子はとっさには足を止めることの出来ない自分を不甲斐《ふがい》なく思った。驚きながらも足だけは歩くために前へ出ていくのだ。

江崎大輔がほんのちょっとだけ顔を左にむけたなら、彼はまったく予期していなかった自分の妻の姿を、数メートル先に見たはずだ。だが彼は顔を横にむけず、そのときそこを歩いているのが自分にとってきわめて当然である人の様子そのままに、坂道を上がっていった。彼のうしろ姿を、麻美子は見送った。なにも気づいていない彼は、坂道を横切った。そして集合住宅の敷地に入り、階段を登っていった。

複雑な気持ちを胸のなかいっぱいにたたえて、麻美子はしばらくその場に立ちつくした。自分の推理は正しかった、という満足感。やはりそうだったか、という的中の快感。江崎大輔には女がいたのだという事実の発覚にともなう、思っていたよりも大きな落胆感。それは失望感と言ってもよかった。なんだ、これはただの不倫ではないか、という失望感だ。そして、ひとつのストーリーが確実にスタートした手ごたえと、その後の展開への期待感。これからそのストーリーがどのように展開するかに関して、基本的な責任はこの自分にあるのだと自覚するときの、正面から引き受けなければならない義務感のようなもの。

さまざまな気持ちは、部屋へ帰るまで麻美子の内部で渦を巻き続けた。部屋に戻ると、さまざまな気持ちはひとつにまとまり、整理されていた。江崎大輔もそして三田村千景も、確実にスタートしたひとつの物語の、重要な登場人物たちだ、と麻美子は思った。自分の小説、そしてその小説の書きかたが自分にとって大切であるのとおなじく、登場人物たちは物語にとって大切だった。だから麻美子は、それまでとおなじくそれ以後も、江崎大輔に愛を持って接した。

12

「そして麻美子は、それを小説に書くつもりなの？」

心から驚いている表情をきれいな優しい顔いっぱいに浮かべて、島津《しまづ》直子《なおこ》がきいた。

「そうよ。書くのよ」

いつもの口調で麻美子が答えた。

「現実にあったとおりに、そのまま書くの？」

直子の質問に麻美子は首を振った。

「変えなければいけない部分は、もちろん変更するわ。小説の登場人物たちにも、プライヴァシーはあるのよ。でも、自分が実際に体験した事実に則して、自分が驚いたり発見したり、がっかりしたりあるいは胸をときめかせたりしたことは、そのまま生かしたいの」

「これまでの麻美の小説は、みんなそうですものね」

「発端から現在の状況まで、いま私が語ったとおりなのよ」

「でも、江崎さんとその女性との関係の中身については、まだなにひとつわかっていないのね」

「わかってないわ」

「わからないと、書けないわね」

「ここからどう展開すると、ストーリーとしてはもっとも面白くなるか、という点が私には問題なのよ」

「江崎さんとその女性の仲は、これまでどおり続いていくのだとしたら、今後の展開のきっかけは、麻美の決断やアクション次第でしょう」

「そのとおりなのよ。私がなにか行動を起こすと、それによってふたりの関係は変わってくるわ。たとえば、江崎大輔が彼女の部屋に入るのを私が見届けてから、合鍵を使って彼女の部屋のドアを開けて、お邪魔します、とか言いながら私が部屋に入っていったなら、そこから確実にひとつの展開が私の手に入るのよ」

「麻美はそういうことをするつもりなの？」

心配がそのまま声に出ている直子に、麻美子は微笑をむけた。

「まさか、そんなつまらないことはしないわ。たとえば、の話。しかし、私がなにかをしなければ、展開は手に入らないのよ。なにをしたらいいかしら」

「自分の小説として書くに値するような展開にならないといけないのね」

「助けて。なにかアイディアをちょうだい」

島津直子と中村麻美子とは、おなじ大学を卒業した同級生だ。おたがいに大事な親友どうしとしての関係は、いまも続いていた。これまでに麻美子が書いた八冊の小説のどれに関しても、直子との語り合いの結果としてのアイディアが、かなり大きな役を果たしていた。麻美子のラディカルな部分を、直子がほどよく中和した。そしてその中和のしかたのなかに、麻美子ひとりでは思いつくことのない展開のためのアイディアが、いつも潜んでいた。

「いまちょうど、時間はぴたっと静止したところなのよ」

という言いかたを、麻美子はした。

「江崎さんと千景さんの、これまでの関係が、過去の時間として横たわっていて、現在のふたりがいまここにあって、現在から将来にかけてのふたりの関係の連続や展開の可能性が、これから来る時間のなかに横たわってるわ。現在を中心にして、過去と将来とが、少なくとも私にとっては、いまちょうど均衡を取ったところなのね」

「ふたりにとって、外部からなにも障害がなければ、現在がそのまま将来にむけて、すこしずつ移動していくだけなのね」

直子が言った。

「そうよ」

「麻美がここでふたりに対してなにかをすると、それはふたりにとっては思いがけない展開となるわ」

「そのとおりよ」

「麻美はいま、ちょっとおおげさに言うなら、ふたりに対して全知全能のような立場にいるのね。いまならなんでも出来るでしょう。たとえば小説的にもっとも面白くなるような展開を設定して、そのためのアクションを麻美が起こせば、ふたりにとってそれは思いもかけない事態だわ」

「ええ」

「麻美はいま、どんなことでも出来るのよ」

「つまらないことだけは、したくないわね」

「たとえば?」

「江崎さんが彼女の部屋にいるとき、私が彼女の部屋のドア・チャイムのボタンを押すとか」

「通俗的ね」

「つまらないストーリーだわ」

「よくあることですものね。男性ひとりをめぐって、ふたりの女性が対立するという事態

「そんなところ、過去にさかのぼって調べていくのは、どうかしら」

直子の提案に麻美子は首を振った。

「調べきれないわよ。当人たちから聞くほかないわ。聞くためには、私が彼らの間へ、突然に割って入らなくてはいけなくなるわ」

麻美子の言葉を受けとめて、直子はしばらく考えた。そして、

「わかったわ。見えて来たわ」

と、優しく言った。

「見えて来たことを、私に教えて」

「ストーリーとしてなんらかの展開をここで生み出すためには、ふたりのまえにいきなり麻美が登場して、ふたりの間へ割って入るほかないのね」

「そしてそれは、基本的にとてもいけないことよ。ストーリーとしても、つまらないし」

「と言うよりも——」

と直子は、親友の言いかたを次のように修正した。

「——麻美だけの問題として、決着をつければいいのよ」

「ふたりにはなんら影響をあたえないままに」

「そうです」

「ふたりの関係を私は知ってしまったけれど、そのふたりの状況にはなんら影響をあたえることなく、私だけがこの問題に決着をつければいいのね」

「ストーリーは短編だわ」

「直子が言っていることは、とても正しいような気がするわ」

「さっきのキーを、もう一度見せて」

麻美子は椅子《いす》の足もとに置いたショルダー・バッグを取り、膝《ひざ》に載せた。なかからホイッスルとキーのついたキー・リングを取り出し、テーブルのむこうにいる直子に差し出した。

受け取った直子は、そのキーを見た。しばらく見ていたあと、彼女は次のように言った。

「夫が秘密のキーをひとつ、いつも持ち歩いているということに気づいたとき、麻美はかなりのスリルを覚えたでしょう」

親友の言葉に麻美子はうなずいた。

「興奮したわ」

「そして麻美子は、このキーの謎を解いたのね。九十九パーセントまで、このキーの謎は解けてるわ」

「残りの一パーセントは、そのキーが本当に彼女の部屋のドアを開けるキーなのかどうか、ということね」

「確認しなさい」

「確認出来た瞬間、私の興奮は頂点に達すると思うわ」

「夫が持っている秘密のキーに気づいたときの興奮を、確認出来た瞬間の興奮が包みこむのよ」

「そしてストーリーは、そこでおしまい」

と麻美子が言った。

その麻美子に直子はキー・リングを返した。

「確認だけしなさい」

と直子は言った。

麻美子はうなずいた。

「彼女の部屋の電話番号は、わかってるわ」

「おそらく仕事をしている人でしょう。ウィーク・デーの朝から夕方まで、部屋には誰もいないのよ。その時間に部屋に電話をかけて、誰もいないのを確認してから、麻美は部屋のドアの鍵穴にそのキーを差し込み、まわしてみるの」

「まわってロックが解放されたら、たいへんな興奮でしょうね」

「その興奮を、そしてそれだけを、体験しなさい」

13

いま中村麻美子は、そのキー・リングとホイッスルだけを持っている。キーは駅へ歩くまでにはずし、駅のごみ箱《ばこ》に捨ててしまった。少なくとも麻美子に関しては、ストーリーはそこで終わった。江崎大輔と三田村千景のふたりおよびふたりの関係に、なんの影響もあたえることなく、麻美子は短編をひとつ手に入れた。この件に関しては、それで充分だった。あのキーは三田村千景が住む部屋のドアの鍵穴に、根元まで入った。そして左にむけて四十五度ほど、なんの抵抗もなく回転した。ロックは解放された。

狙撃者がいる

1

　税関を抜けるとき、西本美貴子は少しだけ緊張した。かたちどおりのみやげ物は、DFSのヴィニールの袋にひとまとめに入っていた。それを最初に係官の前に置き、スーツケースを台へ持ち上げた。

　見た目の印象よりもはるかに軽い、金属製のスーツケースだ。かつてソフト・ケースを使っていたのだが、切り裂かれてなかのものを抜き取られた経験のあと、外国旅行にはこの金属製のスーツケースに換えた。横たえて蓋を開き、半回転させた。

　みやげ物をわきへ移動させた三十代なかばの係官は、美貴子が開いたスーツケースのなかを見た。たたんだ着替えがさまざまに入れてあるだけのように思えた。両手の指を大きく開いた係官は、重なっている着替えを上から何か所か押さえた。ケースの縁に接している着替えを、二か所、彼は持ち上げてみた。化粧洗面用具の入っているパウチが、彼の持ち上げた着替えのすぐかたわらにあった。

「結構です」

と、係官は言った。

美貴子はスーツケースを閉じた。ロックしてからスーツケースを台の上で向こうへ押しやり、いつも機内に持ち込むブリフケースを美貴子は台に横たえた。三方のジパーを開くと、ブリフケースの片側は蓋のように全開した。手帳、本、雑誌、小さなカメラ、そしてたたんだシャツと木綿のセーターなどが、ブリフケースのなかに入っていた。係官はセーターの下に手を差し込み、持ち上げた。そしてそれを降ろし、

「はい、どうぞ」

とだけ言った。

みやげ物とスーツケースを台の上でさらに向こうへ滑らせ、美貴子はブリフケースを閉じた。スーツケースをフロアに降ろし、把手を持って引き起こし、対角線上にある小さなホイールでフロアに斜めに立てた。もう一方の手に、みやげ物のヴィニール袋とブリフケースを持った。彼女は税関を出ていった。

出てしまうと、少しだけの緊張は、たちまち消えた。彼女の周囲にあるのは、日本の国際空港の、機能的でも美しくもない、陳腐な現実とその光景だけだった。そのなかを、西本美貴子はゆっくりと歩き、建物の外に出た。

都内のいくつかのホテルに乗客を降ろすリムジーン・バスのひとつに、美貴子は乗った。スーツケースはバスの胴体の下へ収納された。みやげ物とブリフケースを持って、彼女は座席におさまった。

都内に入るまで、彼女は本を読んで過ごした。五月第一週の、晴れた日の夕方は、都内に入ってからもまだ明るかった。三軒めのホテルで、美貴子はそのバスを降りた。スーツケースをホイールで転がして正面からホテルのロビーに入り、スーツケースとみやげ物をクロークに預けた。ブリフケースだけを持った美貴子は、ティー・ラウンジのなかのらせん階段を二階へ上がった。二階にある気楽なレストランに、彼女は入った。

部屋に帰っても冷蔵庫のなかにはなにもない。買い物をして帰るのは、単純にただ面倒だった。だから美貴子は、ここで夕食を食べていくことにした。かなり量のある、よく出来ているといつも彼女の思うサンドイッチに、スープとサラダ。そしてチェリー・パイにコーヒーを二杯で、二十九歳の独身女性、西本美貴子の今日の夕食は終わった。

クロークで荷物を受け取り、外に出てタクシー乗り場までいった。トランクにスーツケースとみやげ物を入れ、彼女はタクシーに乗った。そして、ひとりで暮らしている部屋のある、代々木上原へ帰った。

西本美貴子がひとりで住んでいるこの集合住宅には、正面の入口そしてそれに続くロビーがない。各階の部屋への階段は建物の内部にもあるが、どの階のどの部屋へも、建物の外にある階段を使っても、上がっていくことが出来た。

一階にある正面の入口らしきところを入ると、そこは郵便受けが壁に並んでいたり、自転車置き場のようなスペースのある、共同で使う場所だった。宅配便や荷物などを管理人が受け取り、入居者たちのために保管しておくロッカーも、そこにあった。

郵便受けのなかの郵便物を、美貴子は出した。そのなかに、管理人が入れたカードがあった。『荷物が届いております。個数は三個です。三番のロッカーのなかにあります。お引き取りください。ご不審の点は管理人室まで』と、ワードプロセサーで打ち、個数と宛名、そして日付などを書き込むようになっている、薄い紙のカードだ。

壁いちめんにロッカーがあり、ぜんたいはいくつかに区切られていた。入居者たちがそれぞれに持っているキーで、ロッカーのどのドアも開けることが出来た。三番のロッカーを、美貴子は開いた。カリフォルニアから送った平たい段ボールの箱が三つ、ロッカーの底に重ねて置いてあった。それを美貴子は持ち上げ、ロッカーのドアをロックした。

三つの段ボールの箱と郵便物を左腕で脇の下にかかえ、その左手にみやげ物の袋を下げ、右手でスーツケースを押して、美貴子は奥の階段へ歩いた。四階建てのこの建物に、エレヴェーターはなかった。

まだ五月なのだが、三か月ぶりの東京は湿度と気温が高く、夏になったようだった。部屋の窓をいくつか開けた美貴子は、色落ちのしたジーンズに黒いポロ・シャツのまま、スーツケースのなかのものを整理した。洗濯物は洗濯物かごのなかへ入れ、残ったものはクロゼットのそれぞれの場所へ収めた。スーツケース自体も収納し、書斎のように使っている部屋の作業テーブルへ、ブリフケースと三つの箱、そして郵便物の束を、彼女は持っていった。

そして美貴子は風呂に入った。浴槽に湯を満たし、いつもの牛乳の代わりに、今日は入浴剤を使うことにした。袋を切り開き、なかに入っている粉をすべて、彼女は湯のなかに落とした。粉は湯の上に散っていき、溶けながら沈んだ。香りはカモミール、そして主たる成分は牛乳だという その入浴剤は、湯に溶けると淡いオレンジ色をおびて白濁した。

裸の美貴子は湯のなかに体を沈めた。入浴剤を彼女は完全に溶かした。浴槽の一方の、斜めになった壁に背を預けて両脚をのばし、膝を折り曲げて調節すると、湯のなかにある肩から下、そしてつま先まで、すべてが見えなくなった。

かなり以前から、美貴子は風呂はこのようにして入っている。普段は牛乳を使う。紙パックを二個、浴槽の湯のなかにあける。湯は白濁し、そこに沈めた自分の体は見えなくなる。見えなくなるのが、彼女にとってはなぜか楽しく、それゆえに、気持ちは休まった。

いまも湯のなかに自分の体は見えなかった。膝を少しずつ起こしていくと、やがて湯のなかに膝の丸みがふたつ、ぼうっと浮かび上がって来る。そして膝は湯の上に出る。膝だけが出る、膝からすぐ下は、なにも見えない。両手を少しずつ沈めていくことも、彼女は好きだった。湯のなかに自分の両手が見えなくなったり、逆に少しずつ浮かび上がって来たりする様子を、彼女は何度もくりかえして楽しんだ。

日本海側の昔からある町で彼女は生まれ、そこで育った。西陽、つまり日本海への日没で有名な町だ。彼女の父親は、その町で古くからの仲間と共同で、道場を経営していた。柔道と剣道の道場だ。母親は踊りの名取りで、彼女も教室を持って教えていた。父親は地元の警察での、柔道と剣道の教官をも務めていた。

おまえも柔道か剣道のどちらかをやれ、と美貴子は幼い頃から父親に言われてきた。彼女の兄はどちらもよくこなした。美貴子は剣道の面や胴衣が好きになれなかった。竹刀も嫌いだった。そして柔道に関しては、相手と組むのを、美貴子は好まなかった。

私は空手をします、と中学生のときに彼女は父親に宣言した。そしてその宣言のとおりに、空手を学んだ。彼女は体を使うのが先天的にうまかった。高等学校を卒業する頃には、空手の有段者となっていた。父親とともに警察へおもむき、婦人警官に護身術としての空手を教えたりした。

大学は東京で四年制の体育の大学に入った。将来は学校の先生かな、と美貴子は思っていた。自分が先生になっている状態に関して、彼女は憧れのような気持ちを抱いていた。その憧れは、映画の場面のように、美貴子の頭のなかにあった。

絵に描いたような中学校がある。校庭では生徒たちが運動をしている。先生が笛を吹く。

生徒たちは先生のまわりに集まって来る。先生がアップになる。その先生は自分である。というような映像として、西本美貴子は学校の先生になることに憧れていた。

　その憧れから先についてはなにも考えず、美貴子は体育の大学に入った。そして卒業した。学校の先生にはならなかった。企業のスポーツ施設の、専任のインストラクターとしての職を得た。東京でのひとり暮らしでその仕事を二年続け、彼女は退社した。

　それからの一年間、彼女はカリフォルニアにいた。手続き的にもっとも簡単なのは、英語の学校へ通うための留学だった。だから彼女はそのとおりにした。ひとり暮らしの場をカリフォルニアに移し、学校の教課を定められたとおりにこなし始めた。

　彼女の英語の実力で入れるクラスは、良く言って中級でしかなかった。しかしそのおかげで、彼女は授業の進行にきちんとついていくことが出来た。生活態度は無駄のない端正で真面目なものであり、ウィーク・デーにするべきことは勉強と日常生活だけに、彼女は保った。一年でかなりの成果を上げ、優秀な成績で彼女は一年後にそこでの勉強を終了した。大学に進むことを、彼女は真剣に勧められた。

　しかしこれらのことは、美貴子にとっては副産物でしかなかった。一年間をカリフォルニアで過ごした彼女の、本当の目的は、ピストルの射撃に習熟することだった。本を何冊も買い、読み進んで基礎知識を身につけた。週末にはシューティング・レンジに通いつめ、何種類ものピストルの、実弾による射撃の体験を積んでいった。

ある程度の体験を重ねたのち、彼女はリヴォルヴァーを対象からはずすことにした。自動ピストルほどには好きになれない、というごく単純な理由からそうした。だから自動ピストルだけを射つことにきめ、最終的には三種類を、自分にとってもっとも好ましいものとして、彼女は選んだ。

そのなかの一種類を、彼女は自分のものとして手に入れた。ガン・ケースに入れて持ち運び、さまざまな射撃場を転々として、独習による訓練を彼女は重ねた。

自分はピストルの射撃がたいへんに好きだし、ある程度までなら才能はあるのではないか、という判断はカリフォルニアへいく前に、彼女はすでに持っていた。会社に勤めていた頃、何度かアメリカへ観光旅行をした際、射撃場で射つたびに、彼女はその思いを深くした。

スクールに通ったり先生について教わったりしなくとも、ピストルの射撃くらいなら独習出来るのではないか、と美貴子は思った。そのことも含めて、自分にピストル射撃に関する才能や正しい直感があるかどうか、彼女は試してみたいと思った。そのために彼女は一年を割いてカリフォルニアで過ごした。

自分に関してきわめて冷静に第三者的な判断を下すことの出来る美貴子は、自分にピストル射撃の才能があることを認めた。なんの無理もなく、ごくすんなりと、最初から、美貴子はピストルを正確に射つことが出来た。

留学以前の体験は、ただ単に射ってみたというだけに過ぎない。そのような体験は別にして、ピストルというすさまじい道具に接するときの態度、正しい持ちかた、構えかた、狙いかた、そして射ちかたなど、自分らしい体の動きの一部分として、学ばなくともすでに自分の体の芯が本能的に知っているようだと、美貴子はカリフォルニアに渡って半年後には結論した。

自分というひとりの日本女性を、たとえばひとつの射撃場によく通っていた射撃のうまい女性として、人々に記憶されるのを美貴子は避けたいと思った。そのときはまだはっきりした理由はなにもなく、ただ本能的にそう思った。だから彼女はいくつもの射撃場を転々とし、スクールに入ることも教官につくことも、ともにおこなわなかった。

競技に誘われるとその魅力には抗しがたいものがあり、ときに美貴子は参加した。人の肩から腹あたりまでを模した形をして横に一列に並んでいる六つの標的に、十ヤードの距離から標的ひとつに一発ずつ、合計で五秒以内に射ち込むというような競技だ。

七ヤードから三つの標的を、ひとつにつき二発ずつ、合計で三秒以内に射つ競技で失格になる人は少なかったが、五十ヤードで六つの標的になると、失格者は多かった。そのようなときも、美貴子は最後まで残るひとりだった。ヒット・ファクターとかマズル・ジャンプという言葉を、いつのまにか彼女は覚えた。誰かが自分の写真を何点か持ち、この日本女性がここで射撃をするのを見たことがあるかと、射撃場ごとに係員や常連たちを綿密に調査してまわったなら、自分を記憶している人にその人は必ずいきあたるはずだと、美貴子は思っていた。

人の上半身を模した標的を射つことにかけて、一年間で美貴子はたいへんに習熟した。標的はほとんどの場合、静止していた。動く標的は、簡単な機械仕掛けで物陰からもっさりとした動きで起き上がってくるものだけだった。射ち返して来る人を相手の射撃、つまりコンバット・シューティングのようなことに関しては、美貴子は素人のままだった。野外の射撃場で起伏のなかを走りながら、ドラム缶に立ててある標的を番号順に射っていくのが、美貴子の体験したもっとも戦闘的な射撃だった。戦闘射撃の体験は、したがって、彼女には皆無だった。

彼女自身が分析したところによると、彼女に生来的にそなわっているピストル射撃の才能とは、たとえば右手を拳にして人さし指だけをまっすぐにのばし、周囲にある任意のものをその人さし指でいきなり指さすと、指先は常に完璧に正確に、標的に選ばれたその物を指しているという、そのような才能だった。彼女がおこなうピストル射撃の正確さは、彼女の美しく端正に滑らかで無駄のない身のこなしの、ごく自然な一部分だと言えた。

ピストルを処分し、カリフォルニアから帰って、美貴子はスポーツ・クラブに就職した。警備保障会社の最大手が経営しているスポーツ・クラブだ。東京に住んでいる外国人女性に武術を教える部門があり、そこの空手のクラスのアシスタントを、美貴子は務めた。かつての香港の空手映画に出て来るような男性が主任で、陽気で面白い彼は人気があった。アシスタントの美貴子は、あくまでももの静かに正確に、何度でもくりかえし丁寧に教える態度に、多くの人が好感を持っていた。

カリフォルニアで過ごした一年間で、美貴子がピストルの射撃に関して体験を積み、腕を上げた事実は、誰にも知られていないことだった。カリフォルニアでの彼女の友人たちや身辺にいた人たちは、誰ひとりそのことを知らなかった。日本へ帰ってからも、美貴子はそのことに関しては人に語らないでいた。

昨年いっぱいで美貴子はスポーツ・クラブを辞めた。今回も勤めた期間はちょうど二年だった。辞めて二か月後、今年の二月の終わりに、彼女はカリフォルニアへ旅行に出た。三か月の滞在を終え、今日帰国していま自分の部屋にいる。カリフォルニアにいる間に、彼女は二十九歳となった。勤めていたスポーツ・クラブから、彼女は復職することを強く勧められていた。

風呂での時間を自分好みに過ごし、体と髪を洗って、美貴子は風呂を出た。濡れた体を大きなタオルで拭った。裸になると、造型としての美貴子の体の素晴らしさが、もっとも良くわかった。

一六七センチという身長のなかで、彼女のプロポーションは完璧に近く整ったものだった。あまりに整い過ぎているため、かえって彼女の体には特徴がなく、それが理由で目立たなかった。どこにもいっさいの無駄がなく、すっきりと引き締まった全身は、身のこなしかたと併せて、きわめて優美だった。

文句のつけようのない完成された裸体は、しかし、服を着るとさらにいちだんと目立たなくなった。骨格と筋肉、そして皮下脂肪の、鍛えられた結果の絶妙なバランスは、服によって覆われると、一見したところ細身に見える、もの静かで控えめそうな、若い女性の体にしか見えなくなった。

顔立ちはたいへんな美人だ。しかし顔もまた整いきって破綻した部分がないから、文句なしの美人ではあっても、なぜか妙に目立たなかった。常に沈着冷静で、いっさいなにごとにも動じることがないという不思議な性格のせいか、美貴子は表情が常に一定していた。表情を変えるための必然性がないから、いつもおなじなのだ。このことも、美人の彼女を目立たなくしている大きな要素のひとつだった。

西本美貴子の、人としての基本的な雰囲気は、常に静かで控えめな雰囲気だった。整いきった顔に表情は少なく、いつも端正にして化粧は淡く、派手につけ加えた要素は皆無だったから、清楚さあるいは清潔感も、彼女の雰囲気の根幹のひとつだ。身のこなしは滑らかに静かで無駄がなかった。その結果として彼女ぜんたいを、遠慮深さとつながる上品さや品の良さが、常にくるみこんでいた。

すましている、お高くとまっている、と美貴子を評する女性たちが多くいた。友人は少なかった。男性から誘われたり口説かれたりすることも、あまりなかった。ただし、彼女を見かけだけで判断し、痴漢行為をしかける男性は、多くいた。特にあとをつける痴漢が多かった。が、すべてに関して的確だけれども、おとなしい静かな人、とほとんどの人が彼女をとらえていた。冷たい、と言う人もいた。口数が少ないから、彼女に話しかける人の数は、多くはなかった。丁寧に化粧すると、顔だけではなく彼女の存在のぜんたいが、さすがにくまなく華やかに輝いた。そんなとき、西本美貴子は、本来の文句なしの美人だった。

美貴子の身のこなし、あるいは体の動きの、いっさいの無駄のない滑らかな優美さは、体をどう動かしても、その中心軸は絶対にぶれることなく、常にまっすぐであることから発生していた。日常のなかでの身のこなしも、あくまでも滑らかで静かであり、なんの無理もなく軽かったから、周囲にいる人たちに対して、彼女は抵抗のようなものをまったく感じさせなかった。周囲にいる人たちから、美貴子は、強い反応を引き起こすことがほとんどなかった。

注意深く観察するなら、西本美貴子はたいへんに不思議な女性であることが、わかるはずだった。彼女には生活の匂いというものが、皆無に近かった。架空の世界のなかの、どこかたいそう抽象的な位置にひとりでいる、静かな人という印象が、美貴子に関して最後に残る印象だった。彼女がひとりで住んでいる部屋ぜんたいにわたって、生活の痕跡は希薄だった。

美貴子は裸のまま寝室へいった。クロゼットから、カーキー色のショート・パンツと黒いTシャツとを、彼女は取り出した。そしてそれを身につけた。髪はまだ乾いてはいなかった。肩まで届く長さの髪を、彼女はうなじでおおまかに束ねた。

寝室を出てキチンへいき、そこで彼女は水を飲んだ。そして浴室へまわり、浴室の手前の洗面台に置いた、化粧と洗面のためのものが入っている旅行用のパウチを、彼女は手に取った。今回のアメリカ旅行にも、彼女はこのパウチを持っていった。パウチを持って浴室を出た彼女は、書斎のように使っている部屋に入った。

作業テーブルの明かりを灯け、椅子に端正にすわり、彼女は旅行用の化粧洗面パウチのジパーを開いた。なかから彼女はいくつかの物を取り出した。どれも金属製だった。四角く細長い金属製の箱のようなものを、彼女は指先に持った。自動ピストル用の弾倉だ。9ミリ弾をこの弾倉のなかに十五発、装塡することが可能だった。それをしばらく観察し、テーブルに置いた。おなじ物がさらに二本、パウチの中にあった。小さな工具を三点、彼女はテーブルに並べた。自動ピストルの分解と組み立てに必要な工具だ。

以上のものが、化粧や洗面のさまざまな用具とともに入っていたパウチを、着替えとともにスーツケースのなかに入れ、美貴子はアメリカから帰国して税関を通過した。通過時に彼女が体験した多少の緊張は、この品物のせいだった。

一階のロッカーに届いていた、平たい三つの段ボール箱を、美貴子は引き寄せた。引き出しから小さいナイフを出して刃を開き、三つの段ボール箱を閉じている包装用のテープを、美貴子は切り開いた。三つの箱に入っていたもののすべてを、彼女はテーブルの上に出した。

本や雑誌、そしてダイレクト・メールなどの印刷物などが、どの箱にもぎっしりと入っていた。それらには幅の広い輪ゴムが十文字にかけてあった。彼女は輪ゴムをはずした。雑誌や印刷物の間にはさんであった透明なヴィニールの袋に入ったものを、彼女は目の前に並べた。雑誌や本そして印刷物は、ひとつにまとめてテーブルの脇に重ねた。

薄いヴィニールの袋に入っているもののすべてを、彼女はテーブルの上に出した。見ればたいていの人にわかるとおり、一挺の自動ピストルを分解したもののぜんたいが、そこにあった。三つに分け、それぞれ印刷物の間にはさんで輪ゴムをかけ、段ボールの箱に入れ、私信としてカリフォルニアから航空便で美貴子が自分宛てに送ったものだ。三つの箱は、彼女のこれまでの体験どおり、内容は検査されることなく、宛て先である彼女のこの部屋に届いた。

美貴子はブリフケースを開いた。いま分解されて彼女の目の前にあるピストルの、分解と組み立て、そしてメインテナンスに関して説明してあるブックレットを、雑誌のあいだから取り出した。それを照合して確認しながら、美貴子は組み立てを始めた。

つい先週、彼女はカリフォルニアでこの自動ピストルを買った。射撃場で試射をし、荒野のなかのめったに車の来ない道路で、消音器の性能も試してみた。銃砲店で手に入れたブックレットを頼りに、分解と組み立てを試みた。組み立ててから、もう一度、彼女はそのピストルを試射した。作動は完璧だった。分解と組み立てに関して、だから美貴子はすでに必要な知識を持ち、手順も知っていた。

ほどなく、彼女はそのピストルを、組み上げた。作動は今回も完璧だった。消音器を銃口に装着した。そして美貴子は椅子を立った。寝室へいき、クロゼットのなかの小さな引き出しから、弾丸の箱をひとつ、彼女は取り出した。それを持って作業室に戻った。

椅子にすわりなおした美貴子は、弾倉に弾丸を装塡していった。フル・メタル・ジャケットの9ミリ弾が十五発、弾倉のなかに収まった。この弾丸は、軍用としてアメリカ陸軍に支給されたものであることが、箱によってわかった。一年前、美貴子は、百発の弾丸を、今回の分解されたピストルとおなじように、私信の航空便でカリフォルニアから送った。

弾丸を装塡した弾倉はテーブルに置いたまま、美貴子はサイレンサーをつけたそのピストルを手に取り、握ったときの感触を確認しながら、構えたり狙ったりして、しばらく時間を過ごした。彼女は満足した。

カリフォルニアへの今回の旅行は、このピストルを手に入れ、自分宛てに航空便で郵送することだった。その目的を完全に果たして、満足感はくっきりとした輪郭をあたえていた。

このピストル自体は、どこの銃砲店にも在庫があった。ガラス・ケースのなかに無造作に並んでいた。だから買うのは簡単なのだが、美貴子には消音器もぜひ必要だった。いっしょに買いたい、と彼女は思っていた。

ガン・ショーでなら、消音器つきでこのピストルを買うことは簡単に可能なはずだと、美貴子は知っていた。だから新聞の広告ページでガン・ショーの小さな案内を見つけるたびに、車で出かけてみた。気にいっている三種類のピストルのどれもが、消音器つきで売られていた。しかし、記入して渡す書式にはでたらめを書くとしても、消音器つきのピストルを買った東洋系の若い女性は、売り手の記憶に残りすぎるのではないかと、美貴子は判断した。だから美貴子は、ガン・ショーではピストルを買わなかった。

学校に通っていた頃、東洋系の人たちが圧倒的に多く住んでいる地区で、彼女はよく食事をした。今回の旅行中にも、彼女は何度かその地区へいき、食事をした。ある日の昼食のあと、ふと入ってみた質屋の、雑然とした店の一角のガラス・ケースのなかに、いま彼女の手のなかにあるこのピストルが、売り物として陳列してあった。本来の化粧箱ではないが、かなり丁寧な作りの木箱を化粧箱に見立て、そのなかに斜めに、このピストルは置いてあった。消音器が、ごく当然の付属品のように、銃口に装着してあった。

新品同然の、程度のいい品だと、美貴子はそれを見た瞬間、直感的に判断した。フランスでライセンス生産されたものであることを、買ったあとで彼女は知った。消音器の性能に関しては、実際に射ってみなくてはなにもわからない。買うべきだ、と彼女は思った。そして値札を見た。

学校に通って過ごした一年間のカリフォルニア生活のなかで、美貴子は、一般市民が銃器を買うに際しての、さまざまなことを見聞した。そのうちのひとつは、時と場合によっては、マーケットで食料品や日用品を買うのとまったくおなじように、銃を買うことが可能である、ということだった。

この店はそのような店のひとつではないか、と美貴子は直感した。銃の現物が自分の手に渡るまでの五日間の待機期間や、購入者が書き込む項目の多くある書式などまったく関係なしに、ここでは銃を買うことが出来るかもしれない、と美貴子は直感した。その直感を、美貴子は試してみることにした。

美貴子は店員を呼んだ。眼鏡をかけた東洋系の青年が、彼女に応対した。

「これを私は買います」

ガラス越しに指さしてそう言った彼女に無愛想にうなずき、青年はガラス・ケースの鍵をいくつもはずし、ピストルの入った木箱を取り出した。そのとき美貴子は、すでに現金を手に持っていた。

「ID」

とだけ、その青年は言った。

カリフォルニアの運転免許証を、彼女は彼に見せた。一瞥の半分以下の視線をそれに向けて、彼は木箱に蓋をし、彼女から受け取った現金とともに、レジスターのところまで持っていった。レジスターに打ちこんで釣り銭を出し、先にそれを美貴子に手渡してから、レシートとともに木箱を褐色の紙袋に入れ、三度折りたたんでステイプラーで止めた。袋を、彼は美貴子に渡した。

受け取った彼女に、

「サンキュ、カンマゲン」

と、なまりの強い言いかたで、彼は言った。無愛想と言うよりも、最初からなかば喧嘩腰のような雰囲気の彼は、店主らしい人物に大声で呼ばれ、そちらへ姿を消した。美貴子は店を出た。

いまの店が、常にこのような方針で銃を売っているのではないのだと、自分の車に向けて歩きながら美貴子は思った。アメリカに来てまだ日の浅いことがはっきりとわかるあの青年は、店の仕事に慣れていないか、守るべきルーティーンを知らされていないだけだ。店にある質流れの品物を、それを買いたい人がいたから、つけてある値段のとおりに売った。それだけだ。そしてその品物は、たまたま自動ピストルだった。

弾丸をひと箱だけ、銃砲店で美貴子は買った。分解と組み立てに関するブックレットも、おなじ店で手に入れた。その足で射撃場へいき、買ったばかりのピストルを試射してみた。めりはりの効いた滑らかな作動を、アクションのどの部分も完璧に果たした。弾丸をマガジンのなかに十発残して、彼女は射撃場をあとにした。

どこへ向かうでもない、ただ荒野のなかへ入っていくだけのような道路を、彼女はしばらく走った。そしてUターンして引き返しながら、ピストルに消音器を装着し、ガラスを降ろした窓から外の荒野に向けて、射ってみた。消音器の性能に美貴子は満足した。射ったときに出る音は、革張りのソファの人がすわる部分を、野球のバットの先端で力まかせに叩いたときほどの音でしかなかった。

ピストルをテーブルに置き、美貴子は椅子を引いて立ち上がった。弾丸の入った小さなボール紙の箱と、十五発の弾丸を装塡したマガジンを片手に、そしてもう一方の手にはピストルを持って、美貴子は部屋を出た。寝室へ歩いた。

彼女の手のなかで、ピストルは、充分に重く大きかった。重量とサイズは、手ごたえとして見事にひとつになっていた。金属によるただの造型物にしか過ぎないのだが、弾丸をこめてたとえば生きた人間を狙って射つと、その結果としてどのような事態がどんなふうに引き起こされるかを知るなら、いま彼女の手のなかにあるピストルはおそろしく危険な道具だった。最初に手にしたときに直感した、それが発揮し得るすさまじい破壊力を、廊下を歩きながら美貴子はその優美な全身で思い出していた。そしてその破壊力は、自分の手のなかから狙ったものへ、まっすぐに、瞬時に到達する。

寝室に入った美貴子は、弾丸をクロゼットのなかの引き出しに戻した。そしてマガジンをピストルのグリップのなかに差し込み、しかし完全には押し込まないまま、吊るしてある何枚ものジャケットの下の、棚板の奥に重く横たえた。クロゼットのその部分は、空間がまんなかで横に二分してあり、上の空間そして下の空間に、ハンガーに掛けたシャツやジャケットなどを吊るすようになっていた。彼女はクロゼットのドアを閉じた。

2

寝室に入ってすぐ左側の壁いっぱいに、クロゼットがあった。右側の壁に寄せて、ダブル・クッションのシングル・ベッドが置いてあった。その向かいは、腰の高さから天井の近くまで、窓だった。クロゼットと縦に向かい合った側には、ガラス戸があった。このガラス戸からは、サン・ルームをへて、その外のバルコニーへ出ることが出来た。ガラス戸には、いまはレースのカーテンが引いてあった。クロゼットからベッドまで、そしてベッドから向かい側の窓まで、スペースにかなりのゆとりがあった。

西本美貴子はひとりでベッドのなかにいた。裸の体をシーツに横たえ、木綿で出来たブランケットを、裸の体ぜんたいにかけていた。タオル地のような生地には小さな格子の連続が程良く浮き上がっていて、裸の体に接するときの感触は、いまの季節に、もっとも心地良かった。

寝室のなかは静かだった。五月のきれいに晴れた日曜日の午後だ。美貴子は木綿のブランケットの下で、枕に頭を乗せてあお向けになっていた。開いた両脚が、ブランケットの下でまっすぐにのびていた。

ブランケットに覆われた平らに引き締まった腹の上に、ピストルが横たえてあった。自分の静かな呼吸のリズムに合わせて、ピストルが持っている金属の感触と重さが、腹に支えられて上下をくりかえすのを、さきほどから美貴子は感じていた。

ブランケットの下で彼女は右腕を動かした。彼女の右手は自動ピストルのグリップをつかんだ。指はグリップにまわり、人さし指はトリガー・ガードの中に入った。グリップのなかに弾倉は入っていなかった。そして薬室は空で、スライドは閉じてあった。

ピストルを持った右手を、美貴子はブランケットの下でゆっくりと右へ移動させた。右腕をのばしつつ、その動きに合わせて彼女は枕の上で頭をめぐらせ、体の右側を下にして横たわった。ピストルを握った右手がブランケットの外に出た。ベッドの縁から手首が垂れた。

向かい側にある、腰の高さから天井までの窓に、美貴子は視線を向けた。この位置に置いてあるベッドに横たわって窓を見ると、窓ごしに空だけが見えた。そうなるように、美貴子がベッドの位置を工夫したからだ。美貴子は右腕を上げた。持ち上げられたブランケットの一端が彼女の右腕を離れ、ベッドに落ちた。肩からピストルを握った手まで、あらわになった。

体の右側を下にして横たわった姿勢のまま、彼女は右腕をまっすぐにのばし、窓の向こうの青い空の一点を、ピストルで狙った。右手に握っているピストルの大きさと造型が、美貴子の裸の腕と肩ぜんたいの流麗な美しさと、不思議な調和の関係を作り出していた。

空の一点をしばらく狙っていたあと、美貴子は右腕をベッドに戻した。肘を折りたたみ、枕のすぐかたわらにピストルを位置させ、グリップから右手を離した。枕の端へ頭を移動させた彼女は、シーツの上に横たわるピストルに向けて、全身で覆いかぶさるかのように、ブランケットの下で体を動かした。木綿の薄いブランケットの下にある美貴子の全身は、さきほどまでとは異なったポーズで、輪郭をぼかした浮き彫りのようになった。

枕の縁から、美貴子は、そのすぐかたわらにあるピストルに向けて、ゆっくりと顔を伏せた。彼女の鼻の先がピストルのスライドに触れた。顔を少しだけ斜めにした彼女は、スライドに唇をつけた。目を閉じた。窓ごしに見た五月の午後の晴れた青い空と、その空の一角に淡く浮かんでいる昼の三日月が、目を閉じたあとの美貴子の視界の中に見えた。

そしてその日の夜、十一時前に外出から帰った美貴子は、初夏のスーツ姿のまま化粧室に入った。洗面台で彼女は手を洗った。ハンド・タオルで両手を拭いながら、彼女は鏡のなかの自分を観察した。いつもとおなじ自分だった。彼女は化粧室を出た。明かりを消した。

廊下を歩き、寝室に入った。左側の壁ぜんたいがクロゼットになっていた。いくつも並んでいるドアのうちのひとつを、美貴子は開いた。縦に長いスペースは、半分のところでふたつに仕切ってあった。上下ともにジャケットやシャツがハンガーに掛けられて並んでいた。並べて吊るしてあるジャケットの裾の下と仕切り板とのあいだのわずかな空間に、美貴子は右手を差し入れた。消音器を装着したピストルを、彼女は取り出した。

グリップのなかに、弾倉がなかば差し込んであった。弾倉の底を掌で軽く叩き、美貴子は弾倉をグリップへ完全に入れた。寝室の明かりを消した彼女は、壁に寄せたベッドの向かい側にある窓へ歩いた。ベッドに横たわると空の見える窓だ。その窓を彼女は開いた。外には夜があった。住宅地の夜だ。空は晴れていた。地表をさまざまな建物が覆いつくし、その建物のいたるところで明かりが重なり合っていた。

ベッドの縁まで、美貴子は下がった。ピストルのグリップを握った右手を、彼女は左へ倒した。スライドを左手でつかみ、両手を左右に向けて交差させるかたちで、両腕に同時に力を込めた。スライドはくっきりした音とともに滑らかに作動し、弾倉のなかの初弾を薬室に送りこみ、もとに戻った。

ピストルを握った右手を、美貴子は窓の外に向けて上げていった。正しく握っているピストルの感触と重さを楽しみつつ、夜空に銃口を向けた。顔の高さに上げたピストルで、夜空の一点に彼女は狙いをつけた。狙うべきものはなにもなく、したがって狙いようがないのだが、夜空のなかに一点を見つけ、彼女はそこを狙った。そして引き金を絞った。

弾丸は発射された。消音器の効果は、充分に満足のいくものだった。右腕に残る発射時の衝撃を、腕ぜんたいのなかに彼女は心地良く解消した。はじき出された空の薬莢が暗い寝室のなかに飛び、フロアのカーペットに落ちた。

右腕を降ろし、その場に立ったまま、夜空に向けて飛んでいった弾丸について、彼女は思った。有効射程を飛びきったなら、おそろしく平凡な線を描いて、その弾丸は地表に向けて落下していく。無害な小さい金属の物体として、それは地面に落ちて転がる。

彼女はベッドの縁に腰を降ろした。弾倉をリリースするボタンを押し、左の掌のなかへ彼女は弾倉を落とした。それをかたわらに置き、さきほどとおなじ動作で、彼女はスライドを作動させた。薬室のなかの弾丸が蹴り出され、短い距離を飛び、カーペットの上に落ちた。

立ち上がった彼女はライト・スイッチのある壁まで歩き、寝室の明かりを灯けた。フロアに落ちている空の薬莢、そして弾丸を、彼女は拾い上げた。ベッドの上の弾倉を手に取り、一発の弾丸を彼女は装塡しなおした。そして弾倉をグリップのなかへなかば差し込んだ。

ライト・スイッチまでふたたび歩き、美貴子は明かりを消した。クロゼットのなかのおなじ場所に、ピストルを戻した。そして暗いなかを歩いて窓辺までいき、窓の外に広がる夜を感じつつ、そこに立ったままでいた。

3

丸の内側のいちばん南から、西本美貴子は東京駅を出た。そこから大手町に向けて、彼女はひとりで歩いた。黒い長袖のポロ・シャツに、淡く色の落ちたジーンズ、そしてハイカットのワークアウト・シューズを、彼女は履いていた。厚みのさほどない、黒いナイロン製のブリフケースを、彼女は把手では下げず、脇の下にかかえるように持っていた。

永代通りに出て、時刻は夜の九時をまわった。東京駅からそこまで歩くあいだに、美貴子は五人の人とすれちがった。五人とも会社勤めの男性で、どの人もひとりで歩いていた。その五人とすれちがうたびに、この人は標的として最適だと、美貴子は自分に確認するかのように、思った。

ひとりで歩いている会社勤めの男性とすれちがうとき、周囲に人はいなかった。道路は車の流れが完全に切れていた。目撃者なしの状況だった。偶然の目撃者が、どこにもいないとは言いきれない、と美貴子は思った。たとえば、すれちがった現場近くの建物の、どこか上のほうの階で、残業中の人が窓辺に立って煙草を喫いながら、道路の向かい側の歩道を見下ろしていたというようなことが、ほぼかならずあると思ったほうが賢明なのだと、彼女は自分に言い聞かせた。

永代通りを北へ渡ってすぐに、美貴子はひとりの男性とすれちがった。その人も会社勤めにしか見えない中年の男性で、鞄を片手に下げてひとりで歩いていた。この人も標的だ、と彼女は思った。すれちがって数歩だけ歩き、立ちどまって美貴子はその人をふり返った。歩き去るその男性のうしろ姿を観察しながら、背後から射つのはよそう、と美貴子は思った。理由は特になかった。単なる好みとしての、自分の方針あるいはスタイルだ。背後からは射たず、よほどそそられたときは側面から射つことはあるにせよ、原則として自分は正面から射つのだと、美貴子はきめた。

正面から三発。へそからみぞおちまでのどこかへ、最初の一発。二発めは左の胸に。そして三発めは、頭だ。初めの二発は、脇腹に腕をつけて射てばいい。そして三発めは、腕をのばし、狙って正確に頭へ射ちこむ。このようにして三発の9ミリ弾を射ちこまれたなら、その人はほぼかならずその場で死ぬだろう、と美貴子は思った。

夜の都会の歩道をひとりで歩いて来る、標的としての他人を想像のなかに思い浮かべなから、美貴子は歩いた。前方から歩いてくるその人に向けて、自分も歩いていく。適当と判断した距離から、自分はその人を射つ。そして、そこから、どうすればいいのか。

その場から自分は逃げなければならない。逃げる、というよりも、出来るだけ早く、その場から離れる。その場から離れるとは、現場から一定以上の距離のある場所、つまり現場とは無関係な場所に、出来るだけ早くに身を置くことだ。無関係な場所に入りこむことが出来れば、その瞬間、通り魔の狙撃者としての自分は、消えたも同然だ。

離れるためには、どうすればいいのか。走るのは絶対に駄目だろう。走ることは、自分に向けてわざわざ人の注意を集めるのと同義だ。ごく普通に、足早に、歩み去るのがいちばんいい。どの方向に向けて歩み去ると、もっとも有利か。

射殺したのちも、そのままおなじ方向に向けて歩くのか。それとも、引き返すように逆の方向へ歩くのか。どちらも自分の好みではない、と美貴子は判断した。どの方向へ歩こうとも、時間がおなじなら、現場から自分が離れる距離も基本的にはおなじだ。

だとしたら、射殺したときに自分が歩いていた方向にとって、直角の方向へ歩き去るのが、少なくとも心理的には自分の好みだと、美貴子は思った。直角に歩き去るなら、現場から離れることに加えて、離れれば離れるほど、現場とは無関係な場所へ接近していくような心理が、自分の好みとして重なって来る。そのことの有利さは単に心理上のものであっても、そのほうを選んだほうがいいのだと、美貴子は結論した。

正面から接近しながら、三発射つ。そして射った直後に、現場から直角に離れる。初めのうちは、射つのは一度にひとりだけにしよう、と彼女はきめた。九発の弾丸を使い、たとえば三人連れをひとり三発ずつの速射で倒すというようなことは、経験を積んでからの試みにすべきだと、彼女は思った。

こちらに向けてひとりで歩いて来る人の姿を、美貴子は前方に見た。いま自分が脇の下にかかえているこの鞄に、サイレンサーをつけたあの自動ピストルが入っている様子を、美貴子は想像した。薬室にはすでに弾丸が送りこんであり、グリップのなかの弾倉には十四発の9ミリ弾がある。ピストルには安全装置がかかっている。

前方から歩いて来る人と自分との距離が縮まっていくテンポに合わせて、美貴子はブリフケースのジパーを開いた。なかに右手を入れ、想像のなかで彼女はピストルのグリップを握った。標的との距離を計りながらおなじテンポで歩いていき、ピストルの安全装置をはずし、次の瞬間、美貴子は想像上のピストルを握った右手を鞄から出した。

脇腹に腕をつけて初めの二発を射つ、とさきほど自分は思ったが、鞄から手を出したその動きをそのまま延長させ、腕を正面に向けてのばして標的をとらえ、二発射ち込んだほうがいい。標的の動きを止めた次の瞬間、頭を狙って三発めを射つ。正面から歩いて来る人を標的にして、実際に射つときとおなじ動きを、美貴子は想像のなかでおこなった。

三発めを想像のなかで射った直後、美貴子は脇道へ曲がりこんだ。足早にその道を抜けていき、直角に交差する道路に出た。そこを右に曲がった彼女は、すぐ斜め前の横断歩道で信号が変わるのを待った。信号が変わって、彼女はその道路を向こう側へ渡った。想像のなかで人を射殺した現場から二百メートルも早足で離れると、現場とはなんの関係もない場所まで、彼女は到達することが出来た。射殺するという行為の主体としての自分が、その二百メートルのあいだでどこかへ消えていくという錯覚は、彼女に心理上の安心感をあたえた。

彼女は神田橋に向けて歩いた。他に人の少ない夜の街を、無防備にひとりで歩いている人と、何人もすれちがった。脇道に入り、そこからさらに細い道へ入りこむように右折と左折をくりかえし、美貴子は歩いた。

大きい建物のならんでいる場所のほうが、通り魔としてランダムな射殺をおこなうには有利かもしれない、と彼女は思った。大きな建物は、たいていの場合、広い道路に面して建っていた。道幅が広いから道路の向こう側から見えにくい、という点がまず有利だ。そして、その大きな建物の長さが仮に三十メートルあるとして、その三十メートルの幅のなかに出入り口がひとつだけあるとするなら、幅五メートルの建物が六つ並んでいる場合にくらべて、出入り口から不意に出て来た人によって目撃されてしまう可能性は、単純な計算ではあるが、六分の一だ。

狭い道は不利だ、と美貴子は結論した。道幅が狭ければ、あらゆるものが自分の近くに存在することになる。音は聞こえやすい。どこから人が出て来るかわからない。そして偶然の目撃者と自分との距離も、幅の広い道路にくらべて、はるかに近くなる可能性が非常に高い。日比谷通りを神田橋まで歩いた美貴子は、首都高速道路の下をくぐった。そしてそのまま北へ向かった。交差点を渡った。

この道路の地下には、地下鉄の千代田線が走っているのだと、美貴子は思った。歩いていく自分の背後にある大手町の駅、そして前方にある次の駅、新お茶ノ水を、彼女は思い浮かべた。そしてひとつ、アイディアを得た。射殺した現場のすぐ近くではなく、二、三百メートル離れた地点から地下鉄の駅へ降りることが出来ると、地下へ降りたとたん、自分を決定的に現場と無関係な人に出来るのではないかというアイディアだ。地下鉄に乗ってしまえば、もはや完璧に無関係だ。

どの地下鉄の駅の、どの入口から降りていくのかきめておき、その入口から逆算して現場を決定するといいかもしれない。ある日の夜、どこか目撃者のない場所で恰好の標的とすれちがい、その標的に三発の9ミリ弾を射ちこみ、地下鉄の駅へ急ぎ足で向かう。

地下の駅に向けて階段を降り、駅に入り、地下鉄に乗る。黒いブリフケースを持った、ポロ・シャツにジーンズの若い女性であるこの自分が、そのブリフケースのなかに消音器つきのピストルを持っていて、たったいま通り魔として人をひとり射殺して来た事実をいったい誰が知り得るだろう。内神田一丁目の交差点を、彼女は渡った。渡っていくのは彼女ひとりだった。すれちがう人もいなかった。

4

夜の十一時前、小田急線の各駅停車の上りに、西本美貴子は成城学園前の駅から乗った。電車は空いていた。美貴子が入った車両では、数人の乗客が、おたがいに距離を取り合ってそうしたかのように、座席に散らばってすわっていた。その車両のなかを、美貴子はゆっくりと後部へ歩いていった。そしてひとつうしろの車両に入った。

その車両には、乗客はひとりもいなかった。時間によってはこのようなこともあるのだと思いながら、彼女は通路を歩き、さらにひとつうしろの車両に入った。この車両には、乗客がひとりだけいた。車両のなかほど、シートの中央に、大学生らしい青年がひとりすわり、眠っていた。両脚を広げて投げ出し、そのかたわらにはふくらんだダッフル・バッグが、シートと平行に置いてあった。腰を前にずらし、腹の上で両腕を組み、頭を片方に深く傾け、彼は完全に眠っていた。彼の前を歩き、美貴子はいちばんうしろの車両に入った。

その車両にも人はいなかった。いちばんうしろまで歩き、車掌室の壁を背にして、美貴子は立った。彼女は今日もポロ・シャツにジーンズだった。ジーンズはまだ色落ちしていず、ポロ・シャツは淡いピンクだった。黒いナイロンのブリフケースを、片腕にかかえて持っていた。次の駅に向けて、電車は夜のなかを平凡に走っていた。人のいない車両を見渡していた美貴子は、やがて歩き始めた。ひとつ前の車両へ戻り、大学生がすわって眠っているシートのこちら側で、ドアの脇に立った。眠りこける、という言いかたがまさにあてはまる様子で、彼は眠っていた。

この人は無防備だ、と美貴子は思った。人はこれほどまでに無防備になってもいいのだろうか。そう思いながら彼女は彼を観察した。目を閉じ、口をなかば開き、頭を向こうへ大きく傾けた彼の側頭部が、ことのほか無防備だった。

自分がいま部屋に持っているあの自動ピストルで、彼の側頭部に9ミリ弾を一発でいいから射ちこめば、その行為はいま彼が露呈させている無防備さのなによりの証明になるのではないか、美貴子は考えた。この距離から射ったなら、弾丸は向こう側へ突き抜け、射出口には大きな穴があき、かなりの量の脳が引きずり出され、飛び散るのではないか。

電車は次の駅に接近していた。速度が落ちた。短くアナウンスがあった。電車は駅へ入り、停止した。ドアが開いた。車両の窓ごしに美貴子の視線が届くかぎりでは、プラットフォームに人の姿はなかった。いま彼女がいる車両、そしてその前後の車両には、乗客はひとりも乗って来なかった。ドアが閉じ、電車は発進した。速度を上げつつ、駅を出ていった。

眠っているこの青年を射ったなら、その瞬間から先の自分の行動はどのようになるのか、美貴子は想像をめぐらせた。さきほどいちばんうしろまで歩いたとき、自分はおそらく車掌に見られている。見られてはいないと仮定して、彼を射ったらどうなるか。次の駅に電車が停止する三十秒ほど前に射つべきだろう、と彼女は思った。射ってすぐに、おそらくすでに絶命しているはずの彼の前を歩き、次の車両へ入る。その車両のいちばん前のドアまでいき、電車が停止してドアが開いたなら、電車を降りる。あるいは、もうひとつ前の車両までいったほうがいいかもしれない。数人の乗客がばらばらにシートにすわっている車両だ。その車両に入ったときにドアが開くという、そのようなタイミングがいい。

自分は電車を降りる。車掌にはうしろ姿を見られるはずだ。だが、何人かの平凡な乗客とともに、電車を降りたひとりにしか過ぎない。車掌の視界には入っていても、車掌は自分だけを注視することはないだろう。

プラットフォームには階段があるはずだ。その階段に向けて、不自然ではない早足で歩いていく。発車した電車が自分を追い抜く頃には、自分はその階段をなかば以上は上がっている。

射たれた青年が倒れている車両に人が乗って来なければ、おそらく次の駅までそのまま電車は走り続ける。絶命してフロアに崩れ落ちている彼に、気づく人はいない。前の車両から人がその車両へ移って来たとして、倒れている青年を見て、酔いつぶれているのかとその人は思うだろう。ただごとではない気配、そして飛び散っている血液に気づいたとして、その人は車掌に知らせにいき、車掌が見に来る。

ふたりがどれだけ驚こうとも、電車が次の駅に止まるまで、彼らにはなにも出来ない。次の駅に電車が停止してから、大騒ぎとなる。なにが起こったのかを掌握するだけでも、かなりの手間つまり時間を費やすのではないか。そしてその頃、自分はすでになんの関係もない人として、下りの電車に乗っている。

その自分は登戸で降りる。南武線に乗り換える。南へいこうか、北にしようか。北へ向かうなら、西国分寺で中央線の上りに乗り換え、新宿までいく。そしてそこからは、小田急で代々木上原でもいいし、京王線の笹塚で降りて歩いてもいい。美貴子がひとりで住んでいる部屋のある建物は、笹塚と代々木上原との、ちょうど中間に位置していた。

ピストルから排莢された空の薬莢は、拾わずそのままにしておいたほうがいい。薬莢は発見されて証拠品となっても、いっこうに構わない。通り魔としての射殺を何度くりかえしても、薬莢は拾わずにおく。

おそらくは同一の人物による、同一のピストルを使った犯行、という推定がおこなわれるだろう。これもいっこうに構わない。その同一人物が、自分と結びつかなければそれでいい。結びつかなければ、そしてその状態をくつがえすような事態が発生しないかぎり、自分は無関係の人でいることが可能だ。ただひとつ、現場の近くで、狙撃の前後に、人に自分の顔や姿を見られることだけは、絶対に避けなくてはいけない。眠り続ける青年の、開いて投げ出した両脚、そして傾けた頭の側面などの無防備さを観察しながら、西本美貴子は平凡な結論に到達した。

5

寝室の明かりは消えていた。窓のカーテンは閉じてあった。寝室のなかは暗かった。外からドアが開いた。廊下の明かりがドアから寝室のなかへ、くさびの形に広がりつつ、入り込んだ。続いて美貴子が入って来た。美貴子は裸だった。

彼女は明かりを灯けた。壁の姿見の前に彼女は立った。鏡に映る自分を彼女は見た。水でシャワーを浴びた彼女は、髪を整え、化粧をすませて来た。自己愛の視線ではなく、冷静な観察者ないしは点検者の視線で、彼女は自分の体のぜんたいに、そして細部に、検討を加えた。結果に彼女は満足した。

自分が思い描いたとおりの調子に自分の体を鍛えて整えていないと、美貴子は気持ちが落ち着かなかった。自分の思いどおりにトレーニングが出来ていないと、体の内部のどこか大事な部分が自分自身ではなくなったような感じになり、それが美貴子は嫌いだった。トレーニングは彼女の好みや習慣であることを越えて、彼女そのものとなっていた。トレーニングしていないと居心地が悪く、少しだけおおげさに言うなら、トレーニングをしていない自分は生きている意味を失うのだとさえ、いまの美貴子は感じるまでになっていた。いっさいなんのトレーニングもしない自分というものを考えるのは、美貴子にとってはじつに奇妙な体験だった。そのような自分は、まったく理解出来ない別人だからだ。

クロゼットのドアを開き、美貴子は引き出しから下着を取り出した。ショーツをはき、ブラジャーをつけ、靴下をはいた。ダーク・ブルーの長袖のポロ・シャツをはおり、色落ちのしたジーンズを彼女ははいた。ジャケットは必要ないだろう、と彼女は思った。

クロゼットのなかの、上下に仕切られたスペースの前に立った美貴子は、棚板の奥に向けて、吊ってある何着ものジャケットの裾の下へ、右手を入れた。サイレンサーをつけたままの自動ピストルを、彼女は取り出した。差し込んだだけとなっていた弾倉を、彼女は完全にグリップのなかへ押し込んだ。

美貴子はピストルを持って鏡の前に立った。鏡と向き合い、鏡のなかの自分に向けて、さまざまにピストルを構えてみた。そしてピストルを持ったまま、彼女は寝室を出た。

途中で何度か曲がる廊下を歩き、書斎ないしは作業室として使っている部屋に入った。デスクの上に置いてあった腕時計を左の手首につけ、棚から黒いナイロンのブリフケースを手に取り、その部屋を出た。彼女は寝室へ戻った。

ピストルを入れたブリフケースを左の脇にかかえるように持ち、美貴子は姿見の前に立った。鏡に対して横を向いたり、うしろ姿を映してふり返ったりして、美貴子は自分を観察した。

左脇にかかえたブリフケースからピストルを取り出し、ピストルを握った右手の手首を右脇腹につけて構えると、左側からはブリフケースに隠されてピストルは見えないことを、美貴子は知った。右から見た場合でも、その場が暗くて自分の姿ぜんたいがシルエットになるようなときには、ピストルは見えないことにも、彼女は気づいた。

ピストルを握った手を前に突き出して射つときにも、左脇に持ったブリフケースは目隠しとして使えそうだと、美貴子は思った。ピストルを持った右手と同時に、左手にかかえたブリフケースも、前へ突き出せばいい。ブリフケースとピストルを持った自分を、美貴子は鏡のなかでさまざまに観察した。そして寝室の明かりを消し、廊下へ出てドアを閉じた。

玄関で美貴子はハイカットのワークアウト・シューズを履いた。部屋を出てドアをロックし、建物の外側にある階段で一階へ降りた。五月の終わり近くの、風がなく気温の高い夜、九時を過ぎた時刻だった。

静かな住宅地のなかを、彼女は代々木上原の駅まで歩いた。駅に入り、下りのプラットフォームまで上がった。多摩川へいってみよう、と美貴子は思った。急行に乗って成城学園前までいき、そこで各駅停車に乗り換え、和泉多摩川でその電車を降りた。駅の北側に出た彼女は、高架になった線路の下を線路に沿って歩き、やがて踏み切りの前に出た。踏み切りの前で彼女は立ちどまった。踏み切りの向こうを見た。道は商店街に向けて下っていた。

美貴子は踏み切りの前を通り過ぎた。そのまま線路に沿って歩いていくと、土手の上の道に出た。多摩川のいちばん外側を押さえている土手だ。この道も、踏み切りで線路を越えていた。

踏み切りの向こうを彼女は見た。土手から川原へ降り、なにか標的を見つけて射とう、と彼女は思っていた。しかし土手の外側には、土手のスロープに接するようにして、高層の集合住宅が巨大な壁のように建っていた。どの部屋の窓からも川原を見下ろすことが出来るのではないか、と美貴子は思った。

だから彼女は踏み切りを渡らず、反対側に向けて歩いた。川原を見下ろしながら土手の上の道を世田谷通りに向かった。登戸に向けて川を越える橋の歩道を、美貴子は歩いていった。川を渡った。そしてさきほどとは反対側の土手の上の道に向けて左へ曲がり、ゆるやかな下り坂を降りていった。

土手の下に砂場のようなスペースがあるのを、美貴子は見た。子供たちのための遊び場だろうか、と思いながら彼女は土手の階段を下へ降りた。砂場のなかに入った。運動場と呼ぶには狭すぎる、ほぼ正方形のスペースだった。そのまんなかに、かなり正確に計測してそうしたかのように、サッカー・ボールがひとつ、置いてあった。美貴子はあたりを見渡した。人の姿はどこにもなかった。

サッカー・ボールを、彼女はつま先で軽く蹴った。小さく蹴りながら前方へボールを運びつつ、彼女は川の縁のコンクリート敷きの部分に出た。コンクリートで固めた護岸壁の下にはボート乗り場があった。人はいなかった。

美貴子はブリフケースのジパーを開いた。ブリフケースのなかでピストルを握り、外側からスライドをつかみ、両手に力をこめて交差させた。スライドは作動し、弾倉のなかの最初の弾丸が薬室へ送り込まれた。

サッカー・ボールをつま先で運びながら、美貴子は護岸壁の上を歩いた。右側に丈の高い植え込みがあった。彼女はその陰に入った。土手の上の道からは、彼女の姿は見えなくなった。護岸壁の両側を彼女は見渡した。人の姿がないことを確認して、彼女は川に向けてサッカー・ボールを蹴った。

三メートルほどの高さまで、サッカー・ボールは上がった。そしてボート乗り場に向けて落ちていこうとする瞬間に、美貴子はブリフケースからピストルを出した動作の連続として、夜空を背景にしたサッカー・ボールに銃口を向け、引き金を絞った。弾丸はサッカー・ボールに命中した。護岸壁の下でコンクリートの上に落ち、空気の抜けたボールとして平凡に転がり、停止した。

ピストルをブリフケースのなかに戻し、しゃがんで薬莢を拾った。右手をブリフケースに入れ、グリップを握ったまま、美貴子は前方へ歩いた。歩数を数え、二十に到達し、美貴子はピストルをブリフケースから抜き出しつつふり返り、一発だけ射った。

護岸壁の縁に立っている丸い鉄板の標識に、かなり大きな音とともに、弾丸は命中した。ここは自転車道ではないことを人々に伝える標識だった。ピストルをブリフケースに戻し、ジパーを閉じ、足もとに落ちた薬莢を美貴子は拾った。

土手の上の道から、美貴子は下へ降りた。登戸の駅へ彼女は歩いた。駅から上りの各駅停車に乗り、三十分後にはそこから代々木上原までの半分あたりのところまで戻っていた。かつて部屋を捜したとき、物件の地図を持ってこの駅で降り、美貴子は住宅地のなかを歩いた。そのおなじ駅で降りた彼女は、見覚えのある道をひとりで歩き、住宅地のなかへ入っていった。

高台にある静かな住宅地だった。四つ角ごとに右あるいは左へ曲がり、彼女は住宅地の奥に向かった。静かにつらなる民家の、ある一軒の塀に寄せて、乗用車が一台、駐車してあった。その脇を彼女は通り過ぎた。車のなかに人はいなかった。車から遠ざかりながら歩いていき、次の四つ角にさしかかった。四つ角の二、三歩手前でブリフケースのジパーを開き、美貴子はピストルを握って取り出し、ふり向いて二発射った。駐車してあるその車の正面のガラスの、運転席およびその隣りの席の位置に、穴がふたつ貫通した。穴の周囲に細かな亀裂が複雑に走った。ピストルをブリフケースに入れ、二個の薬莢を拾って、美貴子は角を曲がった。

次の四つ角まで歩く途中、電柱の高いところに取り付けてある広告看板を、美貴子は射った。命中した。薬莢を拾った。次の四つ角を右に曲がると、ふたたび乗用車が一台、道の端に停めてあった。その車のかたわらを、彼女は歩いた。車のなかに人はいなかった。車を背後にして十歩だけ歩いた美貴子は、ブリフケースからピストルを出し、両膝を滑らかに折って腰を落とし、駐車してあるその車のタイアを射った。

弾丸のめり込んだタイアは、なにごともなくただ平凡に、多少の音とともにほんの一瞬、空気を吐き出した。しゃがんだまま彼女は手をのばし、薬莢を拾った。立ち上がり、ピストルをブリフケースにおさめ、美貴子は歩いた。ケースのジパーを閉じながら、このくらいが限度ではないか、と彼女は判断した。だから彼女は、そこからは足早に、次の駅に向けて歩いた。住宅地のなかを抜けていき、坂を降りると、駅へ続く商店街の入口へ出た。一本の狭い道に沿って続く商店街の奥に、駅があった。そこから彼女は上りの各駅停車に乗った。

部屋に戻った彼女は、寝室に入って明かりを灯け、ピストルのグリップから弾倉を抜いた。絹の手袋をはめた彼女は、弾丸の残っている弾倉に、射っただけの弾丸を追加して装塡した。そして弾倉をグリップに差し込み、ピストルをクロゼットのジャケットの下へ入れた。明かりを消し、寝室を出て、美貴子はドアを閉じた。

6

八重洲口の北側から、西本美貴子は東京駅を出た。外堀通りに向かって歩きながら、彼女は手首の時計を見た。夜の九時を過ぎたばかりだった。簡潔な作りのスーツを端正に着こなした、静かな雰囲気の美しい人である彼女に、たとえばすれちがいながら視線を向ける人の数が、この時間ではすでに少なくなっていた。

外堀通りを彼女は北へ向かった。呉服橋の交差点で、道路の向かい側へ渡った。そこまで歩いて来た彼女にとって、横断歩道の信号のタイミングが良かったからだ。渡ってさらに北へ向かうために、彼女は信号が変わるのを待った。そして永代通りを越え、ふたつの交差点のあいだをカーヴしながらまたいでいる首都高速道路の下をくぐった。

そのまま外堀通りをいき、日本銀行で占められているワン・ブロックを歩ききり、その角を彼女は右へ曲がった。日本銀行の北側の道をT字に交差するところまで歩き、そこで彼女は右に曲がった。そしてすぐに、左へ直角に曲がった。外堀通りから脇道をそのように歩き、彼女は中央通りに出た。

道路の向かい側に、地下鉄の駅への入口を示す標識を見た。銀座線の三越前駅だ。道路のこちら側にも、少し離れたところに地下鉄への入口があった。彼女はそこへ歩き、地下鉄の駅への階段を降りていった。駅をまんなかにはさんで、そのための地下道が、室町三丁目から日本橋のすぐ手前まで、中央通りの地下にのびていることを思いつつ、美貴子はその地下道へ降りた。地下鉄のための地下道や地下街が自分は好きなのかもしれない、と彼女は思った。好きだとするなら、それには理由がある。そしてその理由は、地下鉄の地下道へ降りた自分は、地上とは別な世界へ、おなじく別な人として入り込むような気がするからだ。

地下道をまっすぐに歩ききった彼女は、そのいちばん端の出入り口から地上に出た。中央通りの西側だった。日本橋を渡り、銀座の方向へ歩き、日本橋の交差点で彼女はふたたび地下へ降りた。このあたりが交差点のまんなかではないかと思いつつ、東西線と銀座線が地下で交差する様子を、彼女は思い浮かべた。

永代通りの地下を東へ向かえば、昭和通りの地下で浅草線の駅へとつながる。そこを越えてさらにいくと、茅場町まで地下を歩き続けることが出来るのではなかったか。そしてその茅場町には、日比谷線の駅のための地下道がある。このようにつらなる地下の道への入口が、近辺だけでいったいいくつあるのだろうかと、美貴子は思った。どの入口からでもいい、足早に階段を降りれば、自分は確かに地上を置き去りにし、地上とは無関係な人になれる。

　銀座線の切符売り場まで彼女は歩いた。改札を入り、階段をプラットフォームへ降りた。そして待つほどもなく入って来た渋谷行きの地下鉄に乗った。空席が多くあった。ドアの近くの席に彼女はすわった。もの静かに脚を組み、肩にかけていた小さなバッグを太腿の上に置き、その上に彼女は両手をきれいに重ねた。そして、自問自答を始めた。自問自答は、ものごとをさまざまな視点から真剣に考えていくとき、彼女が採択するスタイルだった。このスタイルがいつ頃から自分のものになったのか、彼女自身、正確な見当はつかなかった。もの心ついたときにはすでに始めていたのではないか、と美貴子は思っていた。

　美貴子が頭のなかでおこなう自問自答は、スタイルがはっきりときまってきた。問いかけるほうの語法は女言葉を超えた中立的な言葉づかいであり、それに答えるほうは、ごく普通の女言葉による喋りかたを採択していた。

「東京駅を出て日本橋まで歩き、この地下鉄に乗るまでのあなたの行動は、ひと言で言うと下見ですか。あなたは下検分をしているのですか」

「下見ではないのよ」

「なにですか」

「ただ頭のなかで考えるだけではなく、現実に存在している場所のなかを歩きながら、考えているのよ。自分の考えたことに、現実の場所というものを、あてはめてみているの」

「サイレンサーをつけたあの十五連発の自動ピストルで、あなたは通り魔になってみようと考えています。やがてその通り魔になるあなたにとって、今日のこの行為は、下見ではないのですね」

「けっして下見ではないわ。この付近で通り魔になることを実行に移し、この地下鉄の駅へ逃げ込もうとして、下見をしているのではないのよ」

「下検分でもないのですね」

「そうではないわ。場所をあらかじめ想定して、その場所の下見を重ね、ある日ある時間にそこで待ち伏せして、たまたま通りかかった人を射つというのは、私の目的とは大きくはずれることだから」

「あなたはどのような通り魔になろうとしているのですか。通り魔とは、あなたにとって、なにですか」

「ある日の、ある場所における、ある時のなかの、ほんの数秒のタイミングなのよ。いろんな場所にいろんな人たちが生きていて、どこでもどの人にとっても、日常の時間がひとつにつながって流れているのよ。その流れのなかに、ほんの数秒の、裂け目のような空白の瞬間を、作ろうと思えば作ることが出来るのね。たとえば夜の十時過ぎに、残業を終わって会社を出て地下鉄の駅に向けてひとりで歩いている人を、すれちがう私が目撃者なしで射殺して地下鉄の駅へ降りたとしたなら、私がその人に向けてピストルを射っている瞬間は、完全に、日常の時間のなかに出来た数秒の断層だわ」

「通り魔のあなたが、そのような断層を作り出すのです」

「そうなのよ。まさにそれを、私はしてみたいの。ずっと以前からなんとなく頭のなかにあって、この二、三年ではっきりとした具体的なイメージになって来たの」

「ピストル射撃の練習を積んだことは、それと関係していますか」

「深く関係しているでしょうね。なぜかというと、ピストル以外では、私は通り魔になりたいとは、いまのところ思っていないから。サイレンサーをつけたピストルというものがあって、それを私が手のなかに持って初めて、私は通り魔として、日常の時間のなかに断層や裂け目を作ることが出来るのよ」

「下見や下検分はしないとなると、通り魔としての行動は即興ですか」

「完全に出たとこ勝負ではないけれど、下見などにもとづく慎重で綿密な計画よりは、的確な即興性を私は大切にしたいと思うの」

「あなたが言う、日常の時間の流れのなかの、ほんの数秒でしかない断層や裂け目は、たとえば通り魔のような人が作り出すからこそ、存在するのです」

「だからそれを実現させてみたいのよ。頭のなかで考えているかぎりにおいては、完全に成立する世界なのよ。しかし、実際にそのようなことがあり得るかどうかは、実行してみないとわからないわ。人々のなかに流れる日常の時間のなかに、私が考えたほどたやすく、空白の瞬間が作れるものかどうか。日常の時間とは、それほどに脆《もろ》いものなのかどうか。回答を手にするためには、実行してみるほかないわ」

「そのことに向けて、この数年間のあなたは、知らず知らずのうちに準備を重ねて来たと言えますか」

「言えると思うわ。ずっと以前から、日常の時間の流れのなかに生まれ得る、ほんの数秒の空白の時間というものが頭のなかにあって、それがたとえば磁石のように、銃というものを引き寄せたのよ。狙った標的のまんなかに向けて一発の弾丸を射ち込むのに、時間はほんの二、三秒もあれば充分すぎるほどなのよ。発射されて飛んでいく銃弾は、時間の裂け目そのものだわ」

「あなたがピストルに惹かれて射撃の練習を積んだことの背景には、じつはそのような理論がひそんでいるのですね」

「そのとおりよ」

「あなたの言う的確な即興性が完璧に実現されたとして、その完璧さのなかには、目撃者なしという理想的な状態が含まれなければならないはずです。なんらかのかたちで目撃される可能性は、最小限に抑えたくはないですか」

「理想的な時間の裂け目のなかには、目撃者はいないわ。目撃されたくないという消極的なことではなく、理想的な断層のなかには、私と標的しか、あってはいけないのよ。わかりやすく言うなら、目撃されたくない、という言いかたをしてもいいわ。射つ行為の瞬間はもちろん、その前後に現場の近くで、顔や姿をはっきりと人に見られるということを、皆無にしたいわね」

「頭のなかで考えたことに、現実に存在する場所をあてはめて検討している、とさきほどあなたは言いました。地下鉄の駅を中心にした地下道に、あなたは興味があるようだけれど、射ってすぐに地下鉄の駅へ逃げ込みたいと考えているのですか」

「地上と地下との関係の、私なりのとらえかたと関係して来ることだわ、それは。地上が日常で、地下も日常なら、地上から地下へ降りていくのは、日常の間に出来ている亀裂を滑り降りていくことなのよ、私にとっては。地下への階段を降りきったとたん、たったいま自分が地上で行って来た通り魔の行為と、自分は早くも無関係になれるような気がするの。通り魔という実行者自身が、地下への階段という時間の裂け目をくぐり抜け、地上とは無関係な存在になるのよ」

「地下へ降りて心理的に安心する、というようなことではなく」

「それもあるかもしれないわ。でも、私をもっとも強くとらえるのは、地上という文脈から、位置をほんの少しずらしただけで、つまり地下への階段を降りただけで、完全に無関係な別の文脈のなかに滑り込むことが可能だという、この奇妙さだわ。地上から地下へ、時間の裂け目の滑り台があるのよ。通り魔になる瞬間に、私は私の手で、時間のなかに亀裂を作るのよ。そしてその直後には、現実に存在している地下への階段という亀裂を、私は滑り降りるの」

「通り魔を何度か連続して実行すると、それは一定のパターンとして浮かび上がって来ることになりませんか。射殺の現場の近くに、地下鉄あるいは地下道への入口がある、というパターン。そしてそのパターンに、もうひとつ、パターンが重なって来ますよ。地下への入口を中心に徹底的な聞き込みを重ねた結果、狙撃直後と言っていい時間に、地下鉄あるいは地下道への階段を、黒いブリフケースを持った若い女性が降りていくのを見かけた、という証言がいくつか得られるというパターンです」

「あり得ることだわ」

「どうしますか」

「うかつなことや無理なことは、可能なかぎり避けるほかないわね。うかつさや無理は、それだけ危険を冒すことを意味するだけだから。危険とは、目撃される危険。すっきりと、きれいに、実行したいのよ」

「即興性は、しかし、ともすれば限度を越えがちではないかと思いませんか」

「うかつさに無理を重ねれば、あるいはタイミングの取りかたが悪ければ、あわてながら間に合わせの対処を重ねながら、胸をどきどきさせ呼吸を乱して逃げていく、ということにもなるわ、きっと。でも、私は、それを避けます」

「避けるためのもっとも有効な方策は、なにですか」

「即興性に頼りすぎない範囲での、タイミングの問題なのよ」

「現場は、即興で見つけていくのですか」

「そうね。A点からB点まで、なんとなくルートを考えておいて、そのルートを普通に歩いていく途中で、さっき言ったような時間の亀裂を的確に見つけたいと、私は思ってるわ」

「現場の下見も待ち伏せも、しないのですね」

「しないわ。どちらも私の好みではないし、私がなろうとしている通り魔の基本的な性格から、はずれることだから。それに、じっと待つにしろ近辺を歩きまわって機会を待つにしろ、人に顔や姿を見られる可能性は、高くなるわ」

「まず第一の問題は、場所ですか」

「通り魔の存在を許す空白としての亀裂は、どこにでも発生し得るというものでもないわね、きっと。発生しやすい場所というものは、あるはずよ。結果として通り魔にとって有利な場所。でも、その場所が、常にそのような性格を帯びているとは限らないのね。たとえば夜の、ある一定の時間帯のなかで、そのような性格を帯びるとか」

「あなたという通り魔は、ほとんど偶然に、標的と遭遇するのですね。そして、遭遇のなかのほんの一瞬、あなたは通り魔になるのですね」

「日常に流れる時間のなかに、亀裂を鋭く見つけることが出来るかどうか。見つけたなら、次の瞬間には、その亀裂のなかへ飛び込み、標的を射つことによって、標的もその亀裂のなかへ引きずり込むのよ。そして次の瞬間には、私は亀裂の外にいます。日常の平凡な時間の流れのなかにいるのよ」

「ということが、現実に可能かどうか」

「実行してみるほかないわ」

7

もっとも適切な時間帯は、夜の九時三十分から十時過ぎにかけてではないか、と西本美貴子は思った。だから彼女は、朝から均一に曇ったままの六月水曜日の夜、九時二十分に、丸の内側の南口から、東京駅を出て来た。

冷夏が予測されているほかは、どこまでも徹底して平凡な日本の一日が、終わろうとしていた。夜の時間の進行とともに、この一帯も静かになっていく。完全には終わりきらず、常に活動している部分が、深い内部のどこかにある。夜が更けていくにつれて、その部分は内部へそしてさらに内部へと、引いていく。

その引いていく時間が始まりつつある大手町へ、駅を離れた美貴子は歩いていった。細いヒールのある靴に夏の薄いスカート、そして半袖のシャツの上に麻のジャケットを着た彼女は、黒いナイロンのブリフケースを脇にかかえて持っていた。

神田橋をへて神保町まで、美貴子は歩いた。そしてそこから新宿に向けて地下鉄に乗った。地下への階段を降りていき、改札を入り、さらに階段を降りながら、彼女は手首の時計を見た。十時十七分になっていた。東京駅南口を出て、大手町、そして神田橋を経由して神保町まで歩くあいだに、美貴子は四人の男性を射った。四人をその場で射殺し得たかどうかは、彼女には確認のしようがなかったが、四人とも即死した事実は、翌日の新聞でわかった。

最初のひとりは地下鉄の階段で射った。大手町を歩いていくと、地下鉄への入口がいくつも彼女の目に触れた。ふと思いついた彼女は、地下鉄への階段を降りてみた。地下鉄の駅を中心にした大手町の地下道が複雑で広いことは、美貴子も知っていた。交差点をひとつ、地上で渡るかわりに地下で斜めに越えていくことに相当する歩きかたをしたのち、彼女は地下の片隅にある階段を上がっていった。

曲がりくねりながら地上へとのびていくその階段を、ひとりの男性が降りて来た。近くの会社で残業を終わったサラリーマンだと思いながら、美貴子はブリフケースのジパーを開き、なかのピストルを握って取り出した。

取り出したときにはすでに安全装置をはずしていた美貴子は、階段を上がっていく自分に向けて降りて来るその男性に三発、射ち込んだ。左胸に二発を受け、階段の壁に倒れ込んだ彼の顔に、彼女は三発めを射った。壁に寄りかかり、壁を全身で拭うようにして階段の下に向けて倒れる彼の脇をすり抜け、美貴子は階段を駆け上がった。地上まで誰ともすれちがわず、地上に出ても近くに人の姿はなかった。そのままごく普通に、彼女は歩いた。

ふたりめは電話ブースのなかで電話をしていた男性だった。歩道を歩いていった美貴子は、前方の並木の下に電話ブースがあるのを見た。ブースのなかには三十代の男性がいて、電話をかけていた。足もとに鞄が置いてあった。

美貴子はふり返った。人はいなかった。前方にも、そして道路の反対側のどちらの方向にも、人の姿はなかった。歩道に寄せて停まっている自動車もなかった。

ブリフケースのなかに右手を入れ、ピストルを握って電話ブースに歩み寄った美貴子は、その男性がブースのドアを開き、片足で押さえて開いたままにしているのを見た。立ちどまった美貴子に、なかの男性はふり返った。彼の顔に二発、速射で射ち込み、電話機とその台に向けて突き飛ばされたかのように倒れる彼の胸にもう一発、美貴子は射った。素早く足もとに落ちた薬莢にふと視線を向けたとき、美貴子は背後に人の気配を感じた。

く、そしてたいへんきれいに、美貴子は歩道の内側に向きなおった。小さな建物があり、半間あるかないかの入口の奥に、二階への階段があった。階段にも、そしてそれを降りて来たところにも、明かりはなかった。外の道路の明かりだけが、狭い入口の奥に向けて届いていた。

階段をひとりの男性が降りて来たばかりのところだった。彼から見て真正面に、歩道の縁の電話ブースがあった。出来事にはまだ気づかないまま、電話ブースとそのなかで倒れている男、そしてブースの外にいる美貴子との、どこか普通ではない様子を感じて、階段を降りて来た男はそこで立ちどまった。足早に建物の入口に入り、美貴子は彼も射った。額を射ち抜いた最初の一発は、後頭部の骨を砕き、引きずり出したものを背後の壁に叩きつけた。

建物を出た美貴子は、歩道の左右に視線をのばした。どちらの側にも、歩いている人はいなかった。足早に歩いた彼女は、最初の脇道を右へ入った。

四人めは歩道のない脇道で射った。他に人の歩いていない脇道を歩いていくと、左斜め前方の建物の側面にある通用口から、会社勤めの男性がひとり、姿をあらわした。歩いていく美貴子に向けて、彼は歩いて来た。歩きながら三発、美貴子は射った。標的は命を取りとめると、たいへんに有力な目撃者となる。そうなることを防ぐには、一発は頭に射ち込む必要がある、と美貴子は判断していた。だから四人めも、彼女はそのとおりに射った。

自室に帰った美貴子は、すぐに浴槽に湯を張り始めた。寝室へいき、絹の手袋をはめ、三発だけ残っている弾倉に、十二発の9ミリ弾を彼女は装塡した。ピストルをクロゼットに収め、明かりを消した寝室で彼女は服を脱いだ。脱いだ服を壁ぎわのベンチのような台に置き、服のかたわらに腰を降ろし、窓の外に視線を向けて彼女は時間を過ごした。

やがて寝室を出た彼女は、化粧室に入った。浴槽に湯が満ちるのを、洗面台の鏡の前に立って待った。メディシン・キャビネットから入浴剤の袋を取り出し、指先で切り開いた。それを持って浴室に入り、湯を止め、入浴剤を浴槽のなかにすべて落とした。ひとかたまりに落ちた入浴剤は、その周辺から湯のなかへゆっくり溶けていった。

湯はいつものとおりの適温だった。彼女は浴槽に入った。湯のなかにしゃがみ、両脚をのばし、うしろの斜めになった壁に背をもたせかけた。湯を両手でかきまぜ、底にたまっている入浴剤をぜんたいのなかに溶かした。浴槽の湯は白く濁り、そのなかに沈んでいる美貴子の肩から下が、見えなくなった。

白濁した湯面に視線を伏せ、その湯のなかにある自分の体を感じながら、美貴子はやがて泣き始めた。これまでの自分は終わった。そしてその自分は、これまでとはまったく異なる世界に向けて決定的に踏み出し、入り込んだ。その事実を受けとめ、自分の内部にいきわたらせつつ確認すると、決定的に変化する直前、たとえば今夜九時二十分に東京駅を丸の内側へ出て来たときの自分が、美貴子にはっきりと見えた。その懐かしい自分に別れを告げるにあたって、涙はなんの無理もなく伴う密やかな相手だった。

8

西本美貴子はTVを見ない。受像機は持っているが、部屋の片隅のフロアに置いてある。彼女にはTVを見る習慣がない。そこにある受像機のことは、だからほとんどいつも忘れている。デスクの上にリモート・コントローラーがある。これも忘れているが、なにかの拍子に目についてふとその気になると、彼女はそれを手に取り、TVの電源を入れてみる。

そのときの自分とはなんの関係もないものの断片が、いきなり画面にあらわれる。時代劇のなかで、若い武士が力をこめてふり向き、眉を吊り上げ、「お主などにはわからぬことじゃ!」などと言う。チャンネルを変える。トーク番組の中年のホステスが、語り合っていることに本当はなんの関心も興味もないまま、台本に目を落としつつ、「そうですよねえー」と、語尾を上げて言いながらうなずく。別のチャンネルに変えてみる。ドラマのなかで女子高生が、くっくっくっと泣いている。美貴子はリモート・コントローラーでTVの電源を切る。画面はガラスのテューブに戻る。美貴子にとってTVは、ただそれだけのことでしかない。

昨日の自分の行動が引き起こした騒ぎを、したがって彼女は、TVでは見ないままとなった。新聞は購読していない。しかし外出のついでに、スポーツ紙以外の新聞を三種類、彼女は買い、持って帰った。どの新聞も、報道ぶりは重くて陰惨だった。大きな活字が黒黒と、たとえば『目的なしの非情殺人か！　連続射殺魔都心の夜を裂く』というふうに、見開いた二ページの端から端まで、見当ちがいの重さで埋めているのを不思議な気持ちで美貴子は見た。

標的となった四人について。それぞれの現場について。突然の不幸のなかに残された遺族や会社の同僚たちのこと。誰にでも取材し得る単なる周辺の事実だけが、おそろしくごたごたとどの新聞にもおなじように書いてあった。

彼らはこういう人たちだったのか、という感想を美貴子は持った。四人それぞれが、そのときそこでなにをしていたのか、美貴子にはわかった。しかし、それだけだった。新聞が必死になって報じようとしている事件は、美貴子にとってすでに遠い出来事だった。新聞の紙面で見るかぎりにおいて、事件は自分がおこなった行為とはまったく別物のように、美貴子には思えた。

これほどまでに現実そのものの、ごたごたとした重く陰惨なものではなかったはずだと、美貴子は思った。夏になりきっていず、梅雨もまだ始まっていない季節の、きわめて平凡なウイーク・デーの静かな夜、東京駅から神保町までのなかに見つけた一本のルートを、自分は歩いた。そしてそのルートの途中で、自分は四人を射った。

どの場合でも、なにものにも邪魔されることなく、即興性は手に入った。日常を流れる平凡な時間のなかに、それぞれにごく短く四回、自分は時間の亀裂を見つけ、その瞬間に、自分は、なんのためらいもなく、その亀裂へ飛び込んだ。数秒の亀裂のなかで、自分は標的を射った。鋭い輪郭できれいにさっくりと、ほんの一瞬、日常は裂けた。そして次の瞬間には、それはもとに戻った。

亀裂はすべて自分が見つけた。どれも即興だった。どれもたいへんにすっきりとした出来ばえだった。電話ブースのなかにいた男を射ったときには、一瞬の亀裂のすぐ隣りに、まったく別の、もうひとつの亀裂が姿を見せた。その亀裂のなかにも、自分は飛び込んだ。自分が思い描いていた即興の、あれは極致と言っていいもののひとつではないか。

昨夜の自分の行動をそのようにとらえている美貴子にとって、新聞の報道はまったく別の事件を伝えているように思えた。現実が現実を無理やり強引にこじ開け、陰気な重さを存分に注ぎ込んで可能なかぎり凄惨に、現実自体に対して無様な仕返しを試みた事件のようだと、美貴子は感じた。

どの即興も、たいへんきれいに滑らかに、達成された。きれいすぎて手ごたえが希薄なほどだ。自分が頭で考えたことは、現実の場のなかで、あまりにも無理なく、なんの妨害もなしに、実証された。

神保町へ歩くまでに、一夜の試みのすべては終わった。考えていたとおりの時間の裂け目を、四つ、自分は見つけた。そしてその裂け目から百メートルも歩けば、自分は日常の時間のなかに戻り、あとに残した現場とはなんの関係もない状態に入ることが出来た。

日常の時間はやはり脆い。なにかちょっとしたきっかけさえあれば、誰がいつ落ちても不思議ではない亀裂が、日常のなかには縦横無尽に走っている。試みの成功は、きれいにひとつにまとまった満足感を、美貴子にあたえた。四つ重ねた通り魔としての即興の、かすかな残響とごく淡い余韻を全身の感覚のなかにいきわたらせて、昨夜の美貴子は神保町から地下鉄に乗った。

その自分にくらべると、新聞が報じようとしている事柄、そして報じかたそのものが、自分とはなんの関係もない完全な別物でしかないと、美貴子は思った。そのような報道のなかに、通り魔の犯行、愉快犯、ランダム・シューティング、というような言葉を美貴子は拾った。

四つの現場のどれに関しても、有力な目撃証言はいまのところひとつもない、と伝えている部分を美貴子は読んだ。四つの現場に残された空の薬莢は、全弾が警察によって回収された、という記事もあった。薬莢の鑑定を急いでいるが、全弾が同一の銃から発射されたものであることは確実視されている、と伝えている部分もあった。

通り魔が歩いたルートを推測した記事は、少なくとも通り魔が射った順番は、正確に書いていた。現場で即死した四人相互に、背後で事件につながるような関係は、いまのところ皆無だし、今後もそれはないものと思われる、という記述も美貴子は読んだ。新聞を捨ててしまうと、報道する側、あるいは社会ぜんたいが、あってはいけない酷い事件としてとらえた昨夜の自分の行動が、いっさい消えるのを美貴子は自覚した。残ったのは、四つの亀裂に飛び込んだとき、その内部に発見した感触だけだった。

9

夜の十時までに、まだ少し時間があった。西本美貴子はひとりで歩いていた。細いヒールのある夏の靴に、膝の上までの柔らかく薄い生地の夏のスカート、そして半袖のシャツの上に今夜の彼女はコットンのジャケットをはおっていた。気温は低かった。ジャケットの下の半袖のシャツには、着る服をまちがえた違和感を強く感じるほどだった。黒いコーデュラ・ナイロンのブリフケースを、把手では下げず脇の下にかかえるようにして、彼女は持っていた。

夜の街は静かだった。美貴子はふとうしろをふり返った。この瞬間から十二、三秒の間、彼女だけを中心にして、日常の平凡な時間のなかに裂け目が出来た。その裂け目を鋭く感知した彼女は、ただちにそのなかへ滑りこんだ。その十数秒間の時間の裂け目のなかで、次のようなことが起こった。

ふり返った美貴子は、自分のうしろにのびている歩道を見た。人はひとりも歩いていなかった。百五十メートルほど後方に、横断歩道とその信号があった。道路を向こう側へ渡る人にとって、信号はグリーンに変わった。走って来る自動車が、赤に変わった信号に反応して減速するのを美貴子は見た。減速しつつあるその自動車は、横断歩道からさらに五十メートルほど後方にいた。

美貴子は前方に向きなおった。前方にも、歩道に人の姿はなかった。往復四車線の道路の反対側の歩道にも、前方と後方のどちらにも、人は歩いていなかった。百メートル前方に大きな交差点があった。道路を直進する車にとって、その交差点の信号は赤に変わった。交差点に向けてその向こうから走って来る車が、減速しているのを美貴子は見た。

自分を中心にした、以上のような状態を四秒とかからずに確認した彼女に、道路の向こうから人の声が聞こえた。男の笑い声だった。歩きながら美貴子はその声の方向に顔を向けた。道路のちょうど向かい側の建物の、地下にある酒と和食の店から、三十代の男性がひとり、階段を上がって地上へ出て来ようとしていた。階段の途中でその男性は立ちどまった。階段の下にいる、おそらくはおなじ会社の同僚たちをふり返り、笑いながら彼はなにか言った。彼の胸から上が、階段の上に出ていた。

歩いていく美貴子のすぐ左側、歩道に面した建物のアプローチが、歩道から一段だけ高くなっていた。その奥は、今日の営業を終わってシャッターを降ろした、小さな店舗だった。その店舗の脇に、アプローチを共有して、地下へ降りていく喫茶店があった。看板と階段の明かりが消えていた。美貴子はアプローチへ上がり、喫茶店への階段を降りた。階段の下の喫茶店の入口にも、シャッターが降りていた。

歩道を歩きながらふとふり返った美貴子が時間の裂け目を発見してから、まだ五秒しか経過していなかった。ブリフケースのジパーを開き、サイレンサーを銃口に装着した自動ピストルを握って取り出した美貴子は、安全装置をはずした。喫茶店へ降りる暗い階段から顔だけ出した彼女は、道路の向こう側の標的に、正確な狙いを定めた。

階段を上がって来ようとしている男は、まだ途中に立ちどまったままだった。声高く笑いながら、下にいる人になにか言い、階段を上がろうとしたその瞬間、彼は左の目に9ミリ弾を射ち込まれた。

身長の全体を使って、階段の上にあるスペースのなかで大きく円を描くように、彼は倒れていった。階段の下へ姿が見えなくなる寸前、美貴子は彼の顎の下から頭に向けて、二発めを射ち込んだ。

階段の下で、何人かの男たちの声が重なった。「村田、どうした」「大丈夫か」という言葉を、美貴子は聞いた。「なにかあったのかな」という声とともに、別な男が階段を上がって来た。「大変だ、血が噴き出てる！」という叫び声を階段の下に聞いて、その男は階段の途中で立ちどまった。ふり返って下を見た瞬間、9ミリ弾が彼の頬に溝を掘った。そしてその弾丸は、階段の背後にある店の広告看板に当たり、表面のガラスを粉々に砕いた。

頬に受けた衝撃、そしてそこから全身に走る痛みに、男は体をひねりつつ正面を向いた。その胸に二発、美貴子は射ち込んだ。被弾の衝撃で、男は階段から突き飛ばされたかのように、両足を踏みはずした。そして階段の下に向けて転落していった。階段の下で叫び声が上がった。女性の悲鳴も、美貴子は聞いた。

「電話だ、おい、電話をするんだ！」

「血が出てる。うわっ！」

「意識がないよ。おい、村田、おい！」

というような声を道路の向こうに聞きながら、美貴子は階段で身をかがめ、息をひそめた。右手後方の横断歩道では、車はまだ赤信号で止められたままだろう、と美貴子は思った。左前方の交差点でも、車は止められたままだ。目の前にある道路を、少なくともあとまだ数秒は、一台の自動車も行き来しないはずだ。左前方の交差点に対しては、美貴子からはきわめて有利に見通しがきいていた。交差点を左折して来る車がもしあるなら、それに美貴子は早くに気づくことが出来た。左折して来る車はなかった。

先のふたりの同僚だということが風体ですぐにわかる三人めの男性が、完全に無防備に、ぽかんとした表情で、階段の上へ上がって来た。「大変だ、早くしろ」「救急車を呼べ！」という声を聞きながら、美貴子は正確に三発、その男性に射った。階段の上に出て来ていた彼は、二発を胸に、もう一発を顔に受け、階段の下へ転落して姿を消した。

排莢された空の薬莢が、すぐ脇の壁に当たって階段に落ち、跳ね上がってさらに下へ落ちていくのを余韻のように感じながら、美貴子はピストルをブリフケースに入れ、階段を素早く上がり、建物のアプローチをその端に向けて斜めに歩いた。そして歩道に降りることなく、アプローチの角を曲がって脇道に入った。

脇道を奥へ歩きながら、美貴子はふり返った。交差点からの車が数台、続けて美貴子の視界を平凡に横切っていった。酒の店へ降りる階段の下の騒ぎに、どの車も気づいていなかった。道路のこちら側の車線を、右手後方の横断歩道の信号で止められていた車が、おなじく平凡に走っていくのを美貴子は見た。

奥に向けて建物の縁は歩道のようになっていた。道と接する部分に、柱が一定の間隔で立っていた。その部分を美貴子は歩ききり、交差する細い裏道を越え、さらに奥に向けて歩いた。そして右へ曲がり、前方に向けて歩き、歩道のある四車線の道路に出た。

その歩道を交差点に向けて歩き、交差点のすぐ手前で、地下道および地下鉄の駅への階段を、美貴子は降りた。途中に小さな踊り場があるその階段をまっすぐに降り、二度めの今度は少しだけ広い踊り場で左に曲がり、そこからの階段を降りきると地下道だった。降りきるまで、彼女はひとりの人ともすれちがわなかった。地下道には、前後ともに十数メートルのところを、人が平凡に歩いていた。

美貴子が歩いていく地下道は、直線で前方へのびていた。行きつくところはJRの駅の地下商店街だ。美貴子が歩いていく地下道の両側にも、やがて商店のつらなりが始まった。どの店もシャッターを降ろしていた。自分の視界のなかにある光景のあらゆるディテールが、ついさきほど起こった三人のサラリーマンが狙撃された事件と自分との、無関係さを証明しているように美貴子は感じた。

時間の裂け目を見つけた瞬間から、狙撃を終わった自分が地下の喫茶店への階段を出て脇道へ入るまでの行動を、彼女は反芻《はんすう》してみた。秒数をカウントしていくと、地下への階段に向けて歩道を離れた瞬間から脇道へ入った瞬間まで、十秒かかっていなかった。その十秒間を中心にその前後も含めて、自分は誰にも目撃されていない。狙撃事件と自分とを結びつけることは、事件が発生してからまだ数分しか経過していないのに、早くも不可能に近いのだと、美貴子は思った。

いまここでこうして平凡に歩いている自分を、完璧な目撃証言なしに、いったいどのようにして、あの狙撃事件に決定的に結びつけることが出来るだろう。ブリフケースのなかにあるピストル以外、自分と事件を結びつけるものはなにもないのだ、と美貴子は結論した。

即興の興奮が、自分の内部で美しい余韻へと鎮静されつつあるのを、美貴子は残念に思った。第一回は大きく即興に支えられた。そして第二回めの今度は、ほぼ完全に即興だ。ふたつの信号にはさまれ、車が一台も走らない空白の時間。両側の歩道の前後どちらにも、視線の届いたかぎりでは人の姿がなかったという、これは偶然による空白。そして、道路をはさんでその両側に存在した、地下の店への階段。その階段のうちの一方を、酒の時間を終わって上がって来ようとした男性たち。その向かい側を歩いていた自分。十秒あるかないかの時間の裂け目と、そのなかでの自分と標的のタイミングが完璧に合致して溶け合い、そこに生まれた即興だ。

地下の喫茶店への階段を途中まで自分が降りても、それは自分がひとりでおこなっている、意味のない小さな行動でしかない。ブリフケースからピストルを取り出しても、自分の行動にはまだほとんど意味はない。道路の向こうの標的を狙って射った瞬間、事件が作り出される。

射ち終わった瞬間から、その事件と自分との関係は、時間の経過とともに、そして事件の現場から遠ざかるとともに、決定的に薄らいでいく。いまの自分は、事件とはすでになんの関係もない人として、駅の改札を入り、夜の通勤快速に乗るのだ、と美貴子は思った。

10

往復六車線の道路の歩道から、彼女は脇道に入った。脇道には歩道はなく、幅は急に狭くなった。両側に小さな不ぞろいの建物がびっしりとつらなり、どの建物のどの階にも会社の事務所があった。会社の窓の明かりは、その多くが消えていた。夜の九時三十分をまわった時刻だった。

湿度と気温の高い日だった。夜になって空気はいっさいの動きを止めたように思えた。地表から一定の高さまでの空間に、すべての湿度と気温は閉じこめられたままとなった。今夜の西本美貴子は半袖のシャツを着ていた。夏のチノ・パンツに紐で結ぶ靴を彼女は履いていた。いつもの黒いブリフケースを脇の下に持っていた。

歩道のない道の左右に、路上駐車した車が交互に何台も続いた。歩いていく彼女の左側に、白いヴァンが道にむけて傾いて停めてあった。左側のタイアは、幅が十メートルもない建物の、道に接する部分に乗り上げさせてあり、右側のタイアは道の左側の縁をふさいでいた。そのヴァンのかたわらを通り過ぎながら、美貴子はヴァンの屋根ごしに建物を見た。

その建物の一階は、道に面して腰の高さから上が、透明なガラスだった。まんなかでふたつに区切られた、大きいとは言えない窓の全面に、いまはブラインドが降りていた。会社の事務所であるそのスペースは、天井の照明で明るく照らされていた。

窓の中央の、細い区切りの支柱の両脇から、美貴子はその事務所のなかを見ることが出来た。小さな会社の残業中の雰囲気のなかに、男性の社員の姿が三人、見えた。窓とその前に停めてある白いヴァンのかたわらを通り越しながら、美貴子はうしろを見た。うしろから歩いて来る人はいなかった。前方も含めて、周囲に人の気配はなかった。

突然の決断に自らを滑らかに乗せた美貴子は、ヴァンのかたわらをその建物の正面入口まで戻った。ブリフケースのジパーを開き、なかに右手を入れ、自動ピストルの安全装置を解除した。ガラス張りの窓の左側は化粧タイルの壁だった。その壁に沿って奥へ入ると、ブラインドごしに見たかぎりでは三人の男性が残業している事務所への、出入り口のドアがあった。ドアには会社のネーム・プレートが取り付けてあった。その奥には郵便受けが壁にならび、さらに奥に入ると階段が頭上に向けて折れ曲がりつつのびていた。立ちどまり、息を止め、あたりの気配を美貴子はうかがった。なんの気配もなかった。

右手を左のヒップ・ポケットへまわした彼女は、そのポケットに入っているバンダナを指先で引き出した。端を持って手首をひと振りし、バンダナを広げた。広げたそのバンダナでドアのノブを包みこむように持ち、回転させ、美貴子はドアを中へ押して開いた。事務所のなかへ体を滑りこませ、バンダナをチノ・パンツの右ポケットに押しこんでから、美貴子は右手をブリフケースに入れた。

ドアを入ってすぐ左側には、天井までの衝立があった。衝立には出入り口があり、そのなかは明かりが消えていた。ドアを腰と背で押して閉じ、美貴子は事務所のスペースぜんたいを瞬時に見て取った。事務デスクが四つずつ、向かい合わせに並べてあった。その向こう側、壁を背にして、男性がひとり椅子にすわっていた。

同僚との話の途中で入って来た美貴子に、彼は目を向けた。その彼に、美貴子は、胸の中央に二発、射ち込んだ。彼は椅子ごと壁に叩きつけられた。そして椅子とともにフロアに倒れた。

デスクのこちら側には、手前にもうひとり、椅子にすわっている男がいた。まだなにも警戒せずに自分を見上げる彼の顔に、美貴子は二発、射ち込んだ。デスクひとつ置いて向こうに、男性がひとり立っていた。驚いたような、なかば呆れたような表情で自分を見るその男に、自分が理想としている着弾で三発、美貴子は正確に送り込んだ。体を腹でふたつに折った彼はうしろ向きに飛んでいき、窓と壁が作る角でフロアに崩れ落ちた。

ブリフケースにピストルを入れ、バンダナを右のポケットから引き抜き、さきほどとおなじようにそれでノブをくるみ込んで回転させ、美貴子はドアを開いた。風のように外へ出て、彼女はバンダナの一端を右のポケットに入れた。歩道のない外の道まで彼女は出ていった。そこに立ちどまった。左右を見た。人はいなかった。彼女は道に出て右へ歩いた。

二十メートルほど先で、そのわき道は、さきほど美貴子が歩いて来た歩道のある道と、直角に交差していた。そこに向けて彼女は歩いた。交差するその道路の歩道を右から左へ、男性のふたり連れが歩いていった。ふたりは話に熱中していた。声が美貴子まで届いた。ふたりとも美貴子のほうには目を向けることなく、通り過ぎて左側の建物の陰に見えなくなった。

歩道に出るまでにすれちがう人がいれば、そして歩道に出てすぐにすれ違う人がいるなら、どちらの人も美貴子は射殺するつもりでいた。だからブリフケースのジパーは開いたままだった。

足早に歩道まで出た美貴子は、さきほどのふたりが歩き去ったのとは反対の方向へ向かった。誰ともすれちがわなかった。自動車が二台、こちら側の車線を走り去った。三十メートル歩くと交差点だった。反対側へ渡る人のための信号が、グリーンに変わった。彼女はその交差点を渡った。

渡ってそのまま直進すると、前方に地下鉄の入口の案内が見えた。その入口まで歩くあいだに、彼女は中年の男性ひとりとすれちがった。地下鉄の駅への階段を、彼女は降りていった。ブリフケースのジパーを閉じ、右のポケットから垂れているバンダナを抜き出し、たたみ直して左のポケットに収めた。

切符を買って改札を入った。近くから彼女を見ている人はいなかった。プラットフォームへ降りていき、すぐに入って来た地下鉄に彼女は乗った。地下鉄は空いていた。彼女は端の席にすわった。交差させた両腕でブリフケースを胸にかかえるように持ち、彼女は目を閉じた。

そしてすぐに目を開き、腕時計を見た。あの小さな事務所のなかで、三人の人を自分が射ち倒してから、まだ八分ほどしか経過していなかった。目を閉じた美貴子は、自分があの事務所のドアを開けてなかに入り、三人を射って外へ出て来るまでの自分の動きを克明に思い浮かべ、頭のなかでたどりなおした。

少なくともいまの彼女が絶対に知り得ないのは、彼女が最初に胸に二発だけ射ち込んだ三十三歳の男性は、彼女が去ったあと、フロアから起き上がったことだ。胸ぜんたいに激痛があり、その強く激しい痛みに全身の力が急激に吸い取られていくのを自覚しつつ、彼はフロアに上体を起こした。片手で自分のデスクの脚につかまり、彼はフロアに両膝で立った。もう一方の腕をデスクの向こうにのばし、彼は電話機を引き寄せた。受話器をはずし、１１０、とボタンを押した。

電話がつながると同時に、

「銃で射たれました。早く来てください」

と、彼は言った。

「お名前は？」

という質問が、中年男性の声で彼に返って来た。

「高木です」

とその社員は答え、社名と所在地を告げた。

「誰が射たれたのですか」

「私と同僚のふたりです。これから救急車を呼びます」

「銃で射たれたのですね」

「そうです」

「怪我人は？」

という問いかけに、彼は応答出来なかった。力つきて彼はフロアに崩れた。彼が離した受話器は、デスクの縁から引き出しの前にぶら下がった。

他のふたりはすでに絶命していた。電話をかけたこの男性も、数分後には意識を失い、そのまま現場で死亡した。そのすぐあと、現場の近くの酒の店で飲んでいた同社の男性社員が、帰り道に社へ立ち寄った。彼が現場を最初に見た人となった。なにが起こったのかわからないまま、茫然としているところに、パトロール・カーが到着した。

11

六月の第一回のとき、西本美貴子が射った四人は、誰もが現場で即死した。有力な目撃情報はない、と当局は発表した。四つの現場の近くを、それぞれの事件の直後あるいは直前に歩いていた美貴子を目にとめて記憶し、その記憶を蘇らせて当局に情報として提供した人も、少なくとも新聞の報道するところによれば、ひとりもいなかった。

四人は会社に勤めていた。相互の関係は皆無であり、ピストルで射たれなければならない背後の理由はいっさい持っていない事実が、当局の調べで判明した。四つの現場とも、通り魔的な犯行であると、当局は暫定的に判断し、そのとおりの見解を発表した。

四人ともそれぞれ三発ずつ、射たれていた。合計十二個の空薬莢が四つの現場から回収されたのは、新聞が報じたとおりだった。弾丸は同一のピストルから発射されたものであり、おそらく同一の人物によって四人は次々に射たれたものと、当局は考えた。射った実行者がどの方向から来てどの方向へ去り、その途中で四人をどの順番で射ったかも、ほぼ明らかとなった。発見の時刻や通報を受けた順番などから、四人が射たれた順番の推測は正しくおこなわれた。

銃声を聞いた人が四つの現場付近にひとりもいなかったことから、使用されたピストルには消音器が装着されていたものと、当局は断定した。有力な目撃情報は、どの現場についても皆無と言っていい状態であることが、事件から数日もたつと、明らかとなった。

四人には射たれなければならない理由はなにもなく、背後での相互関係もなく、現場という土地とも結びついてはいない。そして目撃者は皆無である。四つの事件の捜査の前に立ちはだかる困難さを、第一線の捜査官たちは早くから直感することとなった。

おそらく完全に通り魔の犯行であるから、射たれた人から実行者へたどりつくことは出来ない。現場の土地も関係ない。しかし誰かが射ったことはまちがいないのだから、捜査には全力を上げる、という内容の発表を当局はおこなった。捜査の困難さを当局がはっきりと感じている事実が、その発表から読み取れた。

全力を上げるとは、一般からの情報の提供を極力促し、細大もらさずすくい上げて検討を加えていくことと、可能な限り当局からも一般に情報を公開することだった。使用されたピストルが特定された。9ミリ弾を発射する自動ピストルで、使用された弾丸はアメリカ軍用の9ミリ弾であることがわかった。弾倉とともに、同型のピストルの写真が公開された。サイレンサーを装着するとこのようになり、暗いところでそれを見るとこんなふうに見えるという意味で、シルエット写真も添えてあった。

七月に入ってからの第二回で美貴子が射った三人は、おなじ会社の六人連れのうちの半分だった。一日の仕事を終わったおなじ課の彼らは、会社から地下鉄でふた駅のその酒の店へ来て、夕食をしながら酒を飲んだ。

地下の店を出て階段を上がっていこうとした男たち三人が、順番に射たれて階段の下へ転がり落ちた。ふたりは現場で死亡し、もうひとりは救急病院に運び込まれてから、死亡した。階段の上から血をふりまきながら次々に落ちて来て動かなくなる同僚に、女性ふたりを含む残り三人の同僚たちは、階段の下を動くことが出来なかった。女性たちは店へ逃げ込んだ。したがって彼らはなにも見ていず、目撃者としては役に立たなかった。

三人が射たれたとき、その道路では二か所の信号で車は止められていて、どちらの方向にも車の流れは切れていた。近くの歩道を歩いていた人は、どちらの側にもいなかった。目撃者に関しては完全に空白の、しかも十秒あるかないかというきわめて短い時間のなかで、三人は射たれた。

実行者がどこから射ったかは、すぐに明らかとなった。道路の向かい側の、地下の喫茶店へ降りていく階段は、綿密な調査の対象となった。だが当局の手に残った確かなものは、階段に散らばっていた八個の空の薬莢だけだった。その薬莢を頼りに、使用されたピストルは前回とおなじものだということがわかった。同一人あるいは同一グループの犯行、と当局は発表した。

実行者は射ったあとどこへ消えたのか。現場を歩いて去ったか車を利用したかのどちらかだが、どちらに関しても情報はひとつもなかった。近くからタクシーに乗った人たち全員が調査の対象となった。得るところはなかった。歩いて去る美貴子を目にとめて記憶していた人は、ひとりもいなかった。

八月の初め、会社で残業中の三人の男性を射ったときにも、目撃者はなかった。現場のオフィスに残されたのは空の薬莢だけであり、その他に手がかりとなりそうなものは、なにひとつなかった。胸に二発の弾丸を射ち込まれながら、両膝立ちとなって警察に電話をかけた社員についての新聞報道は、美貴子にとってひとつの教訓となった。頭あるいは顔に、一発はかならず射つべきだ、という教訓だ。

実行者を言いあらわすものとして、『通り魔ガンマン』『魔の9ミリ弾』『連続射殺魔』などという言いかたが定着した。ランダム・シューティングという最近のアメリカ英語も、片仮名で日本語となった。

合計六か所の現場で当局が手にした確かなものは、遺体と空の薬莢だけだった。実行者が薬莢を無視して現場に残していることに関して、当局は見解を発表した。誰でもいいから思いどおりに射てればそれで目的を達する通り魔の犯行であることを、自ら明らかにしていると解釈してよく、目撃者はなく、したがって実行者である自分まで捜査当局がたどりつくことはとうてい不可能だという自信のあらわれと受けとめている、という見解だ。

六つの事件の時間帯がおなじであることは、なんの手がかりにもならなかった。場所は近接していると言ってよかった。丸の内から大手町をへて神田小川町あたりまで、そして京橋と神田だ。実行者はこのあたりに土地勘を持っているらしいとは、誰もが考えることだった。しかし、このあたり一帯に土地勘を持っている人たちの数は、多数と言うよりも無数と言ったほうがよかった。夜の一定の時間を過ぎると人が急激に少なくなり、目撃者のない死角を実行者にあたえてくれるというただそれだけの理由からそのような場所が選ばれているのだろうと、当然の推測を当局はおこなった。

実行者の射撃の腕前は相当なものであることを、当局は認めた。これも有力な手がかりであるから、この方面からも捜査には全力を上げると当局は所信を述べた。実行者の身長は一六〇から一七〇センチであり、ひとりないしは二人以上、そして外国人であるという可能性も考慮に入れていると、当局は語った。

12

銀座から中央通りを新橋に向けて歩いていた西本美貴子は、七丁目にさしかかったとき、自分が尾行されていることに気づいた。自分の内部にある、これこそが自分だと断言していい中心軸に沿って、ほんの一瞬、冷たい戦慄が走った。そしてそれはすぐに消えた。またか、と彼女は思った。道を歩いていて、彼女が男性にあとをつけられるのは、珍しいことではなかった。

今度も痴漢だろう、と美貴子は思った。ただどこまでも尾行して来る男。しばらくうしろからついて来て、やがて声をかける男。うしろを歩きながら少しずつ距離をつめ、やがて腕や肩に手を触れて来る男。あるとき急に距離を縮め、背後から体を重ね合うようにして、あからさまな言葉で誘う男。ぴたっと並んで歩き、飽きることなく何度も、顔に視線を向ける男。うしろからついて来て、やがて並んで歩き、レインコートの前をはだけて見せる男。

さまざまな男性を、これまでに美貴子は体験して来た。ある種の男性たちにとって、自分はそのような行為の標的に選ばれやすい雰囲気や感触を、少なくとも外見的には持っているのに違いない、と美貴子はずっと以前に結論していた。だから彼女は、彼らには慣れていた。

ただし今日は、少しだけ真剣に対応する必要がある、と美貴子は自分に言い聞かせた。いま自分をつけて来る男は、これまでに何人となく体験したのとおなじ質の男なのか、それともそうではないのか、確認しなければならないと彼女は思った。

土橋にさしかかった。高速道路に上がるために曲がり込んで来る自動車を二台やり過ごし、彼女はそこを越えた。そのまま歩いて脇道を渡り、JRの高架の下に出た。交差点の横断歩道がそこにあった。信号が変わるのを待っている人たちのうしろに、美貴子は立ちどまった。

立ち姿をうしろから見るとき、自分の雰囲気がいかにもの静かに優美で優しい、受け身の感触をたたえているかについて、美貴子はほとんど自覚がなかった。歩いているときは端正で、立ちどまるとそのとたんに、美貴子の雰囲気は常に自動的にそうなった。

ついて来た男がすぐうしろに立つのを、彼女は周辺視界のいちばん端にとらえた。自分の左うしろにいるその男が、少しずつ自分に接近して来るのを、美貴子は察知した。信号が変わる頃には、その男性の体は美貴子の体に触れていると言っていい状態だった。

横断歩道に歩み出して、美貴子は緊張を抜いた。すぐうしろにいるこの男も、これまでどおりの痴漢の一種なのだと、美貴子は結論した。あとはこの男性をどのように始末するかだけが、問題だった。いつものとおりでいいはずだ、と彼女は思った。

ガード下の横断歩道を渡った彼女は、駅の構内に入った。切符売り場の前を抜けていき、駅構内を山手線の内側へ出た。なにのためでもない広場のようなスペースがあった。会社勤めの男性たちが、何人もただ立っていたり歩いていたりするその広場を、美貴子は向こう側へ抜けた。

一歩うしろを男がついて来るのを感じつつ、美貴子は細い脇道に入った。両側に酒の店が並んでいた。ついて来る男が自分と並ぶのを、美貴子は見た。顔をのぞきこんでくる彼を無視して、それまでとおなじ歩調で、美貴子はその道を向こうの出口に向けて歩いた。

歩道のある通りに出て、美貴子は右へ向かった。どこか人どおりのない場所がいい、と彼女は思った。第一ホテルの裏を内幸町へ抜けるルートを、美貴子は思い描いた。外堀通りを渡り、第一ホテルの裏をまわって、その向こうへ出た。人どおりは急に少なくなった。四角い巨大な建物の平坦な側面、そしてそれに接した歩道だけの区域が、歩いていく彼女の周囲および前方に横たわっていた。

建物と建物とのあいだの道に、美貴子は何度か入ったり出たりをくりかえした。他に人がいないのに安心したのか、ついて来る男の体が何度も美貴子の体の左側に触れた。周囲に人の姿がないことを確認した美貴子は、歩調を変えて男とのあいだに距離を作った。その距離を埋めようとして足を早める男を、片脚を軸にしてふり返り、その動きの延長として、絵に描いたようなまわし蹴りを男の腹にきめた。

存分な手ごたえとともに、蹴りは急所である肝臓を一撃した。内臓を口から絞り出すようなうめき声とともに、男は前に向けて体をふたつに折り、そのまま頭から路面に向けて倒れこんだ。両手で腹を押さえている彼は、左肩および顔の左側で路面と強く衝突し、横向きに転がった。衝突したときの、男の体内ぜんたいに響く鈍い音を背後に聞きながら、美貴子は足早にその場を立ち去った。

日比谷通りに出た彼女は、西へ向かった。西新橋の交差点を越え、さらに歩いた。そして、とある建物の角の喫茶店に入った。明るい店だった。奥のふたり用の小さな席に彼女はついた。エスプレッソを注文した。

エスプレッソはすぐにテーブルに届いた。小さなカップを指先に持ち、彼女はエスプレッソを飲んだ。あくまでも静かな雰囲気の、端正に整いきった姿のいい美人が、会社の残業の帰り道、一杯のエスプレッソを相手に自分ひとりの時間を持とうとしている。いまの西本美貴子を見たなら、ほとんどの人がそう思うだろう。彼女が人にあたえる印象は、それ以上でもそれ以下でもなかった。

エスプレッソを飲み終えてから、美貴子は自問自答を始めた。

「すっかり忘れていたでしょう」

「うかつだったわ」

「気を取られすぎているからですよ」

「そのとおりね」

「あなたは男にあとをつけられるたちなのです」

「ときによっては、毎日のように、あとをつけられます。まともな男性ではなく、痴漢のような人たちだと思うわ」

「あなたは優しくてひたすら受け身そうな、ほっそりして見えるバランスが良い体つきで、お人形のような顔立ちだから、ある種の男性たちの興味をかき立てるのでしょう。身のこなしのきれいさは、おとなしそうな印象につながって、それはそれでひとつの弱みでもあります。隙と言ってもいいし」

「注意します。いくらあとをつけられてもいいのですけれど、射つときには避けなくてはいけないわ」

「これまであなたは十人を狙撃して、六つの現場を作りました。あとをつけられている可能性があるかないかについて、六つの現場とも、注意力をふり向ける余裕はなかったと言っていいですね」

「確かに、私は夢中だったわ。日常の時間のなかにわずかな亀裂を即興で見つけることに、神経を集中させていたから」

「狙撃のときにあとをつけられていたなら、どうなっていたと思いますか」

「私は気づいたはずよ。あとをつけて来る人たちには、図々しい人が多いから。気づかれても平気な人たちだし、接近して語りかけたり、わいせつな小説を朗読するようなモノローグの口調で喋り続けていたり。私のあとをつけて来る人たちには、距離を取らずに接近して来る傾向があるのよ。だから、あとをつけられていたら、私は気づいたはずよ」

「あとをつけられて、狙撃の現場を見られたなら、どうしますか」

「まともに目撃されることはないと思うけれど、見られたらその人も射つほかないわね。その人を射つことも、即興性のなかに取り込むほかないわ」

「見られていながら、あなたは気づかなかったら、どうしますか。あとをつけるのが巧みな人は、いるはずですよ」

「最悪だわ」

「現場から部屋まで、あとをつけられたなら。そしてそのことに、あなたは気づいていなかったなら」

「それこそ最悪だわ。もっとも無様な場合、という意味において」

「さきほどの人は、背の高い人でしたね」

「私の身長と関係してるのよ。あとをつけて来る人には、身長の高い人が多いわ。私の身長が十センチ低かったなら、背の低い人もあとをつけて来るような気がするわ」

「さきほどの人には感謝しなくてはいけませんよ」

「ほんとに、そうだわ。あとをつけて来る人に、私は気をつけます」

「感謝しなければいけないのに、まわし蹴りなどをして」

「内臓に損傷をあたえたかしら」

「あなたの右の靴の、つま先を見てごらんなさい。蹴ったときの衝撃でひしゃげて、横じわが何本も寄っていますよ。あの男性に頭を冷やしてもらったついでに、これまでの六つの現場と狙撃した十人について、正しい遠近法でふり返っておきなさい」

「どの現場も、うまくいきすぎるほどに、うまくいったわ。自分で考えていたとおりに、あるいは、それよりもさらに美しく、目的は達したわ」

「思い描いていたとおりの即興でしたか」

「私が言うところの、日常の時間のなかの亀裂は、思いがけないところに、さっくりと口を開けて、待っていたわ。もっと正確に言うなら、私がそこに視線を向けた瞬間、ごく薄く鋭く亀裂が走って、そのおなじ瞬間、私はその亀裂のなかへ飛び込むことが出来たの。そして標的を射って、亀裂からなにげなくするりと抜け出し、現場から歩き去ったわ。百メートルも歩くと、もはや現場とはなんの関係もないのよ。亀裂は閉じられ、消えてしまってるわ。しかし、一瞬の亀裂が存在し、そこへ私が飛び込んで射ったという事実の証明として、射たれた人が血を流して現場のフロアや路面に横たわっているのよ」

「あなたが言う、その時間の裂け目のなかは、どんなところですか」

「そのなかは広いのよ。飛び込んだその瞬間、自分の周囲が限りなく広がるの。日常のなかにあるすべての制約が、突然に消えてなくなるわ。ひとりひとりの身のまわりという、ごく狭い範囲のなかで、時計やスケジュール帳などの助けを借りて、日常の時間は進んでいくのよ。その時間のなかでは、あらゆるものが平凡で陳腐なの。ところが、そのような時間のなかに突然に発見する亀裂の内部では、日常の退屈な遠近法はあっさりと溶解してなくなり、時間の広がりと奥行きは、とてつもなく大きくて深いの。永遠のような、とは言いたくないけれど、亀裂のなかではいっさいの日常的な束縛や約束ごと、あるいはルールなどから完全に解放されていて、身を置くだけでも大変な快感だったわ」

「いったんそのなかに入ったなら、かならず射たなくてはいけないのですか」

「射つことによってこそ、そのような時空間は、完全に存在するのよ。私が言っているような亀裂は確実に存在した、ということの証拠を残す必要があるのよ。射たなくてもいい、あるいは、命中すると砕けて染料が飛び散る玉を射つピストルでもいい、という考えかたは、日常の時間のなかのものでしかないわ」

「そしてそこを出てからの自分は、そのなかにいるときの自分とは、まったく別物だと思えてしまうほどに、平凡な日常性へ戻るのですか」

「亀裂から滑り出て来ると、自分はもとの自分なのよ。亀裂を見つけて飛び込んでいくときのスリルと、そこから出て来るときのスリル、そしてそのなかにいるときの、日常とはまったく別種の時空間に身を置く快感を、私はすでに知ってるわ」

「現場をひとつひとつたどりなおしておきませんか」

「それは出来ないわ」

「なぜ？」

「もう忘れたから。瞬間の体験だから」

「記憶していないのですか」

「そうではなくて。ほんとにそんなことがあったのかどうか、いまはもう確かではないという意味よ」

「しかしその瞬間は、確実に存在したのですね」

「まったく別の、初めて体験する種類の時間と空間が、そこにあったわ。いっさいの制約のない広く深い空間のなかに、時の粒子のひとつひとつがきらきらと光り輝いて、くっきりと際立っている時間。時の粒子が、肌や心に触れるのよ。いまの私にあるのは、そのことの記憶だけ」

「どの現場でも、目撃者はなかったようですね」

「ひとりくらい見ている人がいるはずだ、というのは日常のなかの思考なのよ。私が見つけたのは、どれもみな真の亀裂だったから、目撃者はいなくて当然なのね」

「しかしそれは、完全にあなたひとりだけで成立させている世界です。突然の他者の介在に、あなたはどのように対処しますか。たとえば、ひとりの標的を射った直後に、建物の角を曲がって不意に人があらわれたなら」

「その人も、即興の一部に取り込みます。亀裂のなかでの出来事にします」

「射つのですか」

「そうよ。私は射ちます」

13

トレーニングのプログラムを完璧にこなして、西本美貴子は午後七時にスポーツ・クラブを出た。着替えのとき、彼女はストッキングをはかなかった。両足にタルカム・パウダーを充分にはたき、素足でヒールのある靴をはいた。夏らしい日が東京では三日となかった夏が、九月の第二週で早くも完全に終わりつつあった。秋の気配を通り越して、冷たさすら感じさせる空気は、スカートとその下のペティコートに軽くくるまれているだけの両脚の肌に、心地良かった。

歩いて七、八分のところにある、美貴子のいきつけの小さなレストランで、彼女はひとりで夕食を食べた。夏の間のメニューは、秋のものに変化していた。壁ぎわのふたり用の席についた美貴子は、テーブルの脚と壁との間に、黒いナイロンのブリフケースを立てかけておいた。

夕食のあと駅まで歩いた美貴子は、地下鉄で銀座に出た。ひとりでエスプレッソを一杯だけ飲み、有楽町をへて日比谷の交差点まで、彼女は歩いた。その交差点を、公園に向けて、彼女は渡った。

地下鉄への入口があることに気づきながら、美貴子は内幸町の方向に向けて、公園の縁に沿った歩道を歩いた。有楽町から帝国ホテルの脇を抜けて来る道路が、日比谷通りとT字に交差する地点で、美貴子は立ちどまった。斜め向かい側に帝国ホテルがあった。このまま公園の縁に沿って歩くつもりでいた彼女は、そこにある入口から日比谷公園のなかに入った。公園を通り抜けて霞ケ関に出よう、と美貴子は思った。

公園への入口にも、地下鉄の駅へ降りていくための階段があった。噴水の西側を歩き、松本楼と雲形池の間にある細い道を縫って歩き、白山祝田通りへ出る出入り口のすぐ手前で、彼女は幅のある道へ出た。

公園のなかで射つつもりは、まったくなかった。夜の公園のなかを女性である自分がひとりで歩いていると、目的はそこを通り抜けるだけにせよ、人の目にとまりやすいのではないか、と彼女は考えたからだ。公園に入ってから、すでに彼女は何人かの人に、少し離れたところからではあるけれど、歩いていく姿を見られていた。

美貴子が細い道から幅のある道へ出るのと同時に、白山祝田通りの入口から公園へ、ひとりで入って来た男性がいた。周囲に人はひとりもいなかった。ブリフケースのジパーを素早く開きながら、美貴子はふり返った。背後に人の姿はなかった。なかに右手を入れ、ピストルのグリップを握って安全装置をはずし、ブリフケースからピストルを出し、公園へ入って来て早足で歩いて来るその男性の左胸に二発、そして胸板の中央に一発、美貴子は射ち込んだ。

崩れ落ちる彼のかたわらを歩き、美貴子は公園の外に出た。道路には自動車が行き交っていた。少なくともこちら側の歩道には、人は歩いていなかった。ほんの数歩のところに、地下鉄の階段への入口があった。その階段を美貴子は降りた。降りきるまで人とすれちがわずにすんだ。霞ケ関の駅に向かう通路に、人はさほど多くなかった。平凡な光景のなかの平凡なひとつの点として、美貴子は切符を買い、丸の内線に乗った。

射たれた男性がその場に倒れてから四分間、人はひとりもそこを通りかからなかった。胸の内部へ突然に入りこんだ、巨大な激痛の塊に全身が内側に向けてつぶれていくような錯覚を覚えつつ、その男性は体の右側を下にして地面に転がった。美貴子が地下鉄の駅に向けて階段を降りていきつつある頃、彼は胸のなかにある激痛の塊を必死に押しのけるつもりで全身に力をこめ、寝返りを打つときの要領で体の左側を下にした。

自由になった右手を、彼はジャケットの内ポケットへのばした。右手の指先が、新聞記者としての自分の使い慣れたボールペンに触れるまでに、永遠が経過していくように思えた。内ポケットから彼はボールペンを抜き取った。クリップの端を押し込むと、芯が先端から出た。

この公園のなかに入ってから、すぐ前を自分に向けて歩いて来た若い女性に三発の銃弾を胸に射ちこまれるまでの、おそらく三秒となかったはずの短い時間のなかで、彼はその女性の姿の良さを知覚していた。その最後の知覚が意識のなかで急速に遠のいていくことに恐怖を覚えつつ、彼はボールペンを持った右手を左の腹へ移動させた。そして自分が着ている白いビジネス・シャツに、「女」と、漢字をひとつ、書きつけた。と同時に彼の手からボールペンが落ち、地面へ転がり、彼は意識を失った。その意識は回復することがなく、彼は公園のその場所でほどなく死亡した。

乗った地下鉄を美貴子は途中で降りた。ついさっき自分が見つけたような、ほんの数秒の時間の裂け目が、なんの無理もなくふたたび見つかるなら、その裂け目に自分は飛び込む、そのなかにいる人を射とう、と美貴子は考えていた。

降りた地下の駅は、地上にある道路に沿って、長く一本にのびていた。その両端に、それぞれの方向へ地下道がさらに加えてあった。南側の出口を出て、美貴子は地上へ上がった。

登り坂の途中だった。広くはない道路の両側に歩道があり、どちらの側にも歩道に面して小さな建物がびっしりとつらなっていた。人どおりはなく、車もあまり走らない、静かな道だった。彼女はすぐに脇道に入った。道幅は狭くなり、歩道はなくなった。

五階建ての集合住宅の前に、美貴子はさしかかった。その建物の一階は、なかば地下のような構造で駐車場となっていた。道の縁からかなり急に、半地下へ降りるスロープがあった。

スロープの奥にセダンが一台、コンクリートの壁に前部のバンパーを接するようにして、停まっていた。右側のドアが、前後とも開いていた。前の席にふたり、そしてうしろの席にもふたり、合計四人の若い男性がその車のなかにいるのを、美貴子は見た。

死角だ、と美貴子はとっさに判断した。歩いていく方向をふと変化させ、彼女は半地下の急なスロープに入った。ブリフケースのジパーを開きながらその車に近づき、車のかたわらに立ち、うしろのふたりに合計六発、そして前の席のふたりには頭部へ二発ずつ、美貴子は射ち込んだ。

ピストルをブリフケースのなかに収めながら、美貴子は車に歩み寄った。つま先で軽く蹴るように、前後のドアを彼女は閉じた。車内灯が消え、車のなかは暗くなった。美貴子はスロープを上がり、外の道を来た方向へ引き返した。出て来たのとおなじ出入り口から、彼女は地下鉄の駅へ降りた。

改札を入ってプラットフォームに降りるまで、彼女を目にとめた人はなかった。数分後に入って来た地下鉄に、彼女は乗った。

14

次の日、美貴子は、午前中を、そして昼食が終わるまでの時間を、自分の部屋で過ごした。午後、外出した。組んであるとおりのプログラムをこなすため、かつてインストラクターとして勤務していたスポーツ・クラブへ、美貴子はまっすぐに向かった。午後遅くまで、彼女はそこでトレーニングをして過ごした。

トレーニングを終わった彼女は、シャワーと着替えをすませ、スポーツ・クラブをあとにした。まっすぐに部屋へ帰る予定でいた。だから彼女はそのとおりにした。駅の売店の前に、束にして並べてある何種類かのスポーツ新聞が、彼女の視線をとらえた。大きな活字が、『連続射殺犯は女！』と、叫ぶように印刷してあるのを見た瞬間、彼女は少なからず衝撃を受けた。その売店で普通の新聞の夕刊を一紙だけ買ったときには、しかし、その衝撃はすでに消えていた。

その夕刊が報道していることを、美貴子は電車のなかで読んだ。その電車を降りてから、彼女は別の夕刊をさらに一紙だけ、買った。そしてそれを読んだ。二種類の夕刊の記事は、ほぼおなじ内容だった。その報道は次のような事実に基づいていた。

美貴子によって射殺された、三十代なかばのその男性の死体そのものは、ごく平凡なものだった。通行人が見つけて通報し、すぐ近くの交番から若い警官がひとり、文字どおり駆けつけた。続いて自転車で警官が来た。パトロール・カーが、そして救急車が、到着した。捜査官たちも来た。現場は一般の人たちにとって、立ち入り禁止となった。

射殺された男性が新聞記者であることが、彼の持っていた身分証明書ですぐに明らかとなった。勤務先に連絡がいき、すぐに来た同僚が本人であることを確認した。現場から空の薬莢が三個、回収された。

その三個の薬莢、そして射殺体の内部にあった三個のフル・メタル・ジャケットの弾丸の鑑定が急いでおこなわれているあいだ、捜査官たちの興味を強く引きつけたままだったのは、射殺体がジャケットの下に着ていた白いビジネス・シャツだった。

射たれた彼は、地面に倒れ、体の左側を下にして横たわった。そしてそのまま視線を変化させることなく、その場で絶命した。白いシャツは、腹から胸にかけて、べったりと血の下に敷かれた。その血のなかから、左脇腹の白いままの部分に向けて、おそらくはボールペンによるものと思われる青い線が何本か出ていることに、捜査官たちは気づいた。現場から他に場所を移して、さらに詳細に、被害者の遺体は調査の対象となった。

血に深く染まったシャツを遺体から脱がせ、湯で洗っただけで落ちる血を落としたあとに、一本の曲線、そして二本の直線と言っていい線によって構成されている図形のようなものがひとつ、残った。

公園の地面に横たわっていた彼の、腰のすぐ前に、血まみれのボールペンが一本、落ちていた。遺体の右手も、血にまみれていた。そしてそのボールペンは、芯を出したままの状態だった。芯の色は青だった。正確には科学的な鑑定を待たなくてはいけないものの、シャツの左腹に描いてある図形の線の色と、そのボールペンの芯の色とは同一であると、暫定的に判断された。

射たれて地面に倒れた彼は、そのときすでに瀕死の状態であったにもかかわらず、ジャケットの内ポケットからボールペンを抜き取り、芯を出し、自分の腹にひと文字、必死にメッセージを残そうとしたのではないか、と捜査官たちの仮説は一致した。

体の左側を下にして地面に倒れている人が、右手で自分の左脇腹に文字を書こうとするときの角度から判断して、その新聞記者の白いシャツに描いてあるものは、図形ではなく「女」というひとつの文字なのだと、捜査官たちの意見はふたたび一致した。

絶命寸前の状態でシャツの腹に書いた「女」というひと文字によって、自分を射ったのは女性であることを、彼は伝えようとしたのではないのか。この仮説はやがて結論となり、その結論を当局は次の日に発表した。

「現場に残された薬莢、そして被害者の体内から摘出された三発の弾丸を鑑定した結果、薬莢も弾丸も、いわゆる一連の連続射殺魔が使用したものと同一種であり、用いられたピストルは同一のものである。被害者を射殺したのは、被害者が自らのシャツに残した文字から、女性であったと断定せざるを得ず、実行者たちが複数であるなら、そのなかに女性も含まれるものと、おなじく断定せざるを得ない」と、当局は発表した。

その新聞記者の書いた過去三か月分の原稿のなかから、「女」という文字がいくつも拾い出された。シャツの腹に残されたボールペンによる文字との比較検証が、厳密におこなわれた。書き癖は見事に一致していた。シャツの文字はまちがいなく彼が書いたものであり、それは「女」という字なのだと、最終的に断定された。

15

面白がってみせることにおいて、新聞はTVにとうていかなわなかった。社会の公器や良識の代表を自認して来た新聞には、ランダムに人を射つ通り魔を面白がることは出来ないという、大きな制約があった。その制約のなかで新聞に出来ることは、事件のひとつひとつを、可能なかぎり大きく報道することだった。

見開いた新聞の左端から右端へ、巨大と言っていい活字が、黒々と存分に陰気に、暗い悲惨さを醸し出した。事件そのものが大事件のように報道され、残された遺族や関係者たちに立ち入って代弁する種類の記事が、社会面を埋めた。しかし事件が三度も続くと、新聞の記事はまったくおなじパターンでしかあり得ないことに、大衆は気づいた。

新聞がさらに採り得たのは、分析と称する、それぞれの分野の専門家たちによる、ごく一般的な見解の披露だった。犯罪学、犯罪心理、心理学、社会心理学、社会学、さらには銃器の専門家、戦争評論家、社会批評家、小説家などが動員され、それぞれに短いコメントを述べた。

これは大衆にとってはつまらないものだった。分析という名をつけた平凡な見解の奥に、面白がることによって自分たちを楽しませてくれる態度が、完全に欠落していたからだ。もっともな説がいくら述べられても、それは大衆の娯楽にはならなかった。そして分析がいくら鋭くても、通り魔の銃弾は防ぎようがなかった。

TVには、面白がってみせるためのあらゆるスタイルと、そのスタイルを画面で見せるための機能が、そなわっていた。TVも報道は最大限に近く拡大したが、音声のともなった画像によるものだけに、生々しさは新聞を遥かに超えていながら、画像がスクリーンから消えれば、事件そのものも消えたかのような気楽な気持ちを、TVは常に大衆にあたえた。

事件によって被害者たちの周囲に引き起こされた悲しさや困惑、持って行き場のない憤りなどは、朝そして午後のトーク・ショーのなかで、存分に娯楽の種として活用された。庶民の私生活のなかへ、通り魔のピストルによって突然に投げ込まれた悲運は、みんなで同情し、みんなで泣き、みんなで楽しむ娯楽だった。

夜のTVでは、そのような娯楽が横に並び、縦につながっていた。努力や辛抱などを嫌悪し、きわめて底が浅いゆえに移り気である自分を正当化する術にたけた大衆は、娯楽のみを求めていた。TVが提供する娯楽には、ありとあらゆるスタイルがあった。新しいスタイルが、次々に生まれた。娯楽というものは、あらゆる人のどのような欲求にも、応えなければならない。スタイルが多くてこそ、それは娯楽だ。

通り魔に関して、TVは、およそ考え得るすべてのスタイルで、大衆に娯楽を提供した。事件の起こったおなじ場所で、ほぼおなじ時間に、検証や再現がドラマのように演じられた。通り魔は、ピストルとそれを握った右手だけで、登場した。通り魔は右利きか左利きかというようなことですら、冗談の達者な人たちが数人がかりで語り合うと、それは充分に娯楽たり得た。

　通り魔が室内に侵入した唯一の場合である、神田の小さな会社の部屋が、現物のとおりにスタジオの片隅に再現された。「犯人」はどう入って来て、どの人からどのように射ったのか。どう逃げたか。そして、瀕死の重傷を負いながら、射たれたうちのひとりがどのように立ち上がり、どのように警察へ電話をかけ、どのようにしてこと切れたか。現場は俳優を使って再現され、遺族や同僚、友人たちのコメントが彩りを添えた。

「犯人」の射撃に関する知識や能力にかかわるさまざまな解明の試みも、TVをとおすと一時間足らずをそれなりに興奮して過ごすことの可能な、お笑い番組とは異質の、したがってそのぶんだけは確実に新鮮な、娯楽となった。ピストル射撃のエキスパートが、「犯人」の射撃に解説を加え、TVクルーはアメリカへ赴いて現実の射撃を撮影した。事件ごとの、「犯人」から標的までの距離が野原のなかに計測され、人の形をした標的を、何人かの腕に自慢の射手たちが、「犯人」さながらに射ってみせ、「犯人」の腕前について語った。

「犯人」像の推測ゲームも、充分に娯楽だった。いったいどんな人なのか。なぜ、こんなことをするのか。なにか隠された巨大な目的があるのか。これはなんらかの陰謀の一端なのか。射たれたほうも、娯楽の種となった。なぜ、狙われたのか。狙われるにふさわしい、なんらかの理由があったのか。被害者の間に関連はあるのか。被害者ひとりひとりのライフ・ストーリーだけでも、それを見る人にとっての面白さは、ドラマを最初から楽に超えていた。

「犯人」は外国人ではないのか。子供かもしれない。若い女性だという意見も根強い。なぜ男だけが狙われるのか。そこになにか意味があるのか。そしてその男たちは、なぜ大半がサラリーマンなのか。推測が縦横に広がるかぎりにおいて、すべてのことがTVの画面では娯楽となった。

真似をする人がかならず出て来るにちがいない、という予測は的中した。一連の通り魔を真似たものと判断していい事件が、二件起こった。ウィーク・デーの午後十一時前、ヴィデオを借りに出た三十代のサラリーマンが、世田谷通りで、背中に二発射ち込まれて重傷を負った。使用されたピストルは・22口径。車で背後から接近し、徐行しつつ窓から射ち、そのまま走り去ったものと推測された。

もうひとつの真似事件では、大田区の西六郷、多摩川の緑地運動場の外周をジョギングしていた女性が、背後から射たれて死亡した。世田谷通りでの場合とおなじく、車で背後から接近し、窓から射って逃走したものと、警察は発表した。使用されたピストルはトカレフと判定された。いまの日本に違法な銃がいかにたくさんあるかという方向へ、このふたつの事件は大衆の興味を拡大した。

若い落語家の目撃証言は、少なくともTVだけを見ているかぎりにおいては、一連の通り魔の射殺事件と同列か、それ以上の大きさの事件となった。TVに頻繁に出演している若い落語家が、ある夜に自分が目撃したことのすべてを、警察へ正式に通報するよりも先に、自分が出演したTV番組のなかで、証言として発表した。

首都高で六本木を通過中、前を走っていた外国製の乗用車の前部ドアの窓から人の手が手首あたりまで出て、その手にはピストルが握られていた。高樹町、青山と通過していき、渋谷駅を越えて道玄坂上に至るまでの間に、建物の屋上にあるネオン広告や明かりの灯《つ》いている看板などを標的に、そのピストルが十回近く発射されるのを、すぐうしろから自分は見たと彼は証言した。その車の番号を控えておいた彼は、番号も併せて発表した。

そのTV番組のあとで彼は警察におなじ内容の証言をし、警察は捜査した。落語家が言ったとおり、ネオン広告や看板が銃弾とおぼしきものによって破壊されていることがわかった。彼が控えていた番号を頼りに、その車の所有者に任意出頭を求めて事情を聞いたところ、持ち主の二十二歳の青年は、ピストルの所持とその発砲を認めた。彼は逮捕された。

彼が自白したところによると、そのピストルは、彼がフィリピンへ旅行したとき、手荷物のなかに隠して持ち帰った、ベレッタのコピーだった。次の年には卒業の予定だった彼は、就職も内定していた。その内定は取り消された。

霞ケ関で射たれた新聞記者が、絶命寸前にもかかわらずジャケットの内ポケットからボールペンを抜き、自分のシャツの左腹に「女」とひと文字書いたことは、TVをとおして大衆が受けとめる娯楽の範囲を、いっきに大きく拡大する役を果たした。

いままさに命を落とそうとしている新聞記者が、最後のメッセージとして残した「女」のひと文字は、多くの娯楽の見事な種となった。「犯人」は女性、と警察が断定したことをきっかけに、そのことだけで制作された特別番組のなかで、ゲストのひとりであった作家が、「これは平成の大娯楽」と発言した。この発言はいわゆる物議をかもし、TV局は定時のニュースのおしまいで、大衆に向かって謝罪した。

「犯人」はいったいどんな女性なのかという推測ゲームが、TVでさまざまな様式のもとに、多様に展開された。「よっぽど愛に飢えている女。うん、私、そう思う」などとつまらないことを言う中年の女優は、もはや自分が大衆の娯楽ですらあり得ないことを、自ら明らかにしていた。

TV局に一般から寄せられる情報だけでも、番組のひとつやふたつは即座に作ることが出来た。届く情報の量は多く、当局への情報量はさらに圧倒的な多さだった。しかし、当てにならない情報や単なる思いこみ、そしていたずらやフィクションが、かつてないほどに多くあったのは、新しい特徴として識者があたりまえに指摘していた。

秋が深まっていくとともに、この通り魔の事件は、迷宮入りの様相を濃くしていった。

有力な情報は依然としてきわめて少ないままであることを、当局は正式に認めた。これが大衆のための娯楽を限度いっぱいに拡大した。解けない謎は、いつかとんでもないことをきっかけにして解けるかもしれないという娯楽となると同時に、このまま解けることのない謎という娯楽にも、なることが出来た。解けない謎のその解けない理由は、誰にとっても最大の娯楽だった。

16

駅の基本的な機能そのものは、単純なのだと言っていい。線路があって電車が走り、その電車の発着するプラットフォームがあり、乗客が乗降し、改札口を出入りする。それだけのことだ。

その駅には環状線の上下が二本ある。その環状線を東西に横切る線の上下がある。その駅を始点および終点として、大別して三つの方向に向けて、特急や快速などが走る線の上下がある。地下鉄が二系統ある。私鉄も二系統だ。線路もこれだけ集まると、一日分の乗客の乗降数は大変なものだ。

乗客たちは、降りた人もこれから乗る人も、すべていったん地下へ降ろされる。地下ないしは地上のように感じるところに改札があり、電車に乗る人はそこへ向けて降りていき、電車を降りて人はそこから地上へと出ていく。

地上には巨大な建物がある。駅の中心で地上に建っているのは、百貨店だ。そしてその百貨店の両側に、もうひとつずつ百貨店がつながり、そこからさらに買い物のための建物へと、つながっている。地上で埋めることの出来るスペースのすべては、買い物のための建物で巨大に埋まっている。

問題は地下だ。駅と買い物のためのいくつもの建物とを結ぶ、地下ないしはなかば地下のような、あるいは建物の内部の連絡通路は、複雑さをきわめている。地下道も地下街も、そして連絡通路も、駅を出発点にして、広い範囲のなかで、立体的な迷路さながらに、さまざまな方向へのびている。ルートさえ知っていれば、駅から思いもかけない方向へ、しかも相当に遠くまで、地下を歩くことが可能だ。何層にもなった地下の全体は、あらゆる場所と場所とをつなぐ、ひとつの巨大で複雑な連絡通路だ。

線路の数や乗客数、地上の規模、そして地下の広い複雑さがこれほどまでになると、たとえば駅の正面、というような言いかたは成立しない。どこが正面なのか、誰にもわからない。改札口があるところは、すべて正面だ。そしてその駅の主たる改札口は、東西南北の四つの方角にそれぞれある。

西口の正面は、駅というクラシックな様相など、どこにも持っていない。百貨店がいくつもつらなっているだけだ。駅の機能はほとんどすべて地下にある。もっとも中心となる百貨店の前には、まっすぐ南北にのびる歩道がある。その歩道の外は道路で、その道路の向こうはバス・ターミナルだ。いくつもの路線が集まっていて、その路線ごとに、地下への出入り口がある。乗り場へは地下からしか連絡出来ない。地上からバス乗り場へいこうとすると、そのための歩道はいっさいないから、場合によってはたいへんに危険だ。

バス・ターミナルの向こうには、地下の施設すべての暖房や燃焼のための、巨大な排気口と煙突が三本立っている。それらは噴水によってなかば隠してある。その向こうには南北にのびる道路があり、その道路の歩道に面して銀行や生命保険などの会社の、それぞれに大きくて四角いだけでなんの特徴も面白味もない建物が、接し合っている。バス・ターミナルぜんたいは、駅の前で東西および南北にのびる道路によって囲まれた、長方形のロータリーのようだ。

駅の前は、夜遅くになっても、人通りは多い。しかし、バス・ターミナルないしはロータリーを大きくへだてたその向かい側は、夜のある一定の時間を過ぎると、人通りはほとんどと言っていいほどに、なくなる。酒の店や遊興施設などの、夜遅くまで人を集める店や場所が、駅のそちら側にはまったくないからだ。駅のそちら側は、いわゆるビジネス街だ。そしてそのための建物だけが、夜のなかに巨大な立方体として、ひたすら場所をふさいでいる。

バス・ターミナルおよびロータリーの、駅から見て反対側の道路の歩道を北から歩いて来ると、その道路および歩道は、ロータリーの南側の縁となっている東西にのびる道路と、直角に交差して合流する。歩道は左へ大きく曲がり込む。その角から十メートルほど手前にある地方銀行と生命保険会社のふたつの建物にまたがって、その建物への狭いアプローチとなっている階段に接するようにして、地下街および地下連絡通路への幅の狭い階段がある。

朝や夕方の通勤時には、多くの人たちがこの階段を利用する。しかし、いまのように、夜の十時近い時間になると、この階段を登り降りする人は、ほとんどいなくなる。その階段を地下から上がって来ると、北に向けてのびる歩道が見える。ロータリーも視界に入って来る。そのロータリーの向こうの端に近い歩道の縁に、ラーメンの屋台が一軒、いつも出ている。

地下からの階段を上がって来ると、歩道の向こうのその屋台を、斜めうしろから見ることになる。立って作業している店主のうしろ姿が見える。立ってラーメンを食べている客が、屋台の向こうに見える。客の頭のうしろには、のれんが下がっている。屋台の屋根の端から赤い提灯《ちょうちん》が下げてある。

十時になる直前、西本美貴子はこの階段を地下から上がって来た。秋の初めのスーツに、細いヒールのある秋の色の靴をはいていた。肩にかかる長さのきれいにまとめた髪に、薄いけれど的確な化粧が、顔立ちに映えていた。黒いブリフケースを、彼女は左脇にかかえて持っていた。ジパーは開いてあり、なかにあるサイレンサーをつけた自動ピストルは、スライドを引いて薬室に弾丸が送り込んであった。安全装置ははずしてあった。

誰にも見られることなく、ひとりでその階段を上がって来た美貴子は、かつて何度か見たとおり、歩道の向こうの端にラーメンの屋台を見た。屋台には客がふたりいた。そのうちのひとりは屋台の天井までつながる物入れになかば隠されていたが、もうひとりは腹から上が、屋台のこちら側から完全に見えていた。中年の男性だった。ラーメンを食べていた。

階段をあと数段残して壁に寄って立ちどまった美貴子は、ブリフケースからピストルを出した。うしろから階段を上がって来る人の気配はなかった。正面に向けてのびる歩道にも、歩いている人はいなかった。美貴子が立っている場所から屋台まで、標的射撃にとって挑戦的な距離があった。ラーメンを食べている男性を、美貴子は狙った。両手で持ち上げたどんぶりに顔をかがみ込ませ、どんぶりの縁に口をつけてスープを飲むその男性の左のこめかみを、美貴子は射ち抜いた。

その男性は、両手で持っていたどんぶりのなかのものを、いきなり隣りの客の胸から腹にかけて、ぶちまけるような動きをした。そしてそのまま、隣りの客にすがりつくように倒れ、屋台の下に見えなくなった。ピストルをブリフケースに収め、三段下に落ちた薬莢を腰をかがめて拾い、彼女は階段を降りていった。地下道へ降りるまで、人とすれちがわなかった。地下道にも人はいず、駅に向けて歩くうちに、他の方向からの連絡道から駅に向かう人たちのなかに、美貴子はまぎれ込んだ。

17

スポーツ・クラブでトレーニングを終えた美貴子は、サウナやジャグジー、あるいは風呂を省略して、シャワーを浴びていた。髪はシャワー・キャップのなかにまとめ、裸でタイルのフロアに立って肩からシャワーの湯を浴びながら、美貴子は壁にある小さな棚から液体のボディ・ソープの容器を手に取った。これまでに彼女が使ったうちで、もっとも香りの気にいった液体の石鹸だ。

棚からスポンジをもう一方の手に取った。スポンジに湯を受け、吸い込ませて絞り、そこへ液体のソープを容器のポンプから出した。容器を棚に戻し、美貴子はいつものとおり、顎の下や耳のうしろなどから、体を洗い始めた。首、両肩、脇の下、両腕。そして広い胸板。敏感すぎると自分では思う乳首を避けつつ、胸のふくらみをスポンジで撫で、脇腹、そして平らな腹を、美貴子は洗った。

隣りでおなじくシャワーを浴びていた外国人女性が、美貴子に語りかけた。直訳するなら、「あなたの背中において私が手助けをしましょうか」という意味の言葉を、その女性は湯煙りの向こうから、笑顔で美貴子に伝えた。美貴子は微笑し、「お願いします」と答えた。スポンジを彼女に差し出した。背中を肩から尻まで、美貴子はその女性に洗ってもらった。

天井を仰ぎ、シャワー・ヘッドからの大量の湯を顎と喉に受け、首や肩そして両腕の石鹼を手で流しながら、美貴子は短く自問自答をした。

「昨日までで、ちょうど限界でしょう」

「私もそう思うわ」

「通り魔はもうおよしなさい」

「止めます」

「目的は達したでしょう」

「充分だわ。これ以上は、無駄だと思います。無駄だし、さらに繰り返すのは良くないことだと思うの。ほんのちょっとしたところからタイミングがずれて、思いがけない展開になったりしそうな気がしてるわ」

「きわめて不都合な、あるいは不愉快な展開」

「そうよ。これまでは、どこの現場でも、あらゆる条件が私にとって決定的に有利に作用したわ。でも、確率から言っても、それがいつまでも続くわけないのだから」

「あなたという通り魔は、昨日でおしまい」

「さようなら」

美貴子はシャワーを止めた。上半身は汗を洗い流した。液体石鹸の容器とスポンジとを持って、向こうの壁に沿って作ってあるベンチへ、彼女は歩いた。そこにすわって腰から下を洗いながら、トレーニングの前、このスポーツ・クラブの事務室で、復職に関してかつての上司とおこなった話し合いについて、美貴子は思った。

ぜひ復職してほしい、と上司は美貴子に言った。復職してからの最初の仕事は、外務省から依頼を受けて製作するヴィデオの仕事だと、彼は説明した。主としてこれから外国に住む日本人のために、日常のなかでの危機管理、犯罪に巻き込まれることの予防、テロ対策、護身のための方策などについて、徹底して教える深みをきわめたヴィデオに、全編をとおして登場する日本人女性役が必要だが、きみこそまさに適役だと、上司は力説した。

そのヴィデオのプロットはすでに完成していて、復職すればすぐにヨーロッパで撮影に入ると彼は言い、その仕事での美貴子にとって直接の上司になる、アメリカ国籍の女性に美貴子は紹介された。

エリーアノア・ロスナーというその女性は、くすんだ金髪にブルー・グレーの瞳を持った、美貴子とおなじような背丈の、四十代前半の女性だった。知的でもの静かなエリーアノアは、きれいな女言葉の日本語を喋った。東欧に生まれたという彼女の、これまで生きて来た背景の深さは、ひとまずは良い意味での、得体の知れなさでもあるはずだと、美貴子は感じた。

自分の祖母は日本女性であり、その祖母から母は日本語を教わり、自分は母から日本語を教えてもらったのだと、エリーアノアは語った。目立たないタイプのほどよい美人であるエリーアノアの、目の輪郭ぜんたいに散っている柔和さ、そして充分に薄く高いけれども、鋭角さをかなり中和されたような鼻の造型などは、日本人祖母から母親を経由して引き継いだものだろうかと、美貴子は思った。

タイル貼りのベンチにすわって腰から足指の先まで洗い、美貴子はシャワーへ戻った。湯を全身に受けて石鹸を洗い流しつつ、一紙だけ買って読んだ今日の朝刊を、美貴子は思い出した。昨日の出来事を大きな活字の連続で報道する社会面のぜんたいを眺めて、美貴子がまず覚えたのは、懐かしさに似た感情だった。

何年も昔の新聞を広げたとき、目の前に蘇る遠い思い出のなかの一部であるはずの自分を、美貴子は意識的に捜さなければならなかった。この事件を引き起こした、まぎれもない唯一の当事者である自分は、平凡に報道されているその事件の、いったいどこに関与したのだろうかと、美貴子は不思議に思った。

あの屋台で、隣りに立ってラーメンを食べていた客の談話。途中まで食べたラーメンをいきなり隣りの客の胸に浴びせ、喧嘩を始めたのだと思ったという店主の証言。一発の9ミリ弾が発射された場所の推定。推定されている場所は正しかった。薬莢は現場から見つからず、当局は弾丸の鑑定を急いでいるという記述。どこを読んでも、報じられている出来事はものすごく平凡なことのように、美貴子には思えた。

自分ひとりが引き起こした昨夜のあの出来事は、じつはこの程度のものでしかなかったのか。地下からの階段を上がっていった自分が、そこに時間の裂け目を見つけ、ブリフケースからピストルを取り出して屋台の客を狙い、狙撃してピストルをブリフケースに戻し、薬莢を拾って階段を地下へ降り始めるまで、四秒とかからなかった。日常のなかの四秒とはくらべものにならないほどに、緊張と充実感に満ちきったあの輝く四秒が、ここに報道されているこの事件のどこにあるのか。

今朝の朝刊についての美貴子の思いは、そこで消えた。シャワーを止め、シャワー・ベッドの隣りの棚から、美貴子はタオルを取った。大きなそのタオルを広げ、湯に濡れた裸の体にはおって軽く巻きつけ、スポンジと液体石鹼の容器を持ち、美貴子は更衣室へ上がった。

自分のロッカーにスポンジと石鹼を戻し、壁の大きな鏡の前へ、美貴子は歩いた。体にはおったタオルを取り払い、鏡のなかの裸の自分を美貴子は見た。

「あのピストルはどうしますか」

もうひとりの自分が、美貴子にきいた。

「直感として、始末すべきだと思うわ」

「そのとおりです」

「でも、別れがたいのよ。捨てるのは、残念だわ」

「冷静に判断しなさい」

九つの現場で体験した、十秒あるかないかの、そして相手がひとりだけの場合はほんの三秒か四秒の、しかし日常の時間とはまったく異質の時間を体験し記憶している自分を、美貴子は鏡のなかに観察した。

片手にタオルを下げ、両脚を開きぎみにしてまっすぐに立ち、美貴子は右手を拳に握って人さし指だけまっすぐにのばした。そしてその指先を、顎の先端と喉仏のちょうど中間の、柔らかく無防備な部分に突き当てた。その力を受けて頭をうしろへのけぞらせながら、そうしている自分を彼女は鏡のなかに見続けた。あのピストルの銃口をこのようにここへ押し当て、下から斜め上に向けて頭を吹き飛ばすときのためにも、あのピストルは持っていたいものだと西本美貴子は願った。

花模様にひそむ

1

地下の店へ降りる階段には、途中に踊り場があった。踊り場で方向を半回転させ、階段は地下一階へとつながっていた。降りたところはすでに店のなかだ。クローク、電話室、会計係のデスクなどが左側のスペースにあり、店は右側に向けて広がっていた。広がりの中心は、まんなかを貫く廊下だった。

階段を降りきって店の奥に向けて右へ歩くとすぐに左側に入口がひとつあった。テーブルの五つあるスペースが、その入口のなかにあった。入口と斜めに向き合って、トイレットそして化粧室のドアが廊下の右側にあり、そこからさらに奥へ向かうと、廊下の左右に入口がひとつずつあった。どちらの入口のなかにも、ほぼおなじ広さのスペースがあり、客にとって居心地の良い無統一さで、いくつかのテーブルおよびそれを囲む椅子が、スペースを満たしていた。

廊下の突き当たりにも入口があり、そこを入ったなかは、この店でもっとも広いスペースだった。店の建物は斜面にはめ込むようにして作ってあり、このもっとも広いスペースの南側は、斜面の外に出ていた。だから他のスペースとちがってここだけは、明るかった。

化粧室のドアの隣りにある入口を入ったスペースの、奥の片隅の席で壁を背にして、ひとりのたいへんな美人が、テーブルに向かって椅子にすわっていた。彼女の手もとに置いてあるグラスには、カンパリとラガーが半々に注いであった。きれいな広がりのあるスカートに長袖のシャツ、そしてその上にジャケットを、彼女は着ていた。

彼女を初めて目にとめる人は、ぜんたいの良く出来た美しさと美貌ぶりに、気持ちを強くとらえられるのを自覚するはずだ。そしてその自覚の奥で、この人はひょっとしたら男性だろうか、と思う。深い魅力のある美人だが、女性とは異なった質の美しさを、どことは言いがたいさまざまな部分に、彼女は微妙に持っていた。彼女は本来は男性であり、いまでも半分くらいまでなら、男性だった。

背の高いきれいな女性がひとり、地下の店のそのスペースに、入って来た。奥にひとりでいる美人のテーブルに向けて、彼女は歩いた。鋭角的な雰囲気のある、すっきりとした細身の女性だ。ひとりで待っていた美人にくらべると、いまそのテーブルへ歩み寄った彼女は、いくら鋭角的ではあっても、その美しさは完全に女性のものだった。待っていた人と斜めに向き合い、彼女は丸いテーブルに向かって椅子にすわった。待っていた人は順子という。あとから来た女性は、中西啓子だ。ふたりとも三十四歳という年齢だった。

「今日もアンチョビーなの？」

微笑とともに啓子が聞いた。順子はうなずいた。そのわずかな動作のなかで、啓子だけのために、順子はその魅力のドアを開いた。

「そして、ガーリック」

と、啓子は言った。

「そうよ」

順子が答えた。

「それから、トマトね」

「もちろん」

地下にあるこのピッツアの店で、啓子と順子がいつも好んで食べるのは、その三種類だった。中年のウエイターがふたりのテーブルに来た。啓子が注文をした。

「明後日、仕事なのよ」

啓子が言った。彼女が言う仕事とは、人を殺すことだ。地下組織、としか言いようのない組織の指令を受け、その指令どおり、標的を確実に殺すのが、啓子にとっての仕事だ。指令がひとつ、啓子のもとに届いていた。そして仕事は、いま彼女が順子に言ったとおり、明後日だった。

「このところ」

と言った啓子は、

「この一年ほど」

と言い換えてから、次のようにつけ加えた。

「妙に手が込んでるのよ。指令が。ただぽんと始末すればそれでいいはずなのに、まるで下手な映画のように、段取りが凝っていたり、複雑な設定がしてあるの」

「あなたに指令を出す人は、そうやって楽しんでるのよ」

順子は答えた。

「そんなのかな、とも思うわ。ほんとに、そうかしら」

「きっと」

「まるで映画なの」

「楽しんでるか、あるいは、ちゃんと目的があるかの、どちらかだわ」

「後者だとすると?」

啓子の質問に、順子は次のとおり答えた。

「段取りや設定自体が、相手側へのメッセージなのよ。ただ始末するだけではなく、一定のメッセージも、同時に伝えてるのよ」

「特定の場所で、凝ってるとしか思えないような指定の、始末のしかたを要求されるの」

「相手側の行動の、どこか中間で、行動者のひとりが、あなたによって始末されるのよ。すべての行動が予定どおり進んでいるとき、その途中で、ひとりが突然に始末されてるのを発見して、相手側はいきなり行動予定の変更をしなければならないようにしておくと、そこからの相手側の行動のしかたが読めるでしょう。突発的な緊急時における、相手側の対応のしかたによって、相手側に関する多くのことが読めるのよ」

「状況は複雑になって来たのね」

「加速度的にそうなってるはずだと、私は思うわ。私はまったくの素人だけれど」

ピッツアが順番にテーブルに届き始めてから、ふたりは話題を変えた。

「絵を描かせて」

と、啓子は言った。裏の世界では啓子は殺し屋、そして表では才能に恵まれた画家だった。

「私を?」

「そうよ」

「ポートレートや着衣の全身などなら、いつでもモデルになるわ」

順子の言葉に啓子は首を振った。

「裸を」

と、彼女は言った。

「きまり悪いわよ、裸は」

「描かせて。描きたいの」

という平凡な言葉の言いかたのなかに、自分が持っているエロティックな能力のすべてを、啓子は注ぎ込んだ。受けとめつつ、順子はそれをかわした。

「裸の順子を描かせて」

「男根はどうするの？」

順子がきいた。

「もちろん、それも描きます。それを描かないと、意味はないわ」

「だからこそ、それはきまり悪いと言ってるでしょう」

本来は完全な男性である順子は、女性ホルモン、衣装と化粧、そして気持ちで、半分以上は女性になっている人だ。女性になることにきめ、実行に移して十年が経過していた。

「男の体に、女の体が、絶妙と言っていい様子で、溶け込んでるのよ。ここです、と指で示すことは難しいにしても、いろんな思いがけないディテールに、男があったり女があったりして、順子の体にはスリルが尽きないわ。あらゆる部分が、男および女なのよ。顔はそのとおりのたいへんな美人だし。そして顔も、男が女の化粧をした結果の、本来ならどこにも存在しないはずの、架空の美人なのね。架空なのに、いまこうして私の目の前に、順子はいます」

「顔を描いて。裸も、胸までなら、いいわ」

「それだけだと、男が化粧してびっくりするほどの美人になったときのようなタイプの、美人の女性でしかないのよ」

「全身が必要なのね、あなたの絵には」

「描かせて」

「想像でも描けるでしょう」

啓子と順子は恋人どうしだ。おたがいに裸の体のありとあらゆる部分を、ふたりは知りつくしていた。

「生きた現物が目の前に裸で横たわるのを見ている感激が、私の内部のいちばん深いところまで強く内向して、そこから別の力になって外へ出ていくとき、たとえばその力は絵に変わったりするのよ」

「見なければいけないのね」

「描かせて」

「啓子には、これまでそうしてきたとおり、いくらでも見せるわ。見て欲しいのよ。でも、絵になったのをたくさんの人たちに見られるのは、きまり悪いことだから」

「これまで私が描いた順子の絵は、みんな売れたのよ」

「特殊な趣味の人たちが、独特の能力でかぎ当てて買ったのよ、きっと」

「順子を描いた絵を特殊な趣味と言うなら、富士山ばかり描くのもひどく特殊な趣味だわ」

本気でそう言う啓子に、順子は微笑した。自分のすべてを相手に許したその微笑のなかに、一瞬、啓子は完全にからめ取られた。

「女性ホルモンによって男根が小さくならないところが、順子のいいところなのよ」

啓子が言った。

「普通は三分の一ほどに縮まってしまうのですって」

「もともと大きいのが、そのままなのね。それが、男と女がひとつに溶け合った体に存在していて、けだるく横たわって開いた脚の、白い太腿の内側の曲面に、なかば勃起して太く重そうに横たわっているところを、私は描きたいの」

「描きたい人の気持ちはよくわかるけれど、描かれる人のことも考えて」

「いったいなにがそんなにきまり悪いの？」

「私をさまざまに描いたスケッチ・ブックを、啓子は私にくれたでしょう。あれをそっと見るたびに、私は顔がまっ赤になるのよ」

アンチョビーのピッツアを食べ終わったふたりのテーブルに、トマトのピッツアが届いた。生地のきわめて薄く軽いピッツアだから、ふたりで一枚ずつ食べても、次の種類のピッツアに対する負担はいっさいなかった。

「順子を描いたスケッチ・ブックを、また一冊、あなたにあげます」

と、啓子は言った。

「裸の順子を、男根つきで描いたスケッチが、ぎっしりとどのページをも埋めている、思いっきりきまりの悪いスケッチ・ブック」

裸の順子を啓子が絵に描く、という話題はそこで終わりだった。絵との関連は保ちつつ、まったく別の話題を、啓子は順子に提供した。順子でもその名を知っている高名な日本の画家の名を、啓子はあげた。そして、

「その画家が、事情聴取を受けたのよ」

と、啓子は言った。

「なんの事情？」

順子は聞き返した。

「警察による事情聴取」

「なにがあったの？」

「推理小説のような出来事」

「聞かせて」

「その画家はもうかなりの高齢で、いまは地方の条件のいいところに住んで、制作に没頭している毎日なのよ。その人の絵に、『静物のある部屋』という大きな作品があるの。横

長の大きな画面の絵で、もっとも大きな主題は、ベッドの上に向こうを向いて横たわっている、若い女性の裸の体なのね。そしてそのベッドの周囲に、絵に描かれることの多い、いわゆる静物が、ほとんどすべてあるの。林檎、本、花、壺、テーブル。ベッドの向こうの壁には窓があって、窓から見える景色も描いてあるの。裸婦の周囲にさまざまな静物があり、したがって『静物のある部屋』なのかと思ったら、じつは裸婦もまた静物だったのではないのか、という事件」

「裸婦も静物とは、どういうことなの？」

「静物としての、若く瑞々《みずみず》しい、女の裸体」

「ということは？」

「その画家がその裸婦を描いたとき、裸婦が死体であったことはまずまちがいない、という事件です」

「まあ」

「死んだ直後から、裸の死体を静物として、その画家は描いたのだ、という推理」

「奇妙だわ。絵に描いただけなら、発覚しないはずでしょう。その女性がじつは死体だったと、なぜわかったの？」

順子の当然の質問に、啓子は次のとおり答えた。

「五年前に国内の旅行先で行方不明になり、そのままなんの消息もなくなったＯＬについて、調査した人がいるのよ。警察は最初からまったく役に立たなくて、単なる行方不明は事件ですらないの。だからある人が、警察その他には頼ることなく、個人的に調査しなおしていく途中で、ほんとに偶然に、その女性をモデルにして描いた裸婦の絵を、その女性の父親が展覧会で見たのよ。『静物のある部屋』とは別の、椅子にすわった若い裸婦の全身を描いた絵」

「小説だわ。推理小説」

「そのとおりね。展覧会場でその裸婦の絵とふと向き合ったその父親は、絵の中の裸婦が行方不明になったままの娘にそっくりであることに、衝撃を受けるの。似た人というものは確かにいるけれど、この絵のモデルはまちがいなく自分の娘だと確信した彼は、独自に個人的に、娘の行方を調べてくれている人に、その絵のことを伝えたの。画家のところへいき、モデルについて話を聞いたところ、近くに住んで専属のようなかたちでモデルになってくれていた女性だという話を聞き出して来たの。ポートレートや着衣の絵を何点か描いたあと、裸で二点の絵のモデルをつとめてからその女性は引っ越していき、どこへいったのか自分は知らないとその画家は言ったのですって」

「さっきあなたが言った、『静物のある部屋』という絵も、そのおなじ画家が描いたものなのね」

「そうよ。うしろ向きで顔は見えないのだけれど、これもうちの娘だと、その父親は言うのですって」

「ほんとに、そうなの？」

「画家に聞いてみたところ、裸になってもらった二点の絵のうちのもうひとつで、おなじ女性だという返事だったのですって。この絵のなかに描かれているものはすべて静物なのですかという質問には、そうだと画家は答えたの。裸婦がなぜ静物なのですかという質問には、静物としてとらえ、静物として描いたからだ、という答えがあったのですけれど、静物として描きたい人のために自ら死んでくれたなら、それはまぎれもなく静物じゃないですかという言葉も、たとえばの話として、画家は語っているのですって」

「まさか自分で殺したのではないわよね」

順子の質問に啓子は首をかしげた。

「手を下した、ということはないにせよ、彼がその裸婦を描き始めたとき、裸婦が死体であったことはまちがいないだろう、という話です」

「死んでくれたというのは、どういうことかしら」

「きみの裸の体を静物として描きたい、という画家の望みに、なんのためらいもなく、あっさり、ぽんと応えてしまう女性がいないとは限らない、ということだわ」

「そして死体は、どうしたの？」

「ベッドの向こうに描いてある、窓の外の景色が、じつは死体を埋めた場所の景色ではないか」

「この話、ほんとなの？」

「ほんとよ」

「啓子はどこで知ったの？　新聞に出てるの？」

「新聞には出てません。これからも、出ることはないでしょう。窓の外の景色がどこなのか、いま調査中ですって。画家は、架空の景色だ、と言ってるそうよ」

「啓子も、裸の私を殺して、好きなように絵に描けばいいわ」

順子の冗談に、

「殺せないですよ」

と、啓子は笑いながら答えた。

「あなたは殺し屋なのに」

「殺す相手は誰でもいい、というわけではないのよ」

「今度は誰を殺すの？」

「ひとりのまだ若い男性」

と、啓子は答えた。そしてしばらく考えてから、次のように言った。

「さっきも言ったとおり、段取りが妙に凝ってるのよ」

2

「お姐《ねえ》さん」

うしろの席から静かに彼が言った。

運転している彼女は、暗い夜の国道から視線をはずした。目を上げてミラーを見た。ミラーのなかに彼の顔が映っていた。

「私のこと?」

啓子がきいた。

「そうです。お姐さん、と呼んでいいですか」

「いいわよ」

「すこし話をしていいですか」

「どうぞ」

「日本もこのあたりまで来ると、寂しいですね」

彼が言った。

ステーション・ワゴンのヘッド・ライトが照らす国道の路面の、さらに前方に横たわる夜を、彼女は見つめた。

「そうね」

彼女が答えた。

「まっ暗ですよ」

「ええ」

「車ともすれちがわないし」

「ええ」

「いままでずっと、考えていたんですよ」

彼が言った。そしてそこで間を取ったまま、彼は無言でいた。彼女も無言だった。

「個人的なことを、きいていいですか」

彼が言った。

「いいわよ」

「お姐さんは、なにか得意なことはありますか。これならほかの人に負けない、という自信があるものです。なにかありますか」

「そうねえ」

ひとまず彼女はそう言った。そしてしばらくしてから、

「なにもないわ」

と答えた。

「お姐さんほどのきれいないい女に、なにも自信がないわけないですよ」

静かな口調を維持したまま、彼が言った。彼はすこしだけ姿勢を変えた。彼は両方の手首が手錠でつながれていた。両足の足首にも、手錠がかけてあった。

「なんにもないわよ」

「まさか、と思います」

「ほんとよ」

「なにか得意なこと」

「ビリヤードのプロだったわ」

「玉突きですか」

「そう」

「プロですか」

と彼は深く感心した。

「お姐さんなら似合うでしょうね」

「全日本のチャンピオンになったこともあるわ。ただし、女性だけのクラスで」

「それはすごいですねえ。玉突きだけで食えるのですか」

「駄目よ」

「仕事にはならないんですか」

「余興だわ」

「残念ですね」

「どうでもいいわよ」

「僕は得意なことはなにひとつないですよ」

「そうかしら」

「そうです」

「私はピストルを射つわ」

「射撃ですね」

「ええ」

「名手ですか」

「好きだわ。多少は才能があるみたいよ。トレーニングは充分に積んだし、いまでも続けてるから、私とおなじ三十四歳の、ピストルのことなんかなにも知らない女とくらべたら、私は名人あるいは天才でしょうね」

「それはすごい」

「警官にピストル射撃を教えるインストラクターの資格を持ってるわ」

「日本の警官に教えるのですか」

「アメリカなのよ」

「やっぱり。射つのもアメリカですか。そしてトレーニングも」

「そうよ」

「それはすごいや。誰にでも出来ることではないですね」

「暇だから出来たのよ。家庭の奥さんをやってるわけでもないし、お母さんしてるわけでもないから」

「でもそれで暮らしていければ、それはそれでいいじゃないですか」

「どんなものかしらねえ」

ふたりの会話には、そこでしばらく間があいた。そして、

「お姐さん」

と彼が言った。

「なによ」

「もうすこし話をしてもいいですか」

「どうぞ」

「僕の名前は、雪村というんですよ」

「ええ」

「親父のほうの出身地が、雪の深い地方なんです。十一月になるともう雪に埋まってしまう村ですね。ものすごいべた雪ですよ。必死に雪かきしながら、ひたすら我慢して耐えて、

春を待つのです」

彼の言葉を受けとめてから、彼女は次のように言った。

「お家がすっぽり屋根まで雪のなかに埋もれていて、お風呂に入ると窓を開けて雪を手で取って、それでお湯をうめるという話を聞いたことがあるわ」

彼は笑った。楽しそうに、心から笑った。両手首をつないでいる手錠が、小さく金属音を立てた。

「おかしい話なのかしら」

彼女が言った。

「馬鹿にして笑ったわけではありません」

彼が答えた。

「その話はロマンティックで、いいですよ。お風呂に入ってるのが、たとえばお姐さんなら、完璧に絵になります」

「雪村なんというの？」

彼女がきいた。

「だから、春雄です。スプリング・ハズ・カムの春に、雄《おす》です。雪に埋もれた村で、ひたすら春を待つあいだに生まれたから、雪村春雄ですよ。親父がつけた名前です」

「ほんとの話？」

彼女がきいた。

「ほんとです」

会話は再びそこでしばらく途切れた。

「お名前をきいていいですか」

うしろの席から彼が言った。

「どうぞ」

「なんというお名前ですか」

「中西」

「はあ」

「まん中の西」

「はい」

「啓子」

「いい名前ですね。音がいいですよ。雰囲気があって。いい女、という雰囲気です。字は？」

と彼がきいた。

「説明しにくいのよね。啓発の啓、と言ってわかるかしら」

「ケイハツですか。警察ではなくて」

「冗談を言いたいの？」

「いえ、いえ」

「啓示、と言ってもつうじないでしょうね」

彼にはわからなかった。だから彼女は、その文字を三つの部分に分け、ひとつずつ説明した。人に電話で説明するときなど、彼女はいつもそうしていた。

「わかりました」

彼が言った。

「字を変えようかな、とも思うのよね」

「啓子の啓の字ですか」

「そう」

「たとえば、どんな字に」

「慶応大学の慶とか」

「それだと、こんどはちゃんと書ける人が少ないですよ」

「それはあるわね」

「いまの名前がいいですよ。とてもすっきりしてます。知的な雰囲気にほど良く色気があって。それに、なによりも、端正ですよ」

おたがいの名前に関しての話が、そこでひと区切りついた。彼女は黙ってステーション

・ワゴンを運転し続ける状態に戻った。彼は窓ガラスごしに外を見た。なにも見えなかった。人家の明かりがどこかにあるだろうと思って捜してみたが、明かりはひとつも見えなかった。
彼が言った。

「なんにも見えないですねえ」

「ええ」

「静かです」

「これで国道かしら」

「こんなもんですよ」

「車とすれちがわないわ」

「ほんとですねえ。空気がひどく澄んでるような気がします。ところで、お姐さん」

「なによ」

「もうひとつきいていいですか」

「どんなこと？」

「僕の実家は、建具屋なんですよ。お祖父さんが内職的にはじめて、親父の代で専業になって、一家をまあなんとか食わせはしたのですが、親父が年を取っていくにつれてじり貧にすぼんで、いまでは道に面した店は空き家で物置がわりですよ。奥の母屋《おもや》はまだ人が住めますので、人に貸してます」

「あとを継げばよかったのに」

「アルミ・サッシを売る一生というのも、なんだかつまらなくて」

彼女は返事をせずにいた。彼が続けて喋った。

「高校を出て田舎を飛び出して、あっと言うまにいまのこの歳、三十六ですよ。まともな仕事は知らないし、身につけた知識も技術もなしです。いまほうり出されたら、どうやって食っていこうかと思って」

「人手は不足してるのよ」

「どこですか、それは」

「流通業界とか」

「運転手でしょう。トラックの」

「嫌かしら」

「二十代ならね」

「なにならいいの？」

「それがわかっていれば、いまごろはそれに近いものになってましたよ。それすらわからないから、いまのこんなありさまです」

「実家に帰れば」

「親はもういなくて兄弟だけですけど、明るいところでは顔を見せらんない身です」

「おたがいさま」

「もったいない、お姐さんは格がちがいます」

そこでしばらく無言の時間が流れた。そして彼は、

「そうか、二度めだ。二度めなんだ」

と、個人的な感慨をこめて言った。

「なにが二度めなの？」

ミラーに視線を走らせて、彼女がきいた。

「ケイコという名の女、という言いかたをしてしまいますけど、ケイコという名の女は、お姐さんでふたりめです」

「まあ」

「意外に少ないもんですね」

「よくある名前よ」

「そうですけど、ふたりめですよ。ふたりめと言うとなにか偉そうですけど、本当にふたりめです」

「ほかにもいたのに、忘れてるんじゃないの？」

「ケイコ、という名はいい音の名ですから、忘れませんよ」

「たいていの男には、何人かのケイコがいるみたいね、思い出していくと」

「きっとそうでしょう。僕だってひとりいるんですから。二十八歳くらいのときかな、知り合ったのは。神戸のナイト・クラブのホステスでした。三年ほどいっしょに住んだ女ですよ。別れたときは僕は三十を過ぎていて、いい年なんだからもっとちゃんとしなさい、と説教されました」

「別れたっきり？」

「もちろんです。別れたと言えば人聞きはいいですけど、実際はぽい捨てですよ。空き缶です」

「そしてその缶には、なにが入ってたの？」

彼女がきいた。

彼は言葉につまった。そして正直に、

「なんにも」

と答えた。

「もともとなんにも入ってはいません。あのケイコには悲しい思いをさせました」

「もう忘れてるわよ」

「それが救いです」

「どんな字を書く人なの？」

「いちばんいいわね、それが」

「世話女房の名前ですよ、意外に。お姐さんのは、知的な感じがします」

「説明しにくいわ」

「いちばん説明しやすいのなら、土という字をふたつ重ねる圭子です」

「そのとおりね」

「お姐さんでふたりめですよ。ご無礼にあたるなら叱ってください、思いついたから言いますけれど、あの恵子以来の、この啓子ですよ」

彼のその言葉から一拍置いて、彼女は笑った。屈託なく笑うときの、涼しい声だった。

「話は変わりますけれど」

と彼が言った。

「いいですか」

「どうぞ」

「お姐さんの出身は、どちらですか」

「私は海のなか」

「島ですか」

「そう」

「恵む、という字です」

「どこの」

「東京の沖。プロペラの飛行機で一時間、そして小さな船に乗り換えて」

「はあ、なるほど」

「妙な島よ」

「どんなふうに」

「どんどん小さくなるのよ」

「どうしてですか」

「波に削られて」

「それほどに波の厳しい島なのですね」

「太平洋に面して断崖絶壁があって、そこに一年三百六十五日、いつも波がぶつかってるから、すこしずつ崩れるのよ。私がもの心ついてからでも、地面はずいぶん少なくなったわ。大きな地震が二度あって、そのたびに目に見えて地面はなくなったの」

「いつかは全部なくなるかもしれませんね」

「なくなるわ」

「ピストルは持ってるのですか」

「いま？」

「いいえ、自分のものとして、どこかに」

「アメリカにあるわよ。部屋に置いてあるわ」

「いろんな種類があるでしょう」

「そうね。きりがないわね」

「ご自分の好みといったものは、やはりあるのですか」

「あるわよ」

「たとえば、どんな」

「使う弾丸で言うなら、ロングでもショートでもいいけど、・22口径。それと、9ミリのショート。このふたつが好きだわ。そして、リヴォルヴァーではなく、オートマティック」

「どんなやつですか」

「少し前の時代の、ヨーロッパのオートマティック。機能に徹して余計なものがいっさいなく、形がすっきりしてて、どことなく暗い雰囲気のある、平べったいの」

「そういうのを、現物で持っているのですか」

「ええ」

「我々の世界にも、そういうのが出まわっているのですか」

一定の次元に興味を持続させて、彼がきいた。

「いまはトカレフが多いわね」

と彼女が答えた。

「トカレフ」

「ソ連製」

「なるほど」

「ソ連の船員と話をつけて、中古の車と引き換えに、いくらでも手に入るわ。弾丸も。出まわってるのよ」

「お姐さんも持ってますか」

「トカレフは嫌いだわ」

「好みではないのですね？」

「大きいし、野暮な音がするから。でも、スタイルはいいのよ。ほんとにそれらしくて。見た目のバランスもいいの。でも、私は持ちたくないわ」

「そうですか」

「程度の悪いのが多いのよ」

「はあ」

ヘッド・ライトが届くさらに前方を見ていた彼女の顔に、淡く緊張が走った。そしてすぐにそれは消えた。光の輪のなかに、自動車が一台、見えた。おなじ車線の左側、完全に外にはみ出して、国産の平凡なセダンが一台、前方をむいて停まっていた。セダンは光のなかをたぐり寄せられ、すれちがい、後方へ置き去りとなった。彼女はミラーに視線をむけた。夜のなかへ小さくなっていくそのセダンを、ほんの一瞬、彼女は見た。

「私は小さいのが好きなのよ」

彼女が言った。

「ピストルですか」

「そう」

「小型がお好きですか」

「つまり、自分の手に合うのがいいのよ。手と、それから感覚に合うもの」

「道具ですからね」

「ほとんどいつも・22口径だから、三発射つ癖がついたわ」

彼女が言った。

「三発」

「たて続けに」

「はあ」

「しとめるために。目でも狙えば別だけど、念を押して三発」

彼女はステーション・ワゴンを徐行させた。車線の左へ寄っていき、外へはみ出しつつ右へ大きくステアリングを操作した。徐行する速度のまま、ステーション・ワゴンはUターンをした。走って来た方向にむけて引き返した。ほどなく、さきほどすれちがったセダンをヘッド・ライトの光がとらえるのを、彼女は夜のなかに見た。

道路をはさんでそのセダンとならぶ位置に、彼女はステーション・ワゴンを停めた。イグニションを切ってキーを抜き取り、ダーク・ブルーのウール・カシミアのジャケットのポケットに落とした。ドアを開いた彼女は、車の外に出た。ドアを開いたまま道路を渡っていき、停めてあるセダンに歩み寄った。

かがんで目をこらし、彼女はセダンのなかを見た。セダンのなかには誰もいず、なにもなかった。運転席のドアのまえに彼女は立った。ガラスが降ろしてあった。髪をうしろでゆるやかに束ねている花模様の大判のハンカチを、彼女はほどいた。それで左手をくるみこみ、車のなかに左腕を入れた。トランクを開くボタンを、彼女はハンカチで包んだ手で操作した。夜のなかでセダンのトランクが開いた。

彼女はトランクへ歩いた。上体をかがめ、暗いトランクのなかを凝視した。スニーカーの空き箱がひとつ、奥のほうに置いてあった。指先を使わずに、彼女はそれを引き寄せた。蓋をはじき飛ばした。なかにあるものを彼女はつかんだ。一挺のオートマティック・ピストルだった。トカレフだ、とすぐにわかった。さらに箱のなかを彼女は手さぐりした。金属製の小さなものがひとつ、指先に触れた。それを彼女はつまみ上げた。自動車のキーだった。このセダンのものだ、と彼女は思った。

キーを反対側のポケットに落とし、トカレフをハンカチにくるみこみ、彼女は国道を渡った。暗い夜で明かりがどこにもないからよく見えないが、彼女は色の落ちたほどよくストレートなジーンズをはいていた。靴は紐で結ぶ褐色の、上品なスエードの靴だった。

ステーション・ワゴンの運転席に彼女は入った。ハンカチにくるんだトカレフを、合わせた太腿の上に置いた。ジャケットの胸ポケットから小さなキーをひとつ、彼女はつまみ出した。それを指先に持ち、うしろの席の彼に差し出した。

「なんですか」

彼が言った。

「手錠をはずす鍵。足首のも、これではずれるわ。足首のだけ、はずして」

言われたとおりに、彼は足首を結びあわせていた手錠を、手さぐりではずした。

「キーはそのまま持ってて。手錠はフロアに落として」

ドア・ロックを彼女は運転席で解放した。

「外に出て。道のむこう側へ歩いて。セダンの運転席に入って」

彼女の命令どおり、彼はドアを開き外に出た。ドアを閉じ、暗い国道を渡っていった。そしてセダンのドアを開き、運転席に入った。ステーション・ワゴンの運転席から、彼女はそこまで見とどけた。運転席を出て、彼女も国道を渡った。

セダンのかたわらに彼女は立った。半開きになっていたセダンの運転席のドアを、彼女は足先で蹴って閉じた。

「手を出しなさい」

運転席の彼に、彼女が外から言った。手錠でつながれた両手を、彼は窓の外に出した。彼の指先のキーを取った彼女は、手錠をはずした。

ジャケットのポケットからセダンのキーを取り出した彼女は、それを彼に差し出した。

「この車のキーよ」

彼がキーを受け取り、彼女は手錠とそのキーをジャケットのポケットに入れた。

「ほんとに寂しいとこですね。まっ暗ですし。どこにも明かりが見えません」

彼が言った。

ドアの外でハンカチのなかからトカレフを出し、彼女はそれを右手に握った。

「空気が澄んでると言わなかったかしら」

「言いました」

「どう？」

「澄んでますよ。まるっきりちがいます。うっかり深く吸いこむと、胸にこたえます」

彼がそう言うのを聞きながら、彼女はトカレフのスライドを引いた。マガジンから薬室へ初弾が送りこまれる手ごたえと音があった。ドアの外の至近距離から、彼の横顔ないしは側頭部を続けて三発、彼女は射った。連射はひとつにつながったような音を、周囲の夜のなかに広げた。力まかせに突き飛ばされたかのように、彼は左の席にむけて横ざまに倒れた。それっきり動かなかった。もう一度、彼女は引き金を引いてみた。薬室は空だった。このトカレフには、彼女の癖に合わせて、三発しか弾丸は入っていなかったのだ。

夜のなかで淡く微笑した彼女は、ハンカチで丁寧にまんべんなく、トカレフをぬぐった。そしてそれを運転席にほうり出し、国道を渡ってステーション・ワゴンに戻った。運転席に入った彼女はエンジンを始動させた。髪を両手でゆるやかにうしろへ束ね、花模様のハンカチで結びなおした。そしてステーション・ワゴンを発進させた。明かりのない夜の国道のむこうにむけて、ヘッド・ライトで暗さをかきわけながら、ステーション・ワゴンは走っていった。すぐに夜のなかに見えなくなった。

3

この建物の、二階の西端にある啓子の部屋は、彼女が桜だけのために手に入れたものだ。南に面して広いバルコニーがあり、そのバルコニーに出ると、東から南をへて西までを、さえぎられるものなしに、見渡すことが出来た。

西側の地面は建物に沿って土手のように高くなっていた。その上に桜の並木があった。

ほどよい大きさにそろった桜の樹の、いちばん下の枝が、バルコニーのフロアとほぼおなじ高さだった。そこから上の枝は樹の頂上まで、バルコニーよりも高く、桜が満開のときには、バルコニーの西側のすぐ外に、花びらを無数につけた桜の樹の枝が、見事な花の壁を作った。

あと三日もすれば今年の桜は満開だという日の夜、啓子はバルコニーに椅子を持ち出し、その椅子にすわり、バルコニーの西側につらなる桜の花の壁をひとりで見ていた。バルコニーに出たときにはく、ヒールのあるつっかけサンダルをはき、八枚はぎの心地良いスカートの下でゆったりと脚を組み、啓子は太腿の上に両手の掌を上向きに重ねていた。

バルコニーの手すりの内側、人工芝のフロアの上に、照明器具がいくつか並んでいた。器具は電気コードで連結され、フロアから斜め上に向けて、桜の壁を照らしていた。曇った夜のなかに、重なり合う枝についた無数の桜の花びらは、照明を受けて鮮烈な色だった。その様子を、啓子は飽きることなく観察して、ひとりで過ごした。

満開となった日の、美しく晴れた午後、啓子は水着姿でバルコニーにいた。ヒールのあるつっかけサンダルをはき、白い肌の鋭角的な細い体にコーヒー色の簡潔な水着を、彼女は身につけていた。満開になったこの桜に対して、自分は水着姿になるのがもっとも正しいのだ、と啓子は思った。だから彼女は水着姿になり、バルコニーの陽ざしのなかへ出て来た。まぶしい陽ざしの下の満開の桜と、それを観察する自分とを、水着が適正に仲介してくれている事実を、啓子はうれしく思っていた。

満開の時を通り過ぎた桜は、早くも散り始めていた。風が少しあった。風は西から吹いていた。バルコニーのスペース全体が、風に乗ったひとつひとつの軽い花びらの、通り道となっていた。

正午を過ぎて、風はさらに少しだけ、強くなった。その風は桜の樹の枝から、花びらをかたっぱしに奪っていった。バルコニーは花吹雪の現場となった。バルコニーに面したガラス戸を開き、啓子は花吹雪を観察した。空中を飛んでいく花びらを、彼女はガス・ピストルで射って楽しんだ。シリンダーのなかの高圧CO2ガスでBB弾を射つピストルだ。強力で高性能ではあるけれど、彼女がそれを買って来たアメリカでは、玩具でしかない。

射撃の名手である啓子は、飛んでいく花びらに、ときどき、BB弾を命中させることが出来た。弾倉のなかには一五〇発のBB弾が込めてあった。ガスが続く限り、連続して射つことが可能だった。快適なテンポで、啓子は、バルコニーの上を飛ぶ花びらを射った。

射ち始めたとき、啓子はスカートをはき長袖のシャツを着ていた。満開を過ぎたばかりの桜の花が、風にあおられて散っていく。それをひとつひとつ狙ってはガス・ピストルで射つという行為に対して、着ている服が感覚の上で邪魔をしていることに、やがて啓子は気づいた。だから彼女はスカートを脱ぎ、シャツを脱ぎ、いまはショーツ一枚となっていた。花模様のハンカチで、髪をうなじにゆるやかに束ねていた。この姿がもっとも正解である事実を、彼女は全身で楽しんでいた。

次の日は雨だった。午後、啓子は外出した。駐車場は桜並木に沿っていた。啓子の雨に濡れたローヴァーの車体には、桜の花びらがびっしりと無数に、雨で貼りついていた。運転席に入った啓子は、正面のガラス全体にも花びらが重なり合って貼りつき、外が見えないほどであることを知った。ワイパーを作動させ、花びらをいっきに拭ってしまうことに、啓子は深いためらいを覚えた。だから彼女は、車を使わないことにした。部屋へ引き返し、黒いこうもり傘を持ち出し、雨のなかにそれをさして、駅まで歩いた。

夜、まだ遅くはない時間に、啓子は部屋へ帰って来た。たたんだこうもり傘を持って部屋まで戻り、ふと気になった彼女は、ドアの前でこうもり傘を開いてみた。開いた傘の黒い曲面に、桜の花びらがひとつだけ、とまっていた。

部屋に入った啓子は、バルコニーに面したガラス戸までいってみた。六枚のガラス戸には、主として下のほうの半分に、花びらがいくつも雨で付着していた。バルコニーの西側の外にある桜並木の枝からは、あれほどたくさんあった花びらが、ごっそりと消えていた。

位置関係を下見したときには、ここの桜も満開だった。私鉄駅の北口の階段を降り、歩道のあるおもての道路に出て東に向かうと、駅から少し離れたところから、道の両側が桜の並木になっていた。

あの風の日には、ここも桜吹雪だったにちがいないと思いながら、啓子は車で駅の前を通り過ぎ、桜並木の道をゆっくりと走っていった。今夜の指令のために用意された、きわめて平凡な国産のステーション・ワゴンだった。

桜はほとんど散っていた。この雨が決定的だ、と啓子は思った。今夜のこの雨で、今年の桜も終わりだ。運転席の西側の窓ガラスが、降ろしてあった。今夜の気温は七月下旬なみに高く、湿度は梅雨の雨のもっとも盛んな時期よりも、高かった。

駅を通り過ぎて百メートルほどすると、道路の両側に桜並木が始まる。その道路の、駅を背にして右側、始まったばかりの桜並木の、一本の桜の樹の枝の下に、電話ブースがふたつ、並んで立っていた。

今夜の啓子は半袖のシャツを着ていた。肌に心地良い薄い生地のスラックスに、足もとはトレッキング・シューズだった。頑丈なヴィブラムの底が、アクセル・ペダルを軽くとらえていた。

左の手首を少しだけひねり、啓子は腕時計を見た。前方からも、そして後方からも、車は来ないことを確認して、彼女は道幅をいっぱいに使ってUターンをした。駅に向けて引き返し、ふたつ並んで立っている電話ブースの向かい側で道路をはずれ、桜の樹に寄せてステーション・ワゴンを停止させた。電話ブースに対するステーション・ワゴンの位置を、啓子は少しだけ修正した。そしてエンジンを停止させた。左の席のガラスを降ろした窓から、道路を直角に横切って、右側の電話ブースが正面にあった。

ふたたび彼女は腕時計を見た。私鉄の下りの各駅停車が、駅に入って来た。長い連結の電車はプラットフォームいっぱいに停車し、すぐに発進した。加速しつつ、下りの電車は駅を出ていった。待つほどもなく、北口の階段を人が降りて来た。いまの電車で帰って来た人たちだ。

人は三人いた。そのうちのふたりは中年の男性で、彼らは桜並木とは反対の方向へ、それぞれに傘を開いて、歩き去った。もうひとりは女性だった。背の高い、姿のいい、三十代なかばの女性だ。片手に鞄を下げ、傘をさして歩いて来る彼女を、運転席の啓子は道路の向こうに見た。きれいな顔立ちの、もの静かな魅力のある女性だった。駅をあとにして右側の歩道を、大きな歩幅で彼女は歩いた。

電話ブースの前で、その女性は足を止めた。傘をすぼめ、啓子から見て右側のブースのドアを開き、なかに入った。片足の先でドアを開いたままに押さえ、電話機の台に鞄を置き、彼女は左手で受話器をはずした。そして電話をかけた。

電車を降りて駅を出た標的は、桜並木の下の電話ブースに入って電話をかける。標的が電話中に射殺すること。電話ブースに入らなければ、指令はすべてその時点でキャンセルされるから後日の指令を待つように、というのが今夜の中西啓子にあたえられた仕事だった。

左側の席に置いてあったブリフケースを、啓子は手に取った。ジパーを大きく開いてから、太腿の上に横たえたブリフケースに両手を入れ、サイレンサーを装着してある自動ピストルのグリップを、啓子は右手で握った。左手でスライドを作動させ、弾倉のなかの初弾をチェインバーのなかへ送り込んだ。ブリフケースのなかの内ポケットから、小さな耳栓を二個、啓子はつまみ出した。それを左右の耳に入れた。自動車のなかからピストルを発射するとき、室内の急激な気圧の変化にそなえるためだ。

電話ブースのなかで、電話はすでにつながっていた。話をしている女性のうしろ姿を、啓子は見た。大きく振り返り、桜並木ごしに啓子は道路の後方へ視線をのばした。人も車も、いまは見えなかった。体をもとに戻した啓子は、前方を確認した。前方にも、人および車は、見えなかった。

電話の相手と話をしながら、ブースのなかの女性は体の向きを変えた。電話機のある台に背を向け、足先で押さえて開いたままのドアの縁に片手を添え、ブースの外に体を向けた。自分の足もとに視線を落としていた彼女が、顔を上げて視線を道路の向こうへなにげなくのばしたその瞬間、啓子はステーション・ワゴンのなかから、その女性の左右の目の間を狙って引き金を絞った。狙ったとおり弾丸は正確に命中した。目と目の間の、高く筋のとおった鼻が始まる部分に、小さく黒く、穴がひとつあくのを、啓子は見とどけた。

背後から強い力でいきなり引っぱられたかのように、電話ブースのなかの女性は、限度いっぱいにのけぞった。うしろの台に背中からよりかかり、手から受話器を放した。受話器は電話機の片側から垂れ下がり、小さく揺れ動いた。その女性がフロアに向けて崩れ落ちる寸前、ステーション・ワゴンの運転席から、啓子は胸を狙って二発、射ち込んだ。二発ともその女性の胸にめり込み、その内部を破壊した。

電話ブースのなかで、その女性の体は、完全に力を失った。自分の重みだけで尻からフロアに向けて落ちていき、両脚はまっすぐに電話ブースの外にむけて突き出ていった。出ていきながら、脚は大きく開かれた。スカートが腰までたくし上げられた。彼女の頭は電話機の台を離れ、そのままフロアへ重く落ちた。あらわになった両脚を開いてブースの外へのばし、彼女はブースのなかにあお向けに横たわった。すでに彼女は絶命していた。

顎の裏の無防備な白い肌に向けて、さらに一発、啓子は射った。着弾の衝撃で、横たわっている女性の体は、横向きにねじれた。あお向けに横たわったのち、腰を中心にして魅力的に体を軽くねじったようなポーズで、その女性はそこに静止した。雨のなかに風が吹いた。桜の花びらがふたつ三つ、ストッキングにきっちりと包まれた形のいい二本の脚のすぐ上を、斜めに飛んでいき近くの地面に落ちた。

ブリフケースにピストルを戻した啓子は、エンジンを始動させた。道路の前方と後方とを一瞬のうちに確認し、発進して道路へ出ていき、駅とは反対の方向に向けて加速した。ふたつ並んで立っている電話ブースが、啓子の右後方へ去った。電話ブースから出ている開かれた白い脚、そして電話機から緑色のコードで垂れている受話器などを、啓子は視界の端でとらえた。

桜並木の道路を、ごく普通に、啓子はステーション・ワゴンを走らせた。左右の耳から耳栓を抜き取り、左手でそれをブリフケースに戻した。正面のガラスの外に、間隔を置いてふたつ、桜の花びらがついていることに、啓子は気づいた。ほどなく並木は終わった。交差点があった。赤信号で啓子は停止した。雨が強くなり始めていた。

フロアに落ちていた四つの空薬莢を、啓子は上体をかがめ腕をのばし、拾い集めた。それを右の掌のなかにまとめて持ったまま、啓子は信号が変わるのを待った。信号がグリーンに戻り、啓子はステーション・ワゴンを発進させた。

これから三十分ほど、啓子はこのステーション・ワゴンで雨のなかを走らなければならなかった。指定された場所の駐車場に、ステーション・ワゴンを置きにいくためだ。指定された駐車場の指定されたスペースにステーション・ワゴンを停め、ピストルの入ったブリフケースをトランクに入れ、キーはイグニションに差し込んだまま駐車場を出れば、そこで啓子に対する今夜の指令は終わりだった。

すべて頭のなかに入っているその場所に向けて、啓子はステーション・ワゴンを走らせた。走りながらときどき窓から右手を出し、ひとつずつ、空の薬莢を道路の脇の草むらのなかに、啓子は投げ捨てた。

4

雨がいまは上がっている真夜中、おもての通りから二本裏に入った一方通行の登り坂を、一台のタクシーが上がって来た。坂を登りきった十字路の手前で、タクシーは歩道に寄って停止した。

ドアを開き、ふりむいて料金を受け取った中年の運転手は、右手で前方を示した。

「自分はまだ東京の道をよく知らないんですよ。この先は森で行きどまりのようですけど、抜けていけるんですか」

「いけるわよ」

低い音域に艶《つや》の中心を持った、しかし魅力的に冷たい声で、中西啓子は答えた。

「なんだか外国みたいだ。東京にも、こんなところがあるんですね」

「まっすぐ走って、次の交差点を左へいくと、いちばんいい雰囲気よ。楽しんで」

「雨も上がったようですし」

という、ほとんどなんの意味もない彼の台詞は、啓子の人目をひかずにはおかない美貌を、確認しておくための時間稼ぎだった。

微笑で答えて、啓子はタクシーを降りた。長身の彼女は歩道を十字路まで歩き、その角を左へ曲がった。発進したタクシーは十字路をまっすぐに越えていった。

三十四歳の中西啓子は、女性としての化粧をするとたいへんな美女になる男性のような顔をしていた。今夜の彼女は、薄いしなやかな生地を体のいろんな部分に何層にも重ねたような服を、着ていた。身にまとう、という言いかたがまるで見本のようにあてはまる服だ。鋭角的な印象のある体つきと身のこなしに、そのような服は良く似合った。バッグをひとつ、彼女は持っていた。鞄ではなく、ハンド・バッグとしか呼びようのない、横位置の長方形の、黒いバッグだ。そのサイズと雰囲気は、彼女の背丈および雰囲気と、きれいに一体だった。

十字路を左に曲がり、濡れている歩道を啓子はしばらく歩いた。道路の向こう側は、森が歩道までせまっているような光景だった。邸宅の敷地の、この道路と接する部分を縁取る植え込みだが、うっそうと続く深い森の始まりのように見えた。午前中から午後いっぱい、今日は雨だった。いったん上がり、それからときどき降り、いまはまた止まっていた。

深夜の空気のなかに、雨の冷たさが残り香のように漂っていた。

　歩道に面した六階建ての建物に、啓子は入った。一階の画廊の脇に、奥に向けて通路があり、その突き当たりにエレヴェーターがあった。エレヴェーターの前を通り過ぎた啓子は、階段で二階へ上がった。ドアを開き、彼女は店に入った。バーだった。左側にカウンターが奥までのび、右側のスペースのなかには丸いカフェ・テーブルがいくつかあり、それぞれを椅子が囲んでいた。落ち着いた明るさのなかに、数人の客がいた。

　カウンターのなかに順子がいた。この店の店主だ。啓子と順子は、恋人どうしとしての微笑を交わした。啓子は奥へ歩いた。窓に近いテーブルで、壁に背を向けて、彼女は椅子にすわった。隣りの椅子にハンド・バッグを置いた。薄い布地を複雑に重ねたようなスカートの下で、啓子は脚を組んだ。右隣りのテーブルには、三十代後半の男客がひとりでいた。彼のテーブルにはチーズの皿があった。ワイン・グラスを持った手を、彼は組んだ膝の上に置いていた。

　啓子のテーブルへ、順子がシェリーを持って来た。かたわらの椅子に順子もすわった。順子は女装の美女だ。啓子と並んで立つと啓子よりも少しだけ背丈が低い。ふたりには、どことなく共通する質が、さまざまな部分に散っていた。裸になったときの順子は、股間さえ見せないなら、その体は女性にしか見えない。しかし、もともとは筋肉質の体であり、その体のなかにいまは女性としての線や柔らかな曲面が、バランス良く同居していた。年齢は啓子とおなじだ。いま三十代なかばの順子が女性として過ごすようになって、十年以上が経過していた。

啓子は順子に手をのばした。その手を順子が握った。

「雨は？」

囁くように、順子がきいた。

「いまは降ってないのよ」

「空気が冷えてるでしょう」

「なにかの予感みたいに」

「気持ちがいいわね」

シェリーの小さなグラスに、啓子は手をのばした。

この店は順子が経営している。ワインを中心としたバーだ。食べるものは前菜のような料理だ。上の階にあるケイタリングの店から、料理運搬用の小さなエレヴェーターで降ろしてもらう。夕食とまではいかない料理だが、何種類も食べるなら、それは充分に夕食でもあった。

窓からは下の道路を見下ろすことが出来た。道路の向こう側は、森の始まりにしか見えない、邸宅の植え込みだ。窓から左右へのばす視線の届く範囲内ぜんたいが、植え込みの景色だった。

営業時間は深夜までだ。啓子が来てから客はひと組ずつ帰っていき、三十分後にはひとりを除いていなくなった。ひとりだけ残ったのは、啓子の右隣りのテーブルにいる男性だ。手伝いの若い女性も帰っていった。

店のなかにいるのが三人だけになってしばらくしてから、

「今日はもう店をおしまいにしろ」

と、その男客がいきなり言った。

カウンターのこちら側、店の出入り口に近いところに立っていた順子は、その男性に視線を向けた。

「なにかおっしゃって？」

順子はきいた。

「今日はもう店を閉めろ」

男が言った。

「私に命令なさるの？」

順子は言い返した。

「そうだ。店を閉めろ」

「なんですか、その口のききかたは」

まるで主演女優のように、カウンターの向こうから順子は歩いて来た。男のテーブルの少し手前まで来て、そこに美しく立った。男客を見据えて、順子は言った。

「お客さんは大事よ。どなたとも、いい関係を持ちたいと願ってるわ。でも、初めて来てひとりでずっと黙っていて、いきなりその口のききかたは、なんですか」

「店を閉めろ」

「好きなときに閉めますよ」

「いま閉めろ」

啓子は隣りの椅子に手をのばした。ハンド・バッグの把手に長い指をかけ、静かにハンド・バッグを持ち上げ、太腿の上に置き、バッグの上で両手を重ねた。指先が一本だけ動き、フラップの止め金具をはずした。

男は顔を啓子に向けた。

「じっとしてろ」

と、彼は言った。

童顔の人だ、と啓子は思った。口調がその童顔に調和していなかった。子供が大人の芝居をしているような雰囲気がどこかにあり、そのことに啓子は微笑した。

その微笑に誘われたかのように、

「お前」

と、彼に啓子に重ねて言った。

「なんですか」

「お前はこの女将の友だちか」

「そうです」

「ちょうどいい、お前もつきあえ」

そう言った彼は、ジャケットの左胸の下に、右手を滑りこませた。左の脇の下あたりに入れたその手を抜くと、手には小さなオートマティック・ピストルが握られていた。サイレンサーをつけたワルサーのPPKだ、と啓子にはひと目でわかった。

男は銃口を順子に向けた。順子は笑顔になった。

「いい歳をして、玩具なんか持って」

「これは本物だ」

「水鉄砲の本物ね」

ピストルを握った手を、男はおもむろに上げた。正面にはカウンターがあり、その向こうは酒瓶の並ぶ棚だった。ワインの瓶を気楽に狙って、男は一発射った。

サイレンサーは良く効いている、と啓子は思った。吊るしてあるサンド・バッグめがけて、野球の硬球を力まかせに投げつけたときのような音がした。

ワインの瓶が一本、内部から炸裂したかのように、粉々に割れて周囲へ飛んだ。ガラスの破片を受けとめた衝撃で、その瓶の両隣りの瓶も、ほぼ同時に、崩れ落ちるように砕けた。ガラスの破片が四方へ飛び、ワインが棚からフロアへ流れ落ちた。

動じることなく、順子は次のように言った。

「なんという欲求不満でしょう。酒瓶を射ってみせて、どうするつもりですか。大統領でも射ったら。それに、もったいないわ。三本とも、いいワインなのに」

カウンターの端へ美しく歩いた順子は、カウンターの内側を見た。

「お掃除もたいへん。あなた、掃除してちょうだい」

本気で怒ってそう言う順子に、

「店を閉めろ」

男はくりかえした。

「閉めたいときに閉めます。人の指図は受けません」

男は順子の左膝にピストルの狙いをつけた。

「射つぞ」

彼は言った。

「半月板もなにもかも、吹き飛ばすぞ」

「順子さん」

静かに、啓子が言った。その啓子に男は顔を向けた。

「この女装のわからずやを説得してくれ。店を閉めるんだ」

順子は彼に視線を戻し、啓子はふたりを見くらべた。

「言ったとおりにしろ。店を閉めろ。いつもは何時までだ」

「もう閉める時間よ」

「それでは、閉めろ」

「閉めると言っても、明かりを消すだけよ」

「いつものとおりに、店を閉めろ」

「上に電話をするわ」

天井を指さして、順子は言った。上とは、三階にあるケイタリングの店のことだ。順子は電話をかけた。連絡すべきことを電話の相手にメモを見ながら伝え、ありがとうございました、お疲れさま、と言い合って電話を終わった。順子は店の明かりを奥から消していった。

男は立ち上がった。

「うまいワインだった」

と、自分がいたテーブルを示して、彼は言った。

「またいらして」

順子が言った。

握っているピストルの銃口で、彼はふたりを促した。

「ドアの前までいけ」

「お掃除をさせて」

順子が言った。

「ほっとけ」

「嫌よ！」

語気強く、順子は言った。

「私は整理魔でかたづけ魔だから、このままでは絶対に嫌です」

順子の勢いに押された彼は、啓子に顔を向けた。そして、

「お前、手伝え」

と、命令した。

「では、あなたも」

「俺は嫌だ。俺は見てる。きれいな女がふたり、掃除をするところを」

彼は近くの椅子にすわった。ピストルを持った右手を膝の上に置き、順子と啓子を視野の正面にとらえた。割れて散乱したガラス片、そしてフロアに流れ落ちた赤ワインを、ふたりの女性たちは始末した。

作業が終わって、

「気がすんだか」

と、男は順子に言った。

「ほんとに余計な手間だわ」

男は立ち上がった。サイレンサーをつけた銃口で、彼はふたりを店のドアへ促した。暗いなかをふたりがドアまで歩くと、

「止まれ」

と、彼は言った。

立ちどまったふたりは、彼をふりかえった。少しだけ距離を置いたところに立ち、彼はサイレンサーの先端でふたりを順に示した。

「女将の名は、順子だって？」

と、彼はきいた。

「そうよ」

「なぜだ」

「この世で望むことは、順番に死ねればそれでいい、という意味ですって。父親がつけてくれた名前よ。父親は寺の住職です」

「どこにでもあるような名前でも、そんなふうに能書きがつくと、深みが出るな」

子供のような笑顔でそう言った彼は、啓子にサイレンサーの先端を向けた。かなり年代物のサイレンサーだ、と啓子は思った。

「お前の名は？」

「私は啓子です」

「どういう字を書くんだ」

彼の質問に啓子は笑った。

「ほとんどの男の人が、どういう字かときくのね」

「ケイコにはいろんな種類がある」

「啓発の啓です。自己啓発。あるいは、神の啓示」

「順子に啓子か」

「お見知りおきを」

「もう知ってるよ。これから先は、俺の言うとおりにしろ。いいか。言うとおりにしなければ、ぶっ殺す」

「なぜそんなに怖い人なの？」

「言うとおりにすれば、俺はなにも危害は加えない。あとくされもない。今夜というひと晩かぎりだ。指一本、触れなくてもいい。それは約束する」

「ただし、言うとおりにしなくてはいけないのね」

「これからホテルへいく」

「まあ」

「部屋は取ってある。車でいく。ホテルの近くに車を停め、エレヴェーターで部屋へ上がる。逃げようとするな。助けを求めたりも、するな。生きるか死ぬかのことではないのだから、余計な心配はするな」

「心配なんか、してません」

「言うとおりにしろ」

「いまからホテルへいって、どうするんですか」

順子がきいた。

「三人で部屋に入る。女将、お前はじつは男だって？」

「そうよ」

「いまは女か」

「両方です」

「男の道具は、あるのか」

「ありますよ」

「役に立つのか」

「おかげさまで」

彼は啓子にピストルを向けた。

「お前は、もともと女か」

「よし、ちょうどいい。この啓子を相手に、男でもあり女でもある女将が、男の道具を役に立てるところを、俺に見せてくれ」

「そうよ」

「人に見せるものではないでしょう」

「俺は見たいんだ」

「見るだけ？」

「そうだよ。俺にもさせろなどという野暮は言わない」

「そういうのを見るのが好みなの？」

「見たい」

「私のことを、どこかで聞いたのね」

「聞いた」

「私は男は嫌いなのよ」

「それも聞いた」

「するなら相手は啓子のような人がいいわ」

「聞いた。本当は女将がひとりでするところを、俺は見たいと思った」

「良くない趣味ねえ」

「見たいからこそ、俺は今夜、わざわざここへ来た」

「ピストルで威《おど》して、ホテルの部屋へ拉致して、啓子と私にそんなことをさせるの？」

「俺の好みだ」

「なんていけすかない」

「好いてくれるな。迷惑だ」

「してみせるだけでいいの？」

向こう意気の強そうな、それでいて絶妙な受け身へと妖しく崩れこんだところのある口調で、順子はききかえした。男はうなずき、

「本気でしろよ」

と言った。ふたりは思わず笑った。

「啓子とするとなったら、いつだって本気ですよ」

「出ろ」

ピストルで、男はふたりを促した。ふたりは店の外に出た。続いて彼も出ていき、ふたりの背後にまわった。順子がドアをロックした。三人はエレヴェーターの前まで歩いた。ちょうどそのとき、エレヴェーターのドアが開いた。

中年の男女ふたり連れがエレヴェーターのなかにいた。三人はなかに入った。ドアが閉じ、下降を始めた。誰もが無言だった。一階へ降りたエレヴェーターは静かに停止し、ドアが開いた。啓子と順子が先に出た。ふたり連れがそのあとに続き、男が最後に出た。ふ

たり連れが建物の外にむけて歩き去るのを待って、男はふたりに言った。

「俺の前を、並んでゆっくり歩け」

言われたとおり、啓子と順子は肩を並べ、建物の外に向けて通路を歩いた。

歩いていくふたりのうしろ姿を、彼は観察した。ふたりは良く似ていた。右手を彼は左の脇の下に入れた。ジャケットの下で、ナイロン製のホルスターだけが、シャツのおもてに出ていた。ホルスターを吊っているストラップはシャツの下にあり、シャツに開けてある三つの小さな穴を介して、ホルスターはストラップと固定されていた。ピストルのグリップに軽く右手をかけて、彼は歩いた。

順子が彼をふりかえった。

「お名前は、なんとおっしゃるの？」

その質問に、彼は、

「北川」

とだけ答えた。

歩道に寄せて国産の黒いセダンが停めてあった。

「この車」

彼が言った。

「お前が運転しろ」

左手で彼は啓子を示した。彼は車道へ降り、ドアのロックを解除した。

「女将は前の左の席」

セダンの屋根ごしに、彼は順子に言った。そして自分は後部のドアを開き、運転席のうしろに入ってドアを閉じた。啓子が運転席に、そして順子がその左に入り、左右のドアはほぼ同時に閉じた。

北川と名乗ったその男は、啓子の左肩ごしにキーを差し出し、ホテルの名を言った。

「そこまでこの車を普通に走らせろ。さっきも言ったとおり、下手な真似はするなよ」

「下手な、なにの真似？」

「へたな馬鹿の真似だ」

啓子はエンジンを始動させた。ミラーを見てうしろを確認し、セダンを発進させた。しばらくしてから、

「女将」

と、うしろの席から彼が言った。

「なんですか」

「お前はいつから女なんだ」

「もう十年を越えてます」

「裸になると女にしか見えないのか」

「股さえ見ないでいてくださるなら」

「胸はふくらんでるのか」

「まるで女よ」

「ホルモン注射か」

「ええ。それと、私の場合は、漢方」

と、順子は答えた。

「漢方？」

「そうよ」

「漢方薬で女になれるのか」

「よく効くのがあるのよ。体の線は見事に女になります。注射は出来るだけ少なくしたほうがいいから。注射ばかりだと、立たなくなるし」

「女になっても立てたいのか」

「立ってこそ女ですよ」

「それは面白えや」

男は笑った。

「漢方と、それから、気の持ちよう。気持ちも、ずいぶんと効くのよ」

「女将はずっとそれでいくのか」

「女将と呼ぶのは、よして」

「なんと言えばいいんだ」

「名前の呼びすてでいいですよ」

「あの店は酒の店だろう」

「そうね」

「気取ってはいても、要するに一杯飲み屋だ」

「そう言ってしまえば、確かにそうだわ」

「店が一杯飲み屋なら、そこの主人は女将だろう」

「女将と言われると、気持ちが乗らないのよ」

という順子の台詞がひとつの区切りとなり、三人はしばらく無言でいた。

「今夜は妙にしんとしている」

と、彼が言った。

「静かね」

順子が応えた。

「東京にもこんな夜があるのか」

「季節の変わりめだから」

「空気が冷たい」

「順子さんとあのお店については、どなたからお聞きになったの？」

啓子が北川に質問した。

「友人から。と言うよりも、知人かな」

「お店へ見えてるかたかしら」

「よくワインを飲みにいくと言っていた」

「北川さんは、初めてね」

順子がきいた。

「以前、すぐ近くに事務所があった。だから店の場所は、すぐにわかった」

「北川さんは変なお客よ」

高層のホテルが、周囲のさらに高層の建物のなかに隠れるようにして建っているのが見えるあたりまで、二十分かからずに到達した。

「地下の駐車場に入るのかしら」

啓子がきいた。

「あのホテルの裏へまわれ。こっちから見て、向こう側」

言われたとおりに、啓子はホテルの向こう側へ出た。駅からのびて来る道路が下にあり、それと直角に立体交差する陸橋のような部分の上に出た。

「よし、このへん」

　北川は言った。

「あのあたりに停めろ」

　啓子はセダンを歩道に寄せ、停めた。

「キーを抜け」

　抜いたキーを啓子は肩ごしに北川に渡した。

「グラヴ・コンパートメントにボール紙が入ってる。それを出せ」

　四角い一枚の白いボール紙を、言われたとおり啓子は取り出した。

「正面のガラスに立てかけておけ」

　ボール紙にサイン・ペンで書いてある文字を、啓子は読んだ。

『故障です。申しわけありません。明朝に撤去します。この車の持ち主』

　と書いた下に、電話番号が添えてあった。

「電話番号が、もっともらしいわ」

　と啓子は言い、ボール紙をガラスの内側に立てかけた。

「外へ出ろ」

　三人はセダンの外に出た。順子が歩道に上がってドアを閉じ、ドアをロックした北川が啓子のうしろから歩道に上がった。

「ホテルへ歩く」

目の前にそびえるホテルに、彼は顎をしゃくった。

下の道路へ階段で降りていき、ホテルの敷地に沿って並木のある歩道を歩き、植え込みのなかの階段を上がった。側面の入口から彼らはホテルの建物に入った。そのまま歩いていくと、右側にエレヴェーター・ホールがあり、エレヴェーターが何基も並んでいた。エクスプレスに三人は乗った。北川がボタンを押した。

「駐車場からのエレヴェーターは、なぜロビーまでなんだ」

いきなり、彼はふたりにそう聞いた。

「なぜ、客室のあるフロアまで、直結してないんだ」

「犯罪に悪用されるからよ」

啓子が答えた。

「誰がそんなことをするんだ」

「あなたのような人」

「これは犯罪ではないよ」

「ピストルを持ってるでしょう。そして、それで人を威してるじゃないですか。犯罪だわ」

「固いことを言うな」

「自分にだけはすべて柔軟であって欲しいと願うのが、犯罪の始まりなのよ」

順子のその言葉に、北川はエレヴェーターのドアの下へ視線を伏せ、苦笑した。

エレヴェーターはほどなく停止した。降りて通路を歩き、北川が差し出したキーを使って、啓子が部屋のドアを開いた。

「入れ」

命令されて入ったのは、ダブル・ベッドがひとつある、それにしては広い部屋だった。広いと言うよりも、がらんとした印象があった。

「デラックス・ダブル」

部屋ぜんたいに向けて右腕を振って、彼は言った。

「これで？」

順子が言い返した。

「と、予約の係は言っていた」

彼は部屋のキーとチェック・インに際して受け取ったカードを、ドレッサーの上に置いた。

「酒でも飲むか」

「お飲みになりたい？」

北川はミニ・バーへ歩いた。ブランデーの小さな瓶を手に取り、蓋をひねってはずし、伏せてあったグラスのなかにすべてを注いだ。

グラスを持った彼はソファまで歩いた。ソファの中央にすわり、グラスのなかのブランデーを飲み、立っているふたりに視線を向けた。しばらくふたりを観察してから、

「どちらも、なかなかのものだ」

と言ってうなずいた。

「なかなか、どうなの？」

「きれいだ。謎めいて、きれいだ。ふたりとも、とてもではないが、普通の女ではない」

「出来るだけ変でありたいと、私たちは願ってるのよ」

「その願いは、かなえられてる。それに、お前たちふたりは、良く似ている」

彼が言うとおり、啓子と順子は似ていた。外見の美しい類似を越えて、内部の深いどこかに共通する質が多くあった。質とは過去であり、その過去が、ふたりの現在をかたち作っていた。

「啓子」

北川が言った。

「はい」

「お前は、なにをしてる女だ」

「お店に出てます。銀座」

と、順子が引き取って答えた。

「なんという店だ」

彼のその質問に、実在する建物の名をあげ、架空の店の名を啓子が答えた。

「ほんとは女将ひとりをさらって来て、美しい女にしか見えない女装の男が、ひとりでするところを見物しようと俺は思った。しかし啓子、お前ほどきれいで変な女なら、女将の相手くらい出来るだろう。幸い、ふたりは友だちということだ。俺の見てる前で、ふたりでしてみろ」

「なにをするの？」

「始めろ。ベッドのカヴァーを取れ」

「明るすぎるから、もっと暗くして」

順子のその言葉に、北川はグラスを低いテーブルに置いた。立ち上がってドレッサーの明かりを低く落とし、ドアの手前までいき、そこの天井の明かりを消した。ソファのむこうのフロア・ランプも、同時に消えた。部屋のなかはほの暗く沈んだ。それまでとは別の雰囲気となった。啓子がはがしたベッド・カヴァーを北川が受け取り、彼はそれをソファの端に置いた。彼はソファにすわりなおした。

「さあ、やれ」

北川が言った。

「いきなり裸で四つに組めるわけないでしょう」

順子が言った。

「気分を出させて」

順子を招き寄せて肩を抱いた啓子は、ふたり並んでベッドの縁に腰を降ろした。自分を抱き寄せる啓子の腕のなかに、順子が体ぜんたいを小さく柔らかくするように、抱きこまれた。

「なるほど。女将は受け身なのか」

北川が言った。

ふたりは抱き合い、口づけをした。抱き合っておたがいをさまざまに愛撫し、やがてふたりはベッドの上に体を横たえた。

ふたりが服を脱ぐまでに、長い愛撫の時間があった。北川の存在など完全に忘れて、ふたりは相手を興奮させ合うことに熱中した。その過程のなかで、ふたりは服を脱いだ。脱いだ服はすべてベッドの下へ落とした。ソファを立った北川は、ベッドのかたわらまで来た。抱き合う裸のふたりを、観察した。

「女将、お前、でっかいなあ」

北川の声は、ふたりの興奮とは無関係に、部屋のなかに聞こえて消えた。啓子の片手は順子の膝の近くから、太腿の内側へまわり込んだ。内側をそのつけ根に向けて啓子の掌は滑り上がっていき、つけ根をわき腹まで指先でたどり、わき腹を撫でて胸のふくらみまで到達した。そしてそこから順子の腹を下に向かい、へそを経由し、啓子の指は順子の股間へゆっくりと下った。でっかい、といま北川が言ったものの根もとを、睾丸ごと啓子は手のなかに握りこんだ。

裸になったふたりは、おたがいに共通している質が、服をまとっているときよりも、さらに同一感を高めたように見えた。そしてその質は、ふたりの体が共同して作り出す性的な興奮を、強力にひとつにまとめ上げていった。そのまとまりが頂点に達して、ひとりは女性、ひとりは部分的に両性のふたりは、性交を始めた。

ベッドの周囲を歩きまわって、北川はそれを観察した。そしてクロゼットへいってドアを開き、非常用の懐中電灯を壁のホルダーから抜き取った。懐中電灯を灯けてドレッサーまで戻り、彼はその上のランプを消した。まっ暗になった部屋のなかで、彼が手に持った懐中電灯の光だけが、ベッドの上の性交するふたりをとらえた。

さまざまな位置から、そして角度から、彼はベッドの上のふたりを照らして観察した。しゃがんだ低いアングルから、からみ合う四本の脚のつけ根を照らした。腰の動きを照らしながら、彼はふたりの顔に向けてかがみこんだりもした。ふたりの顔に自分の顔を接近させ、ふたりの息づかいや睦言《むつごと》を、彼は自分の顔で受けとめた。

性交自体は一時間以上続いた。半分を越えたあたりで、北川はソファにすわってしまった。懐中電灯はドレッサーに置いたままにした。一定の方向からベッドの上のふたりを照らす光は、ベッドのヘッド・ボードとそれが接する壁に、動くふたりの影を作った。

順子は何度も頂上をきわめ、その積み重ねの上で啓子が華麗に果てた。余韻のなかでの睦み合いが、そこからさらに長く続いた。それを許容したあと、北川は腕時計を見た。

「おい、啓子」

と、彼は言った。

「なんですか」

「したくをしろ」

「なぜ?」

「話がある」

「お話なら、ここでして」

いまはもう動きを止めているふたりの体は、複雑にからみ合ってひとつだった。

「俺といっしょに部屋を出ろ。言うとおりにしろ」

彼は立ち上がった。ベッドへ歩き、縁に片足をかけ、力をこめた。ベッドは少しだけ揺れた。

「啓子、起きろ。女将は風呂にでも入れ」

そう言った彼に、順子はうつ伏せのまま答えた。

「私は男と女の両方だから、ふたり分疲れるのよ。お願い、ほっといて」

啓子は順子の体から自分を解きほぐすように離し、起き上がった。背をのばし、のけぞり、両手で髪をかき上げた。そしてベッドを降り、裸でドレッサーまで歩いた。

ドレッサーの前に立った啓子は、ティシューの箱からティシューを何枚も抜き取った。魅力的に脚を開き、自分の股間をのぞきこむように上体をかがめ、啓子は太腿の内側をティシューで拭った。彼女の体のなかから、太腿の内側へ、順子の精液が大量に流れ出ていた。それを啓子はティシューで拭った。

「これもショーの一部よ」

見ている北川に、啓子は言った。ドレッサーに置いた懐中電灯の光は、啓子の股間を直射していた。

「なるほど」

拭ったティシューを、啓子はドレッサーに置いた。

「これから私をどこへ連れていくの?」

啓子がきいた。

「服を着ろ」

啓子はまずストッキングをはいた。太腿のなかばまでのストッキングを、啓子はガーター・ベルトで吊った。ショーツをはいた。正面は深いVの字に切れこんで股上はへそまであり、背後は尻を完全に包みこんでいた。

啓子は服を着た。ドレッサーへ歩き、使ったティシューを指で広げた片手のなかにすべてとらえながら、体で北川の視線をさえぎり、左手で椅子の上のハンド・バッグを持った。その手を体の正面へまわしつつ彼に背を向け、啓子は浴室へ歩いた。明かりを灯けてなかに入った。

トイレットの水洗の音がして、啓子はすぐに浴室から出て来た。

「女将。啓子を借りるよ」

北川が言った。

「啓子が下手な真似をしないかぎり、俺は危害は加えない。お前はここにいろ」

「好きなようにして」

と答えたうつ伏せのままの順子に、啓子は歩み寄った。順子にかがみこみ、耳に唇をつけ、なにか囁いた。そして体を起こし、ベッドの足もとまで出て来た。

「手間は取らせない」

啓子と順子のふたりにそう言い、彼は啓子をドアへ促した。ドアを開きながら部屋をふりかえった啓子は、部屋のキーと宿泊者カードがドレッサーの上に置かれたままであることを、さりげない視線の動きで確認した。彼女は部屋を出た。彼がそのあとに続いた。

「車まで戻る」

と、彼に言った。

ふたりは無言でエレヴェーター・ホールまで歩いた。エレヴェーターを待ち、それに乗り、ロビーまで降りた。そして入って来たときとおなじルートを逆に歩いて、路上駐車したセダンまでふたりは戻った。彼は運転席のドアを開いた。

「運転しろ」

彼はセダンの前をまわり、左側へ歩いた。ドアを開き、席に入った。ドアを閉じた彼は、運転席の啓子に上体を向けた。ハンド・バッグを脚の下でフロアに置き、啓子はガラスに立てかけてあったボール紙を取った。グラヴ・コンパートメントにそれを戻した。彼女に北川はキーを差し出した。

「発進しろ」

「どこへいくの?」

「ぐるっとひとまわり」

発進してしばらく走ってから、

「おい。啓子」

と、彼は言った。

「なんですか」

「なに啓子と言うんだ」

「中西です」

「なぜ俺に嘘をついた」

「嘘？」

「銀座の店のことだ」

「ごめんなさい」

即座に、啓子は言った。

「なぜ、嘘をついた」

「私の出てるお店でも今夜のようなことがあると、私もお店も困るなと思って、とっさにでたらめを言いました」

そして啓子は、おなじ建物のなかに実在する店の名を、彼に言った。

「その店なら、ある」

「詳しいのね」

「銀座なら知ってる」

「いらして」

「ほんとにお前はそこのホステスなのか」

「そうですよ。日給いくらの日雇いよ」

「ほんとは何者だ」

「誰が？」

「お前だよ」

困ったような微笑を浮かべて、啓子はおだやかに彼を見た。そして視線を正面に戻し、

「私なんか、何者でもないわよ。見てのとおりの、ただの女よ。背が高いから、目立つだけだわ」

と、優しく自分を投げ出すように言った。

「俺もやばい世界には長いんだ。お前には、ぴんと来るものがある。ホステスだというのは、きっと嘘だろう。順子の店で俺がピストルを出したとき、お前はすぐにハンド・バッグを隣りの椅子から手に取った。慣れたきれいな動きだった」

「いきなりピストルが出れば、誰だって怖いですよ。怖い人はお店のお客さんにもいろいろといらっしゃるから慣れてますけど、女は自分のバッグを持つと、安心するのよ」

「なかになにが入ってるんだ」

「バッグに?」

「いまはお前のバッグの話をしている」

「女の持ち物よ」

「なにだ、それは」

「口紅、小さな鏡、香水」

「それから?」

「櫛もあるわ。ティシュー。花柄のハンカチ。お財布。手帳」

「それだけのものに、お前のバッグは大きすぎないか」

「身長に合わせると、あのサイズになるのよ。ショーは、いかがでした？」

「話をそらすな」

「そらしてなんかいません。さっきから気になってたのよ」

「なにが気になるんだ」

彼の質問に、啓子は、これはふたりだけの秘密という感触をこめて、

「満足していただけたかと思って」

と、答えた。

「あれはショーだったのか」

「そういう言いかたをしただけよ。いつものとおりだわ」

「いつもしてるのか」

「私と順子は、恋人どうしですもの。いかがでした？」

「良かったよ」

「ほんと？」

「ほんとだ。感銘は深いものがあった」

「興奮していただけた？」

「興奮した」

と答えた彼は、

「いつもあんなに続くのか」

と、つけ加えた。

「長かったかしら」

「かしらではないんだよ。ベッドの縁にすわって抱き合ってから、終わるまでに二時間近くかかった」

「楽しかったわ」

「ちがいない」

「あの交差点は左でいいかしら」

ホイールから左手の人さし指を優美に立てて、啓子はきいた。

「左」

交差点を左へ曲がってから、

「今夜は本当に人が少ないわ」

と、啓子は言った。

「すれちがう車にも、人が乗ってない感じがするのね」

北川はそれには答えずにいた。だから啓子は次のように言った。

「ショーの主役は順子さんなのよ。なにかひと言、言ってあげて」

「ホテルへ戻るのは嫌だ」

「電話でいいわ」

「携帯電話をいまは持っていない」

「この車にも、電話はないようね。こうして走ってて電話ブースがあったら、そこから」

「まだ部屋にいるかな」

「いるわよ。私が迎えにいく約束だから」

「なるほど」

「ひと言、なにか言ってあげて」

啓子の言葉に、

「どんなことを」

と、彼はきいた。

「女が言われて喜ぶようなこと。ほら、あったわ」

左手で啓子は斜め前方を示した。高層の建物が角にそびえ、歩道からその建物に向けて、アプローチが広くあった。アプローチの奥には植え込みがあり、それを背にして電話ブースがふたつ並んでいた。ブースに、そして周囲にも、人の姿はなかった。

啓子はセダンを歩道に寄せ、停止させた。

「キーを抜け」

彼がそう命令し、啓子はキーを抜いて手渡した。受け取って、彼は左のドアを開いた。

「ホテルの電話番号は？」

啓子がきいた。

「わかってる」

セダンを出てから、ドアに片手を添えて彼はなかをのぞきこんだ。

「お前のバッグをよこせ」

脚の下へ手を入れた啓子は、フロアからハンド・バッグを持ち上げた。左手でそれを彼に渡した。

「ここにいろよ」

「外に出てもいい？」

「ああ」

と答えて、北川は電話ブースに向けて歩いた。そのうしろ姿を啓子は見守った。セダンのキーを、彼がジャケットの右ポケットに入れるのを、啓子は見た。

電話ブースに入った彼は、カードを使って電話をかけた。ボタンを押していく彼を斜め側面から見ながら、あのホテルの番号を彼は以前から記憶しているのだ、と啓子は判断した。電話はつながった。彼は話を始めた。ときどき童顔が笑顔になった。順子と話をしながら、彼がハンド・バッグを開くのを、啓子は見た。なかを点検した彼は、すぐにフラップを閉じた。

ハンド・バッグを手に下げたまま、彼は順子と話を続けた。

運転席のドアを開いた啓子は、滑らかな身のこなしで外に出た。ドアは少しだけ開いた状態にしてセダンの陰に立ち、啓子はスカートをたくし上げた。ガーター・ベルトで吊ったストッキングのなかに、ガーター・ベルトで巧みに支えられて、自動ピストルが入っていた。アメリカで買うと五百ドル近くする、十五連発のピストルだ。サイレンサーがついていた。ホテルで浴室へ入ったとき、ハンド・バッグから出してストッキングのなかに入れておいた。

右手でピストルを握り、安全装置をはずし、両手を腰のうしろにまわして、啓子はセダンの前へ出た。そして歩道に上がり、夜の冷たい空気を楽しむ風情《ふぜい》で、電話ブースに向けて歩くともなく歩いた。

北川は電話を終わった。受話器を戻し、カードを抜き取り、ドアを押し開いて外へ出た。

啓子は優しい笑顔で立ちどまった。そして、

「順子は部屋にいました?」

と、尻上がりにきいた。

「いたよ」

北川と名乗った彼の、それが最後の言葉となった。腰のうしろから啓子は右手を前に出

し、水平に上げていき、動きが止まったときはすでに、啓子の指は引き金を絞っていた。みぞおち、左胸、そして頭と、連射の三発がきれいに北川に命中した。

最初の弾丸をみぞおちに受けて、彼はいきなり体をひねり、その勢いでバランスを崩しながら、二発めと三発めを受けとめ、絶命したも同然の状態で、高層の建物へのアプローチの化粧タイルの上に倒れ、そのまま動かなかった。

駆け寄った啓子は、ハンド・バッグを手に取った。彼のジャケットの右ポケットからセダンのキーを取り出し、ジャケットの下のホルスターからワルサーを抜き、ジーンズの右側のヒップ・ポケットから財布を抜いた。

セダンへ足早に戻った彼女は、運転席に入った。ドアを閉じ、キーを差し込み、エンジンを始動させて発進するという、平凡な行動に必要な時間が、毎度のことだが長く感じられた。発進して加速し、交差点の信号をグリーンで左折した。

自分のピストルとワルサー、そして男の財布を、啓子はハンド・バッグのなかに入れた。五分走ってから、啓子は電話ブースをひとつ見つけた。そのブースの立つ歩道の縁へ、セダンを停めた。セダンを降りてブースに入り、ホテルに電話をかけた。部屋の番号を言うと、電話はすぐにつながった。

「啓子」

と、順子が呼ぶのを、啓子は耳のなかに聴いた。

「私よ。出られる?」

という啓子の問いに、

「用意は出来てるわ」

と、順子は答えた。

「部屋を出て。私は、そこでは人に見られないほうがいいと思うの」

「わかったわ」

「ホテルを出たら、甲州街道へ向かって。そして甲州街道を、新宿駅を背にして左側を、西へ歩いて。あの人のセダンで、うしろから追いつきます」

電話を終わり、啓子はセダンに戻った。発進し、甲州街道へ向かった。電話を終わって七分後には、啓子の運転するセダンは甲州街道に出ていた。西へ向かうと、歩道をひとりで歩いている順子のうしろ姿を、ほどなく啓子は夜のなかに見た。

左に寄って追いつき、追い越し、停止した。左のドアを啓子は内側から開いた。順子がシートへ滑りこみ、ドアを閉じた。

セダンは発進した。車線に戻って加速していくことにより、セダンは夜更けの都会の光景のなかへ、きわめて平凡に溶けこんだ。

「部屋へ送るわ」

啓子が言った。

「泊まって」

「ええ」

「何者だったのかしら」

順子がきいた。

「さあ。かなり鋭いところのある人よ」

ひとまず啓子はそう答えた。

「怖い人？」

「普通ではないわ」

「電話で褒めてくれたのよ。とても良かったって。きれいだったと言ってたわ。私たちが。

「この車は、どうしたの？」

「彼から借りて来たのよ」

雨が細かく降り始めていた。薄く冷たく濡れた夜の底をセダンで滑空するように走って、順子の住んでいる部屋のある建物の近くまで、十五分だった。歩いて六、七分のところに、ふたりはセダンを乗り捨てた。

坂道の途中から脇道に入り、そのまま奥へ向けて歩いた。森のなかのような道に入って左右に一度ずつ曲がると、周囲を樹々に囲まれた斜面の敷地に、順子の部屋のある建物が建っていた。

部屋に入って、ふたりは抱き合って口づけをした。

「お風呂？」

啓子が囁いてきいた。

「そうしましょう」

順子が答えた。

「すぐに入りましょう。そして、口なおし」

「先に入ってて。すぐにいくわ」

そう言って、啓子は廊下を奥へ歩いた。啓子がここに泊まるときのための、啓子専用の部屋がひとつあり、そこに彼女は入った。明かりを灯けないまま、壁に寄せたデスクの前で椅子にすわり、しばらく啓子はじっとしていた。そして立ち上がり、服を脱いだ。脱いだ服はすべて椅子の上に置いた。

裸になった彼女は、デスクの上のハンド・バッグを開いた。北川という男が持っていた、サイレンサーをつけたワルサーPPKを、啓子は取り出した。リリース・ボタンを押してマガジンを左の掌に落とし、デスクに置いた。ベッドに近寄り、ベッドと平行に立って見当をつけ、スライドを引いた。チェインバーのなかにあった弾丸が、排莢口から蹴り出されて来た。ベッドまで暗いなかを飛んでいき、羽根布団の上に落ちた。

ベッドへ歩き、かたわらにしゃがみ、啓子は羽根布団の表面を掌で広く撫でた。弾丸を捜しあて、指先に持って立ち上がり、デスクの上のマガジンにその弾丸を装塡《そうてん》しなおした。サイレンサーを銃口からはずした。

部屋の明かりを灯けた啓子は、北川の財布をハンド・バッグから取り出した。なかに入っているものを、彼女はあらまし見た。そしてデスクの引き出しから事務用の大きな封筒を取り出し、そのなかに財布とワルサー、そしてサイレンサーとマガジンを入れた。彼女は部屋を出た。

順子は化粧室にいた。影の出来ない工夫をした、温かみのある柔らかい光が、化粧室のなかにまんべんなく満ちていた。その光を裸の全身に受けて、順子は奥まで壁の全面が鏡になった洗面台の前に、立っていた。奥の浴室からは、浴槽に湯が満ちていく音が聞こえていた。

啓子は鏡の前に順子と並んで立った。鏡のなかの自分たちを、ふたりは見た。鏡を介して、あらゆる意味のこもった微笑を、ふたりは交わした。ふたりの股間から上が、鏡に映っていた。ふたりは良く似ていた。明らかに相違している部分は、順子の股間だけだった。順子は啓子の腰に腕をまわし、啓子は順子に向きなおり、ふたりは抱き合った。鏡にその姿が映った。

うしろ姿を見るための鏡が反対側の壁にあり、その鏡も、抱き合うふたりを、思いがけない角度からとらえていた。浴槽に落ちていく湯の音に乗って、半開きになった浴室のドアから、湯の香りがふたりに届いていた。

5

指令を出す人から、啓子に連絡があった。向こう六か月、仕事の予定はなにもない、という連絡だ。北川という男について、啓子は質問してみた。指令を出す人は、北川についてはなにもわからないと答えた。詳しくわかる人からの連絡を待っている、と啓子はその人に伝言を頼んだ。

啓子が射殺した北川という男については、次の日の新聞に報道されていた。ワルサーとサイレンサーを含めて、彼がポケットのなかに持っていたものすべてを啓子は持ち帰ったのだが、新聞の記事のなかでは、射殺された男の名は北川となっていた。

後日、北川に関して、啓子は連絡を受けた。銀座の画材店で絵具その他、絵を描く作業に必要なものを買い込んでいた啓子に、ふっと近づいて来た男性がいた。三十代後半の、どう見てもグラフィック・デザイナーにしか見えないような、優しい雰囲気のある人だった。

「まったくの偶然でしたけれど、完璧なほどにすべてがうまくいきました」

と、彼は低い声で啓子に言った。

「あの人は、何者だったの？」

という啓子の質問に、

「当方の始末屋のひとりでした」

と、彼は答えた。

「なぜ、順子の店へ現れたの？」

「変わった男なのです」

画材の棚をめぐって歩きながら、彼は説明を加えた。

「始末するはずの女性を誘って、外国へ遊びにいったりするのです。ふたりいっしょにいるところを、いたるところで目撃されているのに、その現地で始末して来たりした男です。当てにならないとか、不安定であるというのとは、少しちがうのです。腕はいいのです。厳密な意味での失敗は、一度もありませんでした。しかし、変わってますから、なにかとやっかいなのです。始末することにしました」

「順子の店へは、現れたのではなく、差し向けられたのね」

「人の性行為を見物するのが好きでした。男女には飽きて、女性どうしのを見ることに、情熱を注いでいました」

「だから、順子の店を教えたの？」

「そうです」

すまなそうな、恐縮したような表情で、その男性は答えた。

「男性でありつつ女性でもあり、女性でありつつ男性でもあるという存在に対して、彼は興味を示すのではないかと、見当をつけたのです。店を教えただけです。あとの成り行きは、まったくの偶然です」

「店へ来たのは、あの夜が初めてだったのね」

「きっとそうでしょう」

「居合わせた私もいっしょに、順子とふたりでホテルの部屋へ拉致されたのよ」

「はあ」

「見物されてしまったわ」

「はい」

「そのあと、私とふたりで部屋を出て、彼が使ってた車に乗ったのよ。こうしておけばいいのかなあと直感的に判断して、あのようにしたわ」

「完璧でした」

「あれでよかったのね」

「さすがです」

北川に関しては、そこですべて終わりとなった。彼がポケットのなかに持っていたものは、ワルサーとそのサイレンサーを含めて、啓子は自分で処分した。

　絵を描いて過ごす日々のなかに、啓子は自分を没頭させた。恋人である順子の求めに応じて会いにいくほかは、引きこもった場所にある一軒の家とそのアトリエを中心に、まるで自給自足のような生活を啓子は送った。

　そのようにして三か月が経過したとき、仁科《にしな》恭子から手紙が届いた。仁科恭子と中西啓子は、神戸のおなじ高等学校を卒業した。ふたりは、おたがいに、その学校以来の親友だった。

　病状は大きく進展した、と恭子は手紙に書いていた。間もなくとても会えない状態になるから、その前にもう一度だけ会っておきたい、と恭子は希望を述べていた。その希望に啓子は応えた。次の日には、啓子は神戸にいた。

　深い植え込みに囲まれた広大な敷地のなかにある、部屋数が二十を超える邸宅が、この数年の恭子にとっての、住居となっていた。恭子の父親は実業界の重鎮のひとりだが、恭子をめぐる家庭の環境は複雑をきわめていた。その複雑さを作った人は父親であり、恭子は父親が作り出す状況から母親を守ることに、この邸宅に移ってからの日々を費やしていた。

　美しさと聡明さとを、ひとりの女性のなかに絶妙に宿らせた、もっとも好ましい見本のようだった仁科恭子は、親友の啓子を寝室のベッドに横たわって迎えた。かたわらの椅子にすわって恭子の手を取り、彼女の顔に死相が出ているのを啓子は冷静に観察した。美しさと聡明さの、両方の象徴であったきれいな額は、すでに死者のそれだった。額から両目へ、そして両目を下って頰のなかばまで、死相は到達していた。

恭子の病気は、全身に張りめぐらされたリンパ系のなかにあった。それが相手だから最初から手の下しようがなく、現在では治療活動も停止されていた。もう駄目だ、と啓子は思った。その思いを正確に読み取った恭子は、勇敢に微笑していた。

その邸宅の一室に、啓子は滞在することにした。最初の日の夜、しばらくふたりだけで交わした会話のあと、

「私を殺せる？」

と、恭子は聞いた。

啓子はうなずいた。

「殺して」

という恭子の言葉に、啓子は、

「もっとよく考えて」

と、答えた。それに対する恭子の返答は、次のようだった。

「もっとよく考えるための時間は、もう私にはないのよ。そして今日ここまで、私には考えるための時間しかなくて、考えなければならないことはすべて考えつくしたのよ。早く

終わらせたほうがいいと思うから、ぜひとも手を貸して」

恭子の依頼を啓子は引き受けた。まずシナリオを作り、それに基づいて、必要最小限の行動を啓子は取った。啓子にとっては、すべてたいへんに簡単なことだった。

恭子の父親のほうも、そして母親のほうも、過去に向けて代々の経歴をたどっていくと、輝かしいことだけがそこには連続していた。父親のほうが特にそうだった。祖父までたどると、活躍の場は時の政府の最上層部への至近距離の場所だった。外国での生活も長く、国の内外を問わず激動の時代を生き抜いていた。

その祖父がヨーロッパ生活をしていたとき、護身用に手に入れたピストルが、仁科家にいまも残る遺品のひとつとして存在し続けた、というシナリオを啓子は作った。そのような物語にまさにふさわしいピストルを一挺、啓子は手に入れた。彼女にはそのようなルートがあった。ピストルは歳月の経過を感じさせる専用のホルスターに入っていた。弾丸を六発、啓子は調達した。そのピストルで射つことの出来る弾丸だが、この三、四年のあいだに製造されたものだった。恭子がいまの病気を最初に診断されたとき、思い出に最後のヨーロッパ旅行をおこない、そのときベルギーで買った弾丸だというシナリオを、啓子はつけ加えた。その弾丸はベルギー製であり、ベルギーでは現在でも入手可能だった。

シナリオを啓子は恭子に語って聞かせた。遺書の一部分として、ピストルと弾丸についてのそのようなフィクションを警察宛てに文章に書くよう、啓子は恭子に命じた。恭子はすぐに書いた。それを啓子は読んだ。時間の順を追ってきわめて具体的にわかりやすく、そして丁寧に書かれたその文章を、啓子は一種の名文だと思った。遺書とは別の封筒に収め、警察のかたへ、という上書きを恭子がほどこし、啓子が封筒のフラップの糊を舌先でなめて閉じた。

そのピストルの構造を、啓子は恭子に説明した。扱いかたを教え、弾丸を装塡したマガジンをグリップに入れ、安全装置をかけて恭子に渡した。次の日には、自らを射殺して命絶えた恭子を、自分は発見することになるのかと、啓子は思った。覚悟をきめて眠りにつき、その覚悟のまま、次の日の啓子は目を覚ました。

次の日は雨だった。恭子は生きていた。啓子はケーキを作った。寝室のベッドのヘッド・ボードにクッションをいくつも立てかけ、それに背をもたせかけている恭子とともに、午後の紅茶を飲みながら、ふたりは啓子が作ったケーキを食べた。

恭子が望んだ紅茶のお代わりを作るため、啓子は寝室を出てキチンへいった。湯を沸かしているとき、壁に取り付けてある電話機のブザーが鳴った。啓子は受話器を取った。

「はい」

とだけ言った啓子に、

「啓子」

と、女性の声が囁いた。恭子だった。

「啓子と過ごした時間は、本当に楽しかったのよ。いろいろと有り難う」

　と、電話の向こうから、恭子は言った。

「恭子」

「さようなら」

　というお別れの言葉に続いて、銃声を一発、啓子は電話ごしに聞いた。

　静かに、啓子は受話器を戻した。湯が沸騰しているケトルを電熱コイルから降ろし、スイッチをオフにして、啓子はキチンを出た。恭子の寝室へ戻った。

　紅茶を飲み、ケーキを食べたときの姿勢のまま、恭子の顔は天井を仰いでいた。彼女がすでに絶命していることは、見ただけで啓子にはわかった。ベッドのかたわらに立った啓子は、目を閉じて天井を仰いでいる恭子の顔を見下ろした。

　羽根布団が恭子の腰まで掛けてあった。すっかり細くなった太腿を布団が軽く覆い、その布団の上に、掌の薄い、細い指の両手が、力なく落ちていた。右手のすぐそばにピストルがあった。燃焼したあとの火薬の匂いが、恭子の周囲に淡く漂っていた。

　恭子は啓子が用意したピストルで自分を射ち、自ら残り少ない命を絶った。左側の肋骨の下から、心臓を、一発の弾丸がきれいに射ち抜いていた。

　恭子の手に自分の手を重ね、

「さようなら」

と、啓子は言った。

そこからあとのことすべては、喪主が引き継ぐまで、啓子が取り仕切った。警察はきわめて丁重だった。ピストルと、弾倉のなかに残っていた弾丸、そして警察宛ての恭子のメッセージを、「お預かりいたします」と、責任者が啓子に言った。啓子は事情を聞かれた。質問に啓子はすべて答えた。そしてそれ以上の調べはなかった。

葬儀が密やかにおこなわれた。そしてそれはすぐに終わり、啓子は自分の家へ戻った。一日が経過してから、カンヴァスに向かって絵筆を手に取ると、すべてはいっきに啓子から遠のいた。

初出一覧

「心をこめてカボチャ畑にすわる」《バラエティ》一九七八年十月号
「夜行ならブルースが聴こえる」《小説現代Gen》一九七八年早春第四号
「白い町」『ラジオが泣いた夜』（一九八〇年刊、角川文庫）書き下ろし
「夕陽に赤い帆」《小説推理》一九八一年三月号
「約束」《ブルータス》一九八二年四月十五日号
「彼女のリアリズムが輝く」《野性時代》一九九二年二月号
「狙撃者がいる」『狙撃者がいる』（一九九四年刊、角川文庫）書き下ろし
「花模様にひそむ」《野性時代》一九九一年十月号＋一九九四年六月号＋『狙撃者がいる』（一九九四年刊、角川文庫）書き下ろし

解　説

文芸評論家
池上冬樹

作家活動が長いと、作家のイメージは、世代によって印象が異なってくる。片岡義男もその一人だろう。

いまとなってはかなり少数派だし、マニアックな話になってしまうが、片岡義男というよりも〝テディ片岡〟として活躍していた六〇年代を知る者にとってはアメリカ文化の紹介者兼翻訳家であり、七〇年代後半から八〇年代半ばに片岡義男に触れた者にとっては斬新な青春恋愛小説の作家のイメージが強い。『スローなブギにしてくれ』『湾岸道路』『メイン・テーマ』などが映画化され、ますますそのイメージが補強されたような感すらある。

だが、八〇年代後半からは『ドアの遠近法』『恋愛小説』など恋愛小説の作家の印象が強まり、九〇年代前後から『アメリカ小説をどうぞ』『水平線のファイル・ボックス〈読書編〉』など、アメリカ現代文学の熱心な紹介者としての顔を見せはじめ、それと並行して、〝愛と物語を書くことについての小説集〟である『小説のような人』『物語の幸福』

『私はいつも私』などの作家を主人公にした作品がきわだつようになる。九〇年代後半からは『日本語の外へ』『日本語で生きるとは』『影の外に出る』『吉永小百合の映画』『映画の中の昭和30年代』など日本文化と映画の評論家としての側面が強くなる。

僕は七〇年代からずっと片岡義男を読んでいるけれど、僕にとってはやはり唯一無二の小説家の印象が強い。九〇年代前後からアメリカ現代文学の紹介が多くなったけれど、彼はさほど影響を受けることなく、むしろ何とも不思議な感触の作品が増えたといったほうがいい。当時のアメリカ文学にありがちなメタフィクションやミニマリズム風とは異なる、いやそもそも〝流行〟とは関係のない、従来の小説とは異なる切り口で、実に新鮮なのである。物語はどこまでも具体的で、タッチは明るくてクール。無駄なものを削ぎ落とした簡潔で軽快な語り口は相変わらずなのだが、それでいて確かなリアリティをもつ作品が増えてきた。

もちろんその手の作品も好きなのだが、しかし個人的には、片岡義男の小説というと、やはりハードボイルドとなるだろうか。片岡義男はもともと人物の感情を吐露させずに、会話と行動を中心にして物語を進めるスタイルをとるが、これはまさにハードボイルド・スタイル。ストーリーが犯罪に関係なくても、その短篇群はいずれも硬質な輝きを保っている。

たとえば初期に「給料日」（角川文庫『人生は野菜スープ』所収）という作品がある。

サラリーマンが一夜で給料を使い果たす話だが、これは明らかに軍人の一日を描いたハメットの「休日」へのオマージュであり、ハメットにならって外面描写を徹底させるあたりも嬉しくなる。別れた娘との交流を描く「俺を起こして、さよならと言った」（角川文庫『ラジオが泣いた夜』所収）、男女の再会をリリカルに描く「一九六三年、土曜日、午後」（角川文庫『味噌汁は朝のブルース』所収）など、優れた短篇がいくつも（数えきれないほど）あるけれど、それらが新鮮な印象を与えるのは、外面描写を徹底させているからだろう。

片岡義男がアメリカン・ハードボイルドの良き理解者であり、紹介者であることは過去の翻訳作品（たとえばリチャード・スタークの〈悪党パーカー〉シリーズ『犯罪組織』『弔いの像』、ダグラス・ヘイズ『キッスオフ』）をみればわかるけれど、しかし読んでいて意外なのは、彼の著作にクライム・フィクションが少ないことだろう。私立探偵アーロン・マッケルウェイを主人公にした連作短篇『ミス・リグビーの幸福』（本コレクションの第三巻に全作収録される）は、国産ハードボイルドの歴史に残る傑作私立探偵小説であるけれど、これだって異色。正統派風の私立探偵小説からオフ・ビートなクライム・ノヴェル、恋愛を謳ったロード・ノヴェル、ユーモラスな冒険小説、あるいは人生の一断面を切り取ったような小説など純粋なジャンル小説ではない。しかしだからこそ、物語の呪縛、ミステリの約束事から自由になっているがゆえに、実に開放的である。

さらにマッケルウェイは若く(異例の二十一歳である)、探偵自身の人生というフィルターを通さないために、世界があるがままに読者の前に現れる。マッケルウェイがしばしば見てとる人物の哀しみも、甘くはなく、直截《ちょくせつ》読者の胸に届くのである。

普通の作家ならキャラクター造形にあれこれと心を砕くのに、片岡義男はマッケルウェイが位置する空間、〝発狂しそうなほどに青い空〟や〝透明な空気をさしつらぬく〟すさまじい陽光などを語り、それがマッケルウェイの内面を鍛え、強靭さをかちとることになる。片岡ハードボイルドの特性のひとつだが、主人公や関係者の「人生」よりも、彼らが位置する「空間」を重視する。片岡ハードボイルドが通俗さをまぬがれ、独特の不思議なリアリティをもつのは、そのためだろう。

そんな独特の不思議なリアリティをもつ片岡ハードボイルドの秀作短篇を集めたのが、本書である。クライム・フィクションとはいえないまでも、片岡作品には突然噴出する暴力の物語が何篇かある。それらの作品に僕は昔から愛着があり、繰り返し読んできているのだが、それだけで一冊編めないかというのが、僕の長年の願いでもあった。ついでに、前述した作家を主人公にした短篇もひとつ入れることにした。スペースの都合で数篇もれてしまったが、それでもあまり知られていない片岡ワールドがのぞけるはずである。

では、収録作品を紹介しよう。

まず、「心をこめてカボチャ畑にすわる」は、傑作短篇集『ラジオが泣いた夜』（角川文庫、一九八〇年二月）に収録されている短篇で、ガス・ステーションと軽食堂を兼ねた店をきりもりする少年と客との対応を捉えている。

少年の名前はサンダンス。西部時代の伝説の強盗コンビ、ブッチ・キャシディとサンダンス・キッドが想起され（アメリカン・ニューシネマの代表作で、ポール・ニューマンとロバート・レッドフォードが共演した《明日に向って撃て！》はその伝説の強盗の物語だった）、客からひやかされるのもしょっちゅう。そんな個性的な客たちを点描しつつ、少年が得意とする事柄が明らかにされていく。

タイトルをめぐる客との会話は、一見すると禅問答に近いけれど、片岡義男の世界では確たる強い意志が反映されて、ゆるぎない行為のように見えてくる。そのゆるぎない行為をとろうとする少年の前に、ある人物があらわれ、思いがけなくも鮮やかな行動を見せる。その美しさ、恰好よさといったらどうだろう。祈ること（〝心をこめてカボチャ畑にすわる〟こと）と純粋に銃を撃つことの崇高さが、クールかつグラフィックに捉えられている。片岡義男の短篇でもベストのひとつだろう。

「夜行ならブルースが聴こえる」と「白い町」も『ラジオが泣いた夜』に収録された短篇である。前者は夜行列車のなかでの、後者は外国の海辺の小さな町での暴力的な出来事を描いている。前者はすこし露悪的な会話と行為を追いながら、後者は〝白さ〟に追いつめられていく男の焦燥を的確に捉えつつ最終的な場面へと向かう。

前者の無国籍アクション映画のような陽気な雰囲気もいいが（非情なラストとともいいコントラストだが）、やはり後者のはりつめた展開が素晴らしい。男が住んでいる空間、つまり男の目にやきつく青い空と青い海、それに対抗する建物と道路などのあまりの白さが際立たせられる。その対比と不安を増殖する描写が鋭く効果的だ。そのなかでかろうじて精神の安定をたもっている男の恐れと逸脱していく精神の運動が、最後に暴発する。そこに散乱する赤のイメージ（それはもう男が乗る真紅のマスタングから結末が示唆されているのだが）もきわめて印象的だし、最後の一行で捉えられる対象の色も鮮やかだ。これまたすばらしくグラフィックな一篇だろう。

「夕陽に赤い帆《ほ》」は、同名の短篇集（角川文庫、一九八一年四月）の表題作になる。この優れた短篇集には、結婚記念日に招待客を全員射殺する男の話「結婚記念日」、殺し屋が豪邸のプールで泳ぐ女を射殺する「ハイビスカス・ジャム」という傑作も入っているが（スペースに余裕があれば、この二篇も収録したかった。とくに殺し屋の視線を丹念に追い、なおかつ射殺の場面を超高速撮影のように描ききる後者が圧倒的）、ここでは日本を舞台にしたミステリ仕立ての「夕陽に赤い帆」を採った。

ナイトクラブのピアノ弾きの倉田が、かつて恋人だった美雪から四年ぶりに手紙をもらい、美雪の引きで、アンダーワールドの金（覚醒剤の売上金の一部）を強奪する内容である。スピーディーな展開、きれのいいアクション、ひねりのきいたプロットと申し分のないクライム・ストーリーだ。なお、片岡には、アンダーワールドから逃げる男女の話「ハッピー・エンディング」という秀作があるので（もともとは『ラジオが泣いた夜』所収。現在は『わが名はタフガイ　ハードボイルド傑作選』光文社文庫所収）、そちらもぜひ読まれたい。

「約束」は、『俺のハートがNOと言う』（角川文庫、一九八一年八月）という青春恋愛小説集のなかに入っている一篇。これももちろん〝愛〟の変形として認識できるかもしれないが、どこまでも虚無的で、そして実にどこまでも甘美な〝愛〟かもしれない。圧倒的な風景描写（ある種の俯瞰撮影）からはじまり、その空間のなかで旅をする男女の車にカメラがおりていき、二人の行動を丹念に追い、やがて……という話である。タイトルの〝約束〟とは何なのか、なぜ最後に毛布にくるませるのかといった細部のこまかい描写が、ひとつの〝優しさ〟を形作っている点も見逃せない。

「彼女のリアリズムが輝く」は、『私はいつも私』（角川文庫、一九九二年三月）に収録された短篇である。結婚をテーマにした作品集であるが、むしろこの小説は、作家が小説をいかにして作るのかというメタフィクションのレベルで考えたほうがいい。

ストーリーは、体験主義の女性ミステリ作家が、夫がもつキーリングの鍵に疑問を抱き、鍵の謎を探る内容である。夫の浮気をめぐる事実調査と、それをそのまま小説として書くかどうか、どう展開すればストーリーとしてはもっとも面白くなるのか、ということを作家は考える。実生活における体験が、フィクションのストーリーに置き換えられていく。そこではいったい何がリアリスティックなのかという考えが、問われることになる。

前述したように、九〇年代前後の片岡作品の何割かは、このようなフィクションの対象化が問題化されて、読者はいままで読んだことのないようなスリリングな体験をすることになる。ありきたりの日常生活の設定から驚くほど鮮やかに現実感を醸しだしている。陳腐な現実を別の角度から捉え直して、鮮烈な風景を見せてくれる。だから単純なシチュエーションなのに、とても複雑な話を読んでいるような印象をもつ。男女の恋愛も、従来の愛の形に囚われないために、驚くほど自由だし、物語そのものも、読者が予想するパターンを軽く（だが過激に）逸脱して、思いがけない方向へと向かう。

その予想もしない、過激に逸脱していく昂奮といったものが、「狙撃者がいる」と「花模様にひそむ」にある。この二作は『狙撃者がいる』（角川文庫、一九九四年七月）に収録されたもので、前者は、女性が通り魔となって見知らぬ者たちを射殺していく話で、後者は、殺し屋の女性がトラブルにまきこまれ命を狙われそうになる話である。

後者の「花模様にひそむ」は最後、人間的な感情から〝行為〟が要請されるが、前者では感情は介入しない。女性が、〝理想的な時間の裂け目〟を作り、そこに入り、そこからでることのスリルを求めるからである。その純粋な哲学は、ひじょうにアンモラルかもしれないが、そのクールでとぎすまされた行為は、もはや動機なき殺人が横行している現在では、怖いくらいにリアルである。〝ひとりの女性のシンプルなイマジネーションと大胆な行動の前に、現実はこれほどまでに脆いのか。彼女とピストル、そして弾丸。狙って撃てば、あらゆる日常が崩れ落ちる〟とは、角川文庫の帯のコピーだが、まさに現実の脆さをまざまざと見せつける秀作である。

以上の八篇でも充分に、片岡義男のハードボイルド的作風と硬質な世界は愉しめるけれど、やはり〈アーロン・マッケルウェイ〉シリーズもあわせて読んでほしいし、膨大な片岡義男の文学世界には、まだまだ輝きをもつ作品が多数眠っている。片岡義男はもっともっと注目されていいし、もっと読まれていい作家である。何よりもいまだ現代の作家や読者たちに刺激を与える、鮮やかな驚きが文体と物語にあるからである。それは本書の短篇たちを読めば充分に納得されるだろう。

著者略歴　1940年東京生まれ。早稲田大学法学部卒　1974年『白い波の荒野へ』で小説家デビュー。エッセイ、コラム、翻訳、評論など多分野で活躍。著書『スローなブギにしてくれ』『ミス・リグビーの幸福』他多数

HM=Hayakawa Mystery
SF=Science Fiction
JA=Japanese Author
NV=Novel
NF=Nonfiction
FT=Fantasy

〈片岡義男コレクション１〉

花模様《はなもよう》が怖《こわ》い
―謎と銃弾の短篇―

〈JA953〉

二〇〇九年四月十日　印刷
二〇〇九年四月十五日　発行

（定価はカバーに表示してあります）

著者　片《かた》岡《おか》義《よし》男《お》
編者　池《いけ》上《がみ》冬《ふゆ》樹《き》
発行者　早川浩
発行所　株式会社　早川書房

郵便番号　一〇一 - 〇〇四六
東京都千代田区神田多町二ノ二
電話　〇三 - 三二五二 - 三一一一（大代表）
振替　〇〇一六〇 - 三 - 四七七九九
http://www.hayakawa-online.co.jp

乱丁・落丁本は小社制作部宛お送り下さい。
送料小社負担にてお取りかえいたします。

印刷・株式会社精興社　製本・株式会社フォーネット社

ISBN978-4-15-030953-4 C0193

＊本書は活字が大きく読みやすい〈トールサイズ〉です